강태호 선생님의 대입 컨설팅 시리즈 2

인문계 학생을 위한

한 권으로 끝내는 논술

강태호 선생님의 대입 컨설팅 시리즈 2

인문계 학생을 위한

1판 1쇄 펴낸날 2015년 11월 10일

지은이 강태호

펴낸이 서채윤
펴낸곳 채륜
책만듦이 김미정
책꾸밈이 이현진

등록 2007년 6월 25일(제2009-11호)
주소 서울시 광진구 천호대로 798 현대 그린빌 201호
대표전화 02-465-4650 | **팩스** 02-6080-0707
E-mail book@chaeryun.com
Homepage www.chaeryun.com

책값은 뒤표지에 있습니다.
ISBN 979-11-85401-09-6 43800

이 도서의 국립중앙도서관 출판예정도서목록(CIP)은 서지정보유통지원시스템 홈페이지(http://seoji.nl.go.kr)와 국가자료공동목록시스템(http://www.nl.go.kr/kolisnet)에서 이용하실 수 있습니다. (CIP제어번호 : CIP2015028006)

강태호 선생님의 대입 컨설팅 시리즈 2

인문계 학생을 위한

한 권으로 끝내는 논술

강태호

채륜서

모든 고등학교의 내신 성적이 신뢰도와 타당도가 보장되고, 대학수학능력시험이 대학 진학 후 학습 능력을 정확하게 예언할 수 있을 정도로 변별력을 확보할 수 있다면, 대학은 굳이 논술과 같은 대학별 고사를 볼 이유가 없습니다.

허나 현실적으로 내신과 대학수학능력시험만으로는 학생들을 변별할 수가 없기에 상위권 대학을 중심으로 논술고사에 관심이 집중되고 있습니다. 이러한 상황에서 공교육에서는 정규교과과정상 논술수업이 불가능하기 때문에 학생과 학부모들은 사교육에 거의 전적으로 의존하고 있는 것이 사실입니다.

따라서 대부분의 상위권 대학에서 논술을 실시하고 있는 현실에 대해서 학생이나, 학부모들의 불만의 목소리가 높은 것이 사실입니다. 하지만 논술 고사는 단순히 상위권 학생을 변별하는 평가 도구가 아니라 고등 인지 능력 함양이라는 교육 목표 수준에 적합한 평가로 인식해야 할 필요가 있습니다. 논술은 교과가 아니라 교육 방법에 해당하는 것이기 때문입니다.

논술은 사회·문화, 정치, 경제, 예술, 교육, 수학, 과학 등을 논술 형태로 교수·학습·평가하는 것입니다. 즉 논술은 글쓰기 과목이 아니라 개별 교과목에서 다루고 있는 내용에 기반해서 그것을 비판적으로 해석하고 고등 인지 능력을 발휘해 자신의 논증내용을 쓰도록 하는 '교육 방법'이라는 것을 인식하는 것이 무엇보다도 필요합니다.

요컨대 선택형 문항이 대부분인 수능으로 측정하는 데 한계가 있는 논리적인 사고와 뛰어난 인지능력을 갖춘 학생을 선발하려고 하는 것이 현재 대학에서 논술 시험을 보는 이유인 것입니다.

본 책은 논술에 보다 쉽게 접근하기 위해 논술 문제를 크게 5가지 유형별로 분류하여 그에 대한 보다 쉬운 접근방법을 서술하였습니다. 답안에 이르는 과정을 하나하나 자세하게 설명함으로써 논술에 대해 막연한 두려움을 가지고 있는 학생, 지도교사 그리고 학부모님들에게 논술의 대비 방법에 대해 어느 정도 공신력 있는 지름길을 제시하고자 노력하였습니다. 아무쪼록 이 책을 통해 학생과 학부모 모두가 많은 도움을 받기를 진심으로 희망합니다.

차례

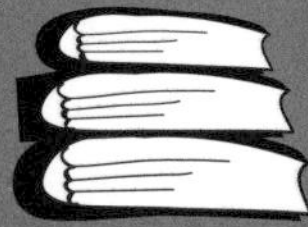

유형 셋 적용형 논제를 풀어보자

유형 넷 평가형 논제를 풀어보자

유형 다섯 논술형 논제를 풀어보자

유형 하나

요약형 논제를 풀어보자

요약형 논제 이해하기

요약형 논제란 제시문의 핵심 내용 또는 글쓴이의 핵심 주장을 파악하고 그것을 요약의 원리에 맞게 제한된 분량 안에 서술하도록 요구하는 논제입니다. 요약형 논제는 제시문의 개수에 따라 하나의 제시문을 요약하도록 요구하는 유형과 둘 이상의 제시문을 요약하는 유형으로 구분할 수 있습니다.

요약형 논제의 출제 의도는 궁극적으로 수험생이 대학에 입학하여 진행되는 수업의 내용과 그와 관련된 학문적 내용의 책을 읽을 수 있는 능력을 평가하는 데 있습니다. 이 논제를 해결하기 위해서는 제시문에 대한 정확한 독해 능력과 이해력을 바탕으로 이를 압축적으로 표현하는 능력이 요구됩니다. 따라서 좋은 요약을 위한 정확한 국어 규범과 원고지 사용법 등에 대한 지식이 바탕이 되어야 합니다.

제시문의 수를 기준으로 '단일 제시문 요약형'과 '복수 제시문 요약형'으로 구분하여 설명하면 다음과 같습니다.

단일 제시문 요약형 논제 해결하기

1. 개요

단일 제시문 요약형 논제란 논술의 주제와 관련한 하나의 제시문을 제한된 분량에 맞추어 요약하는 논제입니다. 단일 제시문 요약형 논제의 경우는 길이가 비교적 긴 제시문을 요약하라고 요구합니다. 그리고 논술 전체 주제에 대한 정보를 전달하는 제시문을 요약하라는 요구가 많습니다.

대체로 전체 논제 중 가장 적은 배점을 차지하지만 다른 논제를 해결하기 위한 기본 논제가 되기 때문에 가장 중요하다고 할 수 있습니다. 이러한 단일 제시문 요약형의 경우 많은 분량의 제시문이 제시되기 때문에 요약의 원리*를 철저하게 준수해야 합니다. 그러나 최근 논술의 출제 경향이 변화되면서 단일 제시문 요약형 논제는 점점 줄어들고 있습니다. 현재는 대체로 적용형이나 평가형 논제를 해결하기 위한 첫 부분의 요구사항으로 많이 제시되고 있는 추세입니다.

* 요약의 원리가 무엇일까요?
요약의 원리는 ① 선택(삭제)의 원리, ② 객관화의 원리, ③ 일반화의 원리, ④ 변화의 원리, ⑤ 재구성의 원리가 있습니다. 자세한 것은 '3. 제시문 분석 방법'에서 설명하겠습니다.

2. 논제 분석 방법

어떤 논제가 출제 됐을까?

1. 제시문 (가)의 신호의 유형을 '핸디캡 원리'를 중심으로 요약 정리하시오. (동국대학교 기출문제)
2. 제시문 (가)의 논지를 요약하고, 이를 기반으로 그 속에 나타나는 개별성의 적

용범위를 소수집단의 의견으로까지 확대하여 제시문 (나)의 사건을 설명하시오. (국민대학교 기출문제)

3. 제시문 (가)의 논지를 요약하고, 이를 바탕으로 (나)의 급훈을 분석 평가한 다음, (다)의 문제의식을 참고하여 바람직한 급훈을 만들고 그 프레임을 설명하시오. (한양대학교 기출문제)
4. (가)의 필자가 말하고자 한 것을 간추려 적으시오. (숙명여자대학교 기출문제)
5. 제시문 (나)를 요약하시오. (인하대학교 기출문제)

하지만 위와 같은 단일 제시문 요약형 논제의 경우 단독 논제로 출제되는 빈도는 매우 적은 편입니다. 단독 논제로 출제되는 경우는 대개 1번 논제로 출제되며, 제시문의 분량이 많은 대학도 있고, 2~3개 문단 분량의 대학도 있습니다. 단독 논제로 출제되는 경우에도 단순히 제시문을 요약하라고 하는 경우도 있지만 요약의 중점 사항을 제시해 주는 대학도 있습니다.

단독 논제의 형태가 아닌 다른 논제 해결을 위한 선행 논제로 제시되는 융합형(요약형 논제나 분석형 논제 등이 혼합된 유형)의 경우에는 주로 제시문의 논지를 요약하도록 하는 경우가 많고, 특별히 제시문의 특정 부분을 찾아 요약하도록 하는 경우도 있습니다. 융합형의 한 부분으로 출제되는 경우에는 제시문 전체를 요약하려고 하기 보다는 논제의 요구사항에 맞는 요약을 할 수 있도록 주의해야 합니다.

3. 제시문 분석 방법

단일 제시문 요약형 논제는 제시문의 분량이 비교적 많기 때문에 요약의 원리를 철저하게 준수해야 합니다.

요약하기의 원리는 선택(삭제)의 원리, 객관화의 원리, 일반화의 원리, 변화의 원리, 재구성의 원리 등이 있습니다.

첫째로 선택(삭제)의 원리에 대해 알아보자면 다음과 같습니다.

하나의 글에는 중요한 내용과 그렇지 않은 내용이 섞여 있습니다. 요약을 할 때에는 중요하지 않은 내용은 버리고 중요한 내용을 골라서 이를 답안에 반영해야 하는데, 이렇게 하기 위해서는 중심 내용과 뒷받침 내용을 분간하면서 읽어야 합니다.

둘째로 객관화의 원리입니다.

별도의 조건이 붙어 있지 않다면 글쓴이의 주장을 있는 그대로 요약하는데 치중해야 합니다. 글쓴이의 주장에 자기 나름의 해설이나 견해를 덧붙여서는 안 된다는 것입니다. 따라서 제시문의 핵심어를 임의로 바꾸는 것은 동일성을 해칠 수 있으므로 삼가야 합니다. 요약의 분량이 적으면 핵심 내용만을 간추려야 하고, 좀 더 많은 분량이 허용되는 경우에는 핵심 내용과 함께 그와 관련된 부수적인 내용까지 포함해서 요약해야 합니다.

셋째, 일반화의 원리입니다.

중심 내용이 겉으로 드러난 경우에는 그것을 옮겨 오면 되겠지만, 어떤 글은 중심 내용이 분명하게 표현되지 않는 경우도 있습니다. 대개 일반적인 진술 없이 구체적인 예나 사례만을 제시하여 수험생으로 하여금 그 사례들이 무엇을 의미하는지 파악하도록 하는 경우가 여기에 해당합니다. 예를 들어, 도시에서의 주택문제, 교통문제, 환경오염, 범죄문제나 농촌에서의 노령화 문제, 노동력 부족 등을 예로 나열하는 경우 이를 일반화하여 현대 산업 사회의 문제점이라고 일반화할 수 있어야 합니다.

넷째, 변화의 원리입니다.

주제를 제대로 찾기는 했는데 제시문의 문장을 그대로 옮기는 수험생이 많습니다. 그런데 이렇게 하면 주제를 정확하게 이해했는지 그렇지 않은지 평가할 수 없기 때문에 좋은 점수를 받을 수가 없습니다. 요약을 할 때에는 핵심적인 내용을 옮겨 오기는 하되, 자기가 이해한 바에 맞추어 적절하게 바꾸어 표현하는 것이 좋습니다. 이 때 제시문에 나오는 어려운 어휘를 쉬운 어휘로 바꾸어 주는 것이 중요합니다.

마지막으로는 재구성의 원리입니다.

많은 분량의 내용을 요약하기 위해서는 선택(삭제)의 원리를 적용한 후 일반화와 변화의 원리를 적용하는 것이 효과적입니다. 그런데 요약하기는 단순히 전체 글을 짧게 줄이는 것을 의미하지는 않습니다. 요약하기는 글쓴이의 핵심 주장이나 글의 핵심 내용이 효과적으로 전달되어야 하는 것이 가장 큰 목적이므로 효과적인 요약을 위해서는 전체 글의 구조나 흐름을 재구성할 필요가 있습니다. 단락들의 순서를 재조정하거나 삭제하는 등의 재구성의 원리를 통해 요약된 글은 새로운 생명력을 얻을 수 있습니다.

이 중 가장 먼저 해야 하는 것이 선택(삭제)의 원리입니다. 요약하기는 쉽게 말해 많은 분량을 적은 분량으로 만드는 것입니다. 그러기 위해서는 글 속 내용의 중요도에 따라 그것을 취사선택해야 하는데, 이를 위해서는 선택과 삭제의 기준이 명확해야 합니다. 이 경우 대개 글쓴이의 입장이나 관점 또는 글 전체의 핵심 주제가 기준이 됩니다. 일반적으로 글쓴이는 어떤 주장을 논리적으로 전개하기 위해 예시를 많이 드는 경우가 많은데 이를 지우고 나면 글의 핵심적인 내용만 남게 마련입니다.

선택의 원리를 적용하고 나면 그 다음은 글쓴이의 입장이나 글의 내용을 벗어나지 않게 하는 객관화의 원리를 지키며 일반화와 변화의 원리를 적용하여 글을 요약하는 것이 중요합니다. 이 과정에서 글의 단락의 순서를 조정하거나 개요 작성을 통해 효과적인 글의 흐름을 정하는 재구성의 원리를 적용하면 됩니다.

요약하기는 정확하게 배우면 쉽지만 배우지 않은 학생에게는 매우 어려운 과제 중의 하나입니다. 그러므로 논술에서는 가장 먼저 요약의 원리를 분명하게 기억해 두는 것이 무엇보다 중요하다고 할 수 있습니다.

학생들이 요약을 할 때 가장 많이 실수하는 것이 긴 분량의 글을 요약할 때 요약 글을 마치 그것의 축소판인 것처럼 적는 것입니다. 쉽게 말해, 모든 문단의 내용을 다 요약하려는 잘못을 범하는 경우가 무척 많습니다. 요약은 제시문에 대한 이해를 바탕으로 짧지만 한 편의 완결된 글이어야 하기 때문에 제시문을 학생이 이해한 내용으로 다시 풀어야 한다는 것이 중요합니다.

쉬운 예를 들면, 어제 본 텔레비전의 인기 드라마를 친구에게 이야기할 때 드라마 속 인물들의 대화를 똑같이 따라해 가며 전체 이야기를 전해주는 것이 아니라 핵심적인 내용들을 알아듣기 쉽게 조금씩 변형해 가며 전해주어야 한다는 것입니다. 이처럼 요약하기란 자신의 이해력을 바탕으로 소화된 내용을 자신만의 표현을 사용하여 드러내는 것입니다. 이 점을 염두에 둔다면 요약할 때 제시문의 내용을 그대로 베껴 쓰는 것이 얼마나 위험한 일인지 잘 알 수 있을 것입니다.

4. 논제 사례 분석

고려대학교 기출문제

※ 제시문을 요약하시오. (350~400자)

[제시문 1]

거실 테이블 위에 함께 놓여 있는 전통 수공예품과 아방가르드 미술의 카탈로그, 청량음료와 스포츠카를 고대 역사 유물의 배경에 뒤섞어

놓은 콜라주 광고물, 이런 것들을 어떻게 이해할 수 있을까? 여기서 전통적인 것과 근대적인 것을 대비시키는 이분법의 틀은 더 이상 작동할 여지가 없다. 고급문화와 대중문화, 외래문화와 토속문화의 상이한 층위도 기존에 우리가 기대해 왔던 모습과는 다른 양상을 지닌다. 이러한 구분을 해체할 필요가 있다. 전 지구화가 급속히 발전되며 세계가 촘촘하게 연결되고 인적, 물적 교류가 급격히 증가하자, 문화 개념을 둘러싸고 몇 가지 상충하는 견해들이 등장했다. 첫째는 문화 접촉이 증가함에 따라 문화 간의 차이에 대한 인식이 강화되고 나아가 문화 간 갈등이 증폭되어 결국에는 서로 충돌하게 될 것이라는 전망이다. 둘째는 초국적 기업의 전 지구적 활동을 지적하며, 문화 간의 차이가 줄어들고 동질화가 빠르게 진행되어 하나의 보편적인 문화로 통합되리라고 보는 시각이다. 셋째는 혼종화가 본격적으로 전개될 것이라고 예측하는 관점이다.

원래 생물학에서 유래된 혼종이라는 용어는 제국주의 팽창에 따른 인종 간의 섞임, 즉 혼혈에 대한 두려움을 동반한다. 유럽인이 아시아인이나 아프리카인보다 우수하다는 식의 우생학적 가설을 토대로, 혼혈인은 열등한 인종보다 더 열등하다고 인식되기도 했던 것이다. 서양의 제국주의가 팽창한 19세기가 겉으로 보기에 인본주의를 토대로 한 계몽의 시대였지만 내면적으로는 혈통에 따른 정치사회적 구별 짓기가 뚜렷했던 시대였던 것도 바로 이 때문이다. 이후 식민 지배가 종결되고 많은 나라들이 독립한 뒤 국가 간의 교류가 활발해지자 혼종에 대한 이해도 점차 바뀌어, 정체성과 문화에 끼친 혼종의 영향력이 주목받게 되었다.

사실 혼종이라는 현상 자체는 이전에도 늘 존재해 왔다. 아프리카, 유럽, 아시아의 만남이 빈번했던 지중해 지역에서 일어난 고대 그리스 문명, 유럽인이 아메리카 대륙으로 이동하면서 생긴 새로운 문화 등을 문화적 혼종 현상의 역사적 예로 볼 수 있다. 개별적인 형식으로 존재했던 분리된 구조나 행위가 뒤섞여 새로운 구조나 행위를 창조하는 사회문화적 과정을 혼종화라고 한다면, 혼종은 특정한 역사적 시기에만 나타나는 현상이 아니라 모든 문화의 지속적인 조건으로 이해된다. 섞임이 없이 순수한 문화란 세상에 존재할 수 없기 때문이다. 순수하게 분리된 구조로 보이는 문화라 할지라도 이미 혼종화의 결과이므로 따지고 보면 어떤 문화도 순수한 기원으로는 결코 환원될 수 없다. 이러저러한 역사적 조건 가운데 오랜 시간 단일한 문화인 것처럼 발전되어 오면서 그 문화에 섞여 들어와 있는 다른 문화요소들의 존재를 변별적으로 인식하지 못하게 된 것일 뿐이다. 예컨대 미국에 거주하는 히스패닉 공동체에서 비롯되어 인터넷을 통해 확산되었고 심지어는 미국의 한 대학에 강좌가 개설되기도 한 스팽글리시spanglish를 공식적으로 용인해야 하는가에 대한 찬반의 논란도 이런 시각에서 이해할 수 있다. 스팽글리시 사전 편찬을 반대하는 주장의 일각에는 영어와 스페인어는 라틴어, 아랍어, 신대륙 원주민 언어 등으로부터 영향을 받지 않은 것으로 간주하는 시각이 전제되어 있다. 그러나 정도의 차이가 있을 뿐, 특정한 언어 역시 궁극적으로는 혼종의 결과임을 부인할 수 없다. 모든 문화는 끊임없이 횡단의 과정을 겪어왔고, 지금 이 순간도 겪고 있다. 오늘을 사는 우리 역시 문화라는 틀 안에서 살고 있는 만큼이나 문화들 '사이'에서도 삶을 영위하고 있는 것이다.

이처럼 혼종 현상은 문화 전반에 존재해 왔으나 혼종성이라는 개념으로 문화를 이해하게 된 것은 비교적 최근의 일이다. 혼종성 개념을 어떤 이는 고급문화와 대중문화의 융합 현상을 이해하는 틀로, 또 어떤 이는 전 지구화의 과정 속에서 지역문화 간의 상호작용을 설명하는 틀로 사용하기도 한다. 그리고 어떤 이는 인종 간의 접촉과 탈식민화를 이해하는 틀로 인식하기도 하는데, 여기서의 혼종성은 문화제국주의에 대한 비판을 이끌어내면서 식민 종주국과 피식민국 양자에 존재하는 본질주의의 근간을 흔들어 놓았다. 다시 말해, 자기동일성의 확장이라는 식민 지배 측의 환상뿐만 아니라 토착성의 보존이라는 피식민지 측의 환상도 깨뜨림으로써, 지배 문화에 일방적으로 병합되거나 편입, 동화될 가능성을 거부하는 동시에 피지배국의 자민족 중심측의 문화도 비판하는 기능을 수행했던 것이다. 나아가 혼종성의 개념은 정체성, 지배차이, 지배불평등과 같은 주제들이나 전통과 근대, 빈국과 부국, 지역과 세계 같은 대립 항들에 대한 이해를 근본적으로 변화시켰다. 혼종성은 문화 주체의 복합적 정체성을 보여줌으로써 '우리 대 그들'이라는 익숙한 이분법적 사고방식을 넘어 새로운 문화공동체를 이끌어내기 위한 실천적 개념으로 매우 유용하다. 상이한 문화의 갈등 없는 공존이라는 이상理想을 지향하는 다문화주의와는 달리, 혼종성 담론은 상이한 문화의 혼합을 통해 제3의 새로운 문화를 창출해 가는 데에 높은 가치를 둔다.

그런데 이처럼 이질적인 요소들이 혼합되어 나타난 결과물들이 항상 긍정적이라고 말할 수 있을까? 이종교배를 통해 식물의 번식력과 저항력을 높여 영양가와 경제적 효율성을 증대시킬 수 있다는 긍정적 측면을 강조하는 의견이 있는 반면, 말과 당나귀의 잡종인 노새의 경우 힘은 좋아지지만 생식이 불가능해진다는 예를 들어 혼종의 부정적인 측면을 지적하는 의견도 있다. 혼종성이 인종적 우월주의의 기반인 본질주의를 해체하는 힘을 지니는 것은 사실이지만, 특정한 역사적 상황에서는 오히려 인종적 순수성이 현실적으로 사람들에게 소속감이나 자존심을 부여하는 무시할 수 없는 이데올로기적 기능을 수행할 수 있다는 점도 고려되어야 할 것이다. 문화 집단 간의 현실적 힘이 비대칭적일 경우 이들 사이의 혼합으로 생산된 문화 산물은 해석과 소통의 수단을 독점하는 지배적 문화 집단의 가치를 일방적으로 대변하게 될 가능성이 높다. 전 지구적 영향력을 지니는 할리우드 대중문화가 문화상품 시장의 확장과 포섭이라는 전략에 의해 특정한 지역문화를 빌려서 혼종을 만들어내는 경우, 이를 반드시 긍정적으로 받아들이기는 어려울 것이다.

혼종에 대한 이러한 입장 차이에도 불구하고, 문화와 문화를 잇는 각종 움직임이 비약적으로 발전을 이룬 오늘날 혼종화는 문화영역 전반에서 한층 다채롭고 빠르게 진행되고 있다. 이렇게 진행되고 있는 혼종 현상을 제대로 분석하고 특정한 맥락과 권력관계에 따른 문화적 경계를 넘어서기 위해 혼종성에 대한 더욱 깊고 섬세한 논의가 요청된다.

1) 논제 분석

이 논제는 단일 제시문 요약형 논제의 대표문제라 할 수 있습니다. 전체 제시문의 글자 수가 3,000자가 넘을 정도로 많은 분량인데, 이렇게 많은 분량의 제시문을 읽고 350~400자의 요약글을 작성하기 위해서는 먼저 논제를 다음과 같이 일목요연하게 정리하여 정확하게 분석할 필요가 있습니다.

무엇을?	[제시문 1]을
어떻게?	요약하시오
조건은?	• 답안분량은 띄어쓰기 포함 350~400자로 할 것. • 답안에 자신을 드러내는 표현을 쓰지 말 것. • 답안에 제목을 달지 말 것. • 제시문의 문장을 그대로 옮겨 쓰지 말 것.

2) 답안 작성 요령

STEP 1 : 예시 등을 지우고 이를 포괄하는 문장 쓰기

문단을 요약할 때는 글쓴이가 쉽게 설명하거나 주장하기 위해 예로 들었던 사례를 지우고 이를 포괄하는 문장을 찾는 것(선택 및 삭제의 원리)이 가장 중요한 포인트라고 할 수 있습니다. 왜냐하면 예시란 글쓴이가 자신의 주장이나 설명을 쉽게 하기 위해 쓴 여분의 글이기 때문입니다. 한편 예시가 많은 문단은 요약문을 대폭적으로 짧게 줄일 수 있으나 예시가 없는 문단도 있으니 글의 내용과 관계없이 모든 문단을 일률적으로 2~3줄로 일률적으로 요약하려고 해서는 안 됩니다.

STEP 2 : 핵심내용 및 핵심어 찾기

많은 분량의 제시문을 효과적으로 요약하기 위해서는 제시문에서 설명하고자 하는 핵심 내용이 무엇인지, 그리고 주제를 표현하고 있는 핵심어는 무엇인지 찾는 노력이 필요(일반화의 원리)합니다. 요약 시에도 핵심어는 그대로 사용해도 무방하나, 그것을 뒷받침하는 문장은 자신의 표현으로 바꾸어 요약해야 함을 주의(변화의 원리)해야 합니다.

STEP 3 : 문단별 내용 요약하기

요약의 목적은 글의 내용을 적은 말수를 통해 효과적으로 구현하는 데 있습니다. 따라서 글을 정확히 이해하는 것이 잘된 요약의 필수적인 전제가 됩니다. 이 논제가 요구하는 바를 제대로 수행하려면 먼저 제시문을 있는 그대로 정확히 독해하여 요점들을 모두 포함하는 압축적인 글을 작성(객관화의 원리)하는 것이 좋습니다.

자, 그럼 이상의 내용을 고려하여 다음에서 문단별로 요약해 보겠습니다.

거실 테이블 위에 함께 놓여 있는 전통 수공예품과 아방가르드 미술의 카탈로그, 청량음료와 스포츠카를 고대 역사 유물의 배경에 뒤섞어 놓은 콜라주 광고물, 이런 것들을 어떻게 이해할 수 있을까? 여기서 전통적인 것과 근대적인 것을 대비시키는 이분법의 틀은 더 이상 작동할 여지가 없다. 고급문화와 대중문화, 외래문화와 토속문화의 상이한 층위도 기존에 우리가 기대해 왔던 모습과는 다른 양상을 지닌다. 이러한 구분을 해체할 필요가 있다. 전 지구화가 급속히 발전되며 세계가 촘촘하게 연결되고 인적, 물적 교류가 급격히 증가하자, 문화 개념을 둘러싸고 몇 가지 상충하는 견해들이 등장했다. 첫째는 문화 접촉이 증가함에 따라 문화 간의 차이에 대한 인식이 강화되고 나아가 문화 간 갈등이 증폭되어 결국에는 서로 충돌하게 될 것이라는 전망이다. 둘째는 초국적 기업의 전 지구적 활동을 지적하며, 문화 간의 차이가 줄어들고 동질화가 빠르게 진행되어 하나의 보편적인 문화로 통합되리라고 보는 시각이다. 셋째는 혼종화가 본격적으로 전개될 것이라고 예측하는 관점이다.

↳ 전통적인 것과 근대적인 것을 대비시키는 기존의 이분법의 틀은 더 이상 작동하지 않고 있으며, 지구화가 급속히 진전되면서 문화개념과 관련된 상충하는 견해들이 등장했다. 첫째는 문화 간의 충돌이 일어날 것이라는 주장이며, 둘째는 문화 간의 동질화가 진행될 것이라는 주장, 셋째는 혼종화가 본격적으로 전개될 것이라는 주장이다.

원래 생물학에서 유래된 혼종이라는 용어는 제국주의 팽창에 따른 인종 간의 섞임, 즉 혼혈에 대한 두려움을 동반한다. 유럽인이 아시아인이나 아프리카인보다 우수하다는 식의 우생학적 가설을 토대로, 혼혈인은 열등한 인종보다 더 열등하다고 인식되기도 했던 것이다. 서양의 제국주의가 팽창한 19세기가 겉으로 보기에 인본주의를 토대로 한 계몽의 시대였지만 내면적으로는 혈통에 따른 정치사회적 구별 짓기가 뚜렷했던 시대였던 것도 바로 이 때문이다. 이후 식민 지배가 종결되고 많은 나라들이 독립한 뒤 국가 간의 교류가 활발해지자 혼종에 대한 이해도 점차 바뀌어, 정체성과 문화에 끼친 혼종의 영향력이 주목받게 되었다.

↳ 생물학에서 유래된 혼종이라는 용어가 제국주의의 전 지구적 팽창과 더불어 우생학적 학설을 토대로 발전했지만 식민 지배가 종식되고 혼종성에 대한 이해와 혼종성의 영향력이 재 주목되고 있다.

사실 혼종이라는 현상 자체는 이전에도 늘 존재해 왔다. 아프리카, 유럽, 아시아의 만남이 빈번했던 지중해 지역에서 일어난 고대 그리스 문명, 유럽인이 아메리카 대륙으로 이동하면서 생긴 새로운 문화 등을 문화적 혼종 현상의 역사적 예로 볼 수 있다. 개별적인 형식으로 존재했던 분리된 구조나 행위가 뒤섞여 새로운 구조나 행위를 창조하는 사회문화적 과정을 혼종화라고 한다면, 혼종은 특정한 역사적 시기에만 나타나는 현상이 아니라 모든 문화의 지속적인 조건으로 이해된다. 섞임이 없이 순수한 문화란 세상에 존재할 수 없기 때문이다. 순수하게 분리된 구조로 보이는 문화라 할지라도 이미 혼종화의 결과이므로 따지고 보면 어떤 문화도 순수한 기원으로는 결코 환원될 수 없다. 이러저러한 역사적 조건 가운데 오랜 시간 단일한 문화인 것처럼 발전되어 오면서 그 문화에 섞여 들어와 있는 다른 문화요소들의 존재를 변별적으로 인식하지 못하게 된 것일 뿐이다. 예컨대 미국에 거주하는 히스패닉 공동체에서 비롯되어 인터넷을 통해 확산되었고 심지어는 미국의 한 대학에 강좌가 개설되기도 한 스팽글리시spanglish를 공식적으로 용인해야 하는가에 대한 찬반의 논란도 이런 시각에서 이해할 수 있다. 스팽글리시 사전 편찬을 반대하는 주장의 일각에는 영어와 스페인어는 라틴어, 아랍어, 신대륙 원주민 언어 등으로부터 영향을 받지 않은 것으로 간주하는 시각이 전제되어 있다. 그러나 정도의 차이가 있을 뿐, 특정한 언어 역시 궁극적으로는 혼종의 결과임을 부인할 수 없다. 모든 문화는 끊임없이 횡단의 과정을 겪어왔고, 지금 이 순간도 겪고 있다. 오늘을 사는 우리 역시 문화라는 틀 안에서 살고 있는 만큼이나 문화들 '사이'에서도 삶을 영위하고 있는 것이다.

↳ 혼종화는 개별적 형식이 뒤섞여 새로운 구조나 행위를 창조하는 사회문화적 과정이며 이는 특정 시기만 나타나는 것이 아닌 모든 문화의 지속적인 조건으로 이해된다.

이처럼 혼종 현상은 문화 전반에 존재해 왔으나 혼종성이라는 개념으로 문화를 이해하게 된 것은 비교적 최근의 일이다. 혼종성 개념을 어떤 이는 고급문화와 대중문화의 융합 현상을 이해하는 틀로, 또 어떤 이는 전 지구화의 과정 속에서 지역문화 간의 상호작용을 설명하는 틀로 사용하기도 한다. 그리고 어떤 이는 인종 간의 접촉과 탈식민화를 이해하는 틀로 인식하기도 하는데, 여기서의 혼종성은 문화제국주의에 대한 비판을 이끌어내면서 식민 종주국과 피식민국 양자에 존재하는 본질주의의 근간을 흔들어 놓았다. 다시 말해, 자기동일성의 확장이라는 식민 지배 측의 환상뿐만 아니라 토착성의 보존이라는 피식민지 측의 환상도 깨뜨림으로써, 지배 문화에 일방적으로 병합되거나 편입, 동화될 가능성을 거부하는 동시에 피지배국의 자민족 중심측의 문화도 비판하는 기능을 수행했던 것이다. 나아가 혼종성의 개념은 정체성, 지배차이, 지배불평등과 같은 주제들이나 전통과 근대, 빈국과 부국, 지역과 세계 같은 대립항들에 대한 이해를 근본적으로 변화시켰다. 혼종성은 문화 주체의 복합적 정체성을 보여줌으로써 '우리 대 그들'이라는 익숙한 이분법적 사고방식을 넘어 새로운 문화공동체를 이끌어내기 위한 실천적 개념으로 매우 유용하다. 상이한 문화의 갈등 없는 공존이라는 이상理想을 지향하는 다문화주의와는 달리, 혼종성 담론은 상이한 문화의 혼합을 통해 제3의 새로운 문화를 창출해 가는 데에 높은 가치를 둔다.

↳ 혼종 현상 자체는 새로운 것이 아니지만 그것을 혼종성이라는 개념으로 이해하고 문화를 바라보는 틀로 인식하는 담론은 비교적 최근에 부각되었다. 혼종성 담론은 문화제국주의와 자문화중심주의의 이분법을 넘어서 상이한 문화들 사이의 다중적이고 풍요로운 친화관계들을 규정짓고 설명하는 데 도움을 주며, 식민 종주국과 피식민국 양자에 존재하는 본질주의를 해체하는 비판기능을 수행한다. 상이한 문화를 서로 인정하고 각각의 문화를 유지하며 공존해야 한다고 주장하는 다문화주의를 넘어서서 혼종성 담론은 모든 문화를 혼종화의 결과로 보고 현재 더욱 가속화되는 혼종화의 결과 나타나는 새로운 문화의 가치에 주목한다. 나아가 혼종화가 일어나는 구체적인 권력관계의 맥락과 그 결과 산출되는 문화주체의 복합적 정체성도 고려해야 한다.

그런데 이처럼 이질적인 요소들이 혼합되어 나타난 결과물들이 항상 긍정적이라고 말할 수 있을까? 이종교배를 통해 식물의 번식력과 저항력을 높여 영양가와 경제적 효율성을 증대시킬 수 있다는 긍정적 측면을 강조하는 의견이 있는 반면, 말과 당나귀의 잡종인 노새의 경우 힘은 좋아지지만 생식이 불가능해진다는 예를 들어 혼종의 부정적인 측면을 지적하는 의견도 있다. 혼종성이 인종적 우월주의의 기반인 본질주의를 해체하는 힘을 지니는 것은 사실이지만, 특정한 역사적 상황에서는 오히려 인종적 순수성이 현실적으로 사람들에게 소속감이나 자존심을 부여하는 무시할 수 없는 이데올로기적 기능을 수행할 수 있다는 점도 고려되어야 할 것이다. 문화 집단 간의 현실적 힘이 비대칭적일 경우 이들 사이의 혼합으로 생산된 문화 산물은 해석과 소통의 수단을 독점하는 지배적 문화 집단의 가치를 일방적으로 대변하게 될 가능성이 높다. 전 지구적 영향력을 지니는 할리우드 대중문화가 문화상품 시장의 확장과 포섭이라는 전략에 의해 특정한 지역문화를 빌려서 혼종을 만들어내는 경우, 이를 반드시 긍정적으로 받아들이기는 어려울 것이다.

↳ 혼종성 담론은 인종주의나 민족주의와 같은 본질주의를 극복하고자 하는 실천적 전략이지만 각 문화 간의 권력이 비대칭적일 때 오히려 지배 문화로의 일방적 편입이라는 결과를 낳을 수 있다.

혼종에 대한 이러한 입장 차이에도 불구하고, 문화와 문화를 잇는 각종 움직임이 비약적으로 발전을 이룬 오늘날 혼종화는 문화영역 전반에서 한층 다채롭고 빠르게 진행되고 있다. 이렇게 진행되고 있는 혼종 현상을 제대로 분석하고 특정한 맥락과 권력관계에 따른 문화적 경계를 넘어서기 위해 혼종성에 대한 더욱 깊고 섬세한 논의가 요청된다.

↳ 빠르게 진행되고 있는 혼종 현상을 올바르게 파악하기 위해서는 더욱 심도 있는 논의가 필요하다.

어때요? 예시를 지우고 그것을 포괄하는 내용을 쓰니 문단별 내용 요약이 훨씬 수월하죠? 문단별 요약을 모아보면 다음과 같습니다.

STEP 4 : 문단별 요약 모으기

STEP 3에서 예시를 지우고 포괄하는 내용을 적은 요약문을 모아 보면 다음과 같습니다.

- 전통적인 것과 근대적인 것을 대비시키는 기존의 이분법의 틀은 더 이상 작동하지 않고 있으며, 지구화가 급속히 진전되면서 문화 개념과 관련된 상충하는 견해들이 등장했다. 첫째는 문화 간의 충돌이 일어날 것이라는 주장이며, 둘째는 문화 간의 동질화가 진행될 것이라는 주장, 셋째는 혼종화가 본격적으로 전개될 것이라는 주장이다.
- 생물학에서 유래된 혼종이라는 용어가 제국주의의 전 지구적 팽창과 더불어 우생학적 학설을 토대로 발전했지만 식민 지배가 종식되고 혼종성에 대한 이해와 혼종성의 영향력이 재 주목되고 있다.
- 혼종화는 개별적 형식이 뒤섞여 새로운 구조나 행위를 창조하는

사회문화적 과정이며 이는 특정 시기만 나타나는 것이 아닌 모든 문화의 지속적인 조건으로 이해된다.

- 혼종 현상 자체는 새로운 것이 아니지만 그것을 혼종성이라는 개념으로 이해하고 문화를 바라보는 틀로 인식하는 담론은 비교적 최근에 부각되었다.
- 혼종성 담론은 문화제국주의와 자문화중심주의의 이분법을 넘어서 상이한 문화들 사이의 다중적이고 풍요로운 친화관계들을 규정짓고 설명하는 데 도움을 주며, 식민 종주국과 피식민국 양자에 존재하는 본질주의를 해체하는 비판기능을 수행한다.
- 상이한 문화를 서로 인정하고 각각의 문화를 유지하며 공존해야 한다고 주장하는 다문화주의를 넘어서서 혼종성 담론은 모든 문화를 혼종화의 결과로 보고 현재 더욱 가속화되는 혼종화의 결과 나타나는 새로운 문화의 가치에 주목한다. 나아가 혼종화가 일어나는 구체적인 권력관계의 맥락과 그 결과 산출되는 문화주체의 복합적 정체성도 고려해야 한다.
- 혼종성 담론은 인종주의나 민족주의와 같은 본질주의를 극복하고자 하는 실천적 전략이지만 각 문화 간의 권력이 비대칭적일 때 오히려 지배 문화로의 일방적 편입이라는 결과를 낳을 수 있다.
- 빠르게 진행되고 있는 혼종 현상을 올바르게 파악하기 위해서는 더욱 심도 있는 논의가 필요하다.

STEP 5 : 함축적인 개념이나 표현으로 요약하기

한편 요약문은 분량이 한정되어 있으므로 제시문에 사용된 어구나 문장을 그대로 옮겨온다면 효과적인 요약이 될 수 없을뿐더러 좋은 점수도 받을 수 없습니다. 지정된 분량 내에서 글의 내용 전체를 충분하게 반영하지 못할 수 있기 때문입니다. 따라서 함축적인 개념이나 표현으로 다수의 문장이나 어구들을 대치할 수 있어야만 효과적인 요약이 가능하며 좋은 점수를 받을 수 있습니다. 이 과정에서 단락들의 순서를 재구성하는 것도 좋습니다.(재구성의 원리) 그럼 이상의 내용을 바탕으로 앞의 내용을 다시 함축적인 표현으로 요약해 보겠습니다.

전통적인 것과 근대적인 것을 대비시키는 기존의 이분법의 틀은 더 이상 작동하지 않고 있으며, 지구화가 급속히 진전되면서 문화개념과 관련된 상충하는 견해들이 등장했다. 첫째는 문화 간의 충돌이 일어날 것이라는 주장이며, 둘째는 문화 간의 동질화가 진행될 것이라는 주장, 셋째는 혼종화가 본격적으로 전개될 것이라는 주장이다.

↳ 다양한 문화영역에서 발견되는 혼종 현상은 기존의 이분법적 분류를 넘어선다. 전 지구화와 더불어 문화충돌, 문화동질화, 혼종화라는 세 가지 전망이 대두했다.

생물학에서 유래된 혼종이라는 용어가 제국주의의 전 지구적 팽창과 더불어 우생학적 학설을 토대로 발전했지만 식민 지배가 종식되고 혼종성에 대한 이해와 혼종성의 영향력이 재 주목되고 있다.

↳ 애초에 인종 혼종을 둘러싼 관심에서 비롯된 혼종은 나중에는 문화 혼종을 둘러싼 인식으로 확장되었다.

혼종화는 개별적 형식이 뒤섞여 새로운 구조나 행위를 창조하는 사회문화적 과정이며 이는 특정 시기만 나타나는 것이 아닌 모든 문화의 지속적인 조건으로 이해된다.

↳ 문화횡단을 통해 끊임없이 생성되고 변형되는 혼종은 모든 문화의 지속적인 조건이라고 할 수 있다.

혼종 현상 자체는 새로운 것이 아니지만 그것을 혼종성이라는 개념으로 이해하고 문화를 바라보는 틀로 인식하는 담론은 비교적 최근에 부각되었다.

혼종성 담론은 문화제국주의와 자문화중심주의의 이분법을 넘어서 상이한 문화들 사이의 다중적이고 풍요로운 친화관계들을 규정짓고 설명하는 데 도움을 주며, 식민 종주국과 피식민국 양자에 존재하는 본질주의를 해체하는 비판기능을 수행한다.

↳ 혼종 현상 자체는 새로운 것이 아니지만 그것을 혼종성이라는 개념으로 이해하고 문화를 바라보는 틀로 인식하는 담론은 비교적 최근에 부각되었다.그렇지만 비교적 최근에 대두한 혼종성 담론은 식민 종주국과 피식민국 양자에 존재하는 본질주의를 해체하는 비판기능을 수행한다.

상이한 문화를 서로 인정하고 각각의 문화를 유지하며 공존해야 한다고 주장하는 다문화주의를 넘어서서 혼종성 담론은 모든 문화를 혼종화의 결과로 보고 현재 더욱 가속화되는 혼종화의 결과 나타나는 새로운 문화의 가치에 주목한다. 나아가 혼종화가 일어나는 구체적인 권력관계의 맥락과 그 결과 산출되는 문화주체의 복합적 정체성도 고려해야 한다.

↳ 나아가 혼종화가 일어나는 구체적인 권력관계의 맥락과 그 결과 산출되는 문화주체의 복합적 정체성도 고려해야 한다.

혼종성 담론은 인종주의나 민족주의와 같은 본질주의를 극복하고자 하는 실천적 전략이지만 각 문화 간의 권력이 비대칭적일 때 오히려 지배 문화로의 일방적 편입이라는 결과를 낳을 수 있다.

↳ 혼종성 담론은 항상 긍정적인 결과를 가져오는 것이 아니며, 각 문화 집단의 힘의 균형이 맞지 않을 때는 지배문화로의 일방적 편입이라는 부정적 결과도 초래한다.

빠르게 진행되고 있는 혼종 현상을 올바르게 파악하기 위해서는 더욱 심도 있는 논의가 필요하다.

↳ 더욱 심도 있는 논의를 통해 빠르게 진행되는 혼종 현상을 분석할 필요가 있다.

문장의 위치를 변경하고 포괄하는 표현을 사용함으로써 문장의 가독성이 향상된 것을 알 수 있습니다. 그리고 함축시킨 위의 문장을 읽어 보면 이 글의 주제는 혼종성의 의미와 혼종성이 함축하는 의의와 한계인 것도 알 수 있습니다.

STEP 6 : 답안에서 주관적 신념 배제하기

또한 이 과정에서 정말 주의할 점은 제시문의 내용에 대한 정확한 이해와 그것을 효과적으로 표현하는 데 수험생의 주관이 개입할 여지는 전혀 없다는 점(객관화의 원리)입니다. 이러한 논제에 대해 주관적인 신념을 표현하거나 주장을 펼치는 것은 매우 위험한 일이며 큰 감점 요인이 됩니다.

STEP 7 : 파악된 글의 주제를 답안의 첫머리에 제시하기

여기까지 작성하게 되면 전체 주제가 어느 정도 보이게 되는데 파악된 글의 주제를 답안의 첫머리에 제시하면 채점위원들에게 글 전체의 맥락을 이해했다는 뜻으로 받아들여질 수 있기 때문에 매우 좋은 인상을 남길 수 있습니다. 따라서 2차 요약을 하면서 글의 주제도 같이 작성해 보는 것이 좋습니다.

그럼 이상의 내용을 바탕으로 모범답안을 작성해 보겠습니다.

> [제시문 1]은 혼종성의 다양한 측면들을 살펴보면서 그 의의와 한계를 성찰하고 있다. 다양한 문화영역에서 발견되는 혼종 현상은 기존의 이분법적 분류를 넘어선다. 전 지구화와 더불어 문화충돌, 문화동질화, 혼종화라는 세 가지 전망이 대두했다. 애초에 인종 혼종을 둘러싼 관심에서 비롯된 혼종은 나중에는 문화 혼종을 둘러싼 인식으로 확장

되었다. 문화횡단을 통해 끊임없이 생성되고 변형되는 혼종은 모든 문화의 지속적인 조건이라고 할 수 있다. 그렇지만 비교적 최근에 대두한 혼종성 담론은 식민 종주국과 피식민국 양자에 존재하는 본질주의를 해체하는 비판기능을 수행한다. 나아가 혼종화가 일어나는 구체적인 권력관계의 맥락과 그 결과 산출되는 문화주체의 복합적 정체성도 고려해야 한다. 하지만 혼종성 담론은 항상 긍정적인 결과를 가져오는 것은 아니며, 각 문화 집단의 힘의 균형이 맞지 않을 때는 지배문화로의 일방적 편입이라는 부정적 결과도 초래한다. 따라서 더욱 심도 있는 논의를 통해 빠르게 진행되는 혼종 현상을 분석할 필요가 있다.

이제 이해가 되셨나요? 요약하기 문제는 이처럼 이해력과 분석력을 측정하기 위한 논제라 할 수 있습니다. 논술을 자칫 글쓰기로만 알고 있는 학생들이 있는데 논술은 단순한 글쓰기만 말하는 것이 아닙니다. 논술은 기본적인 독해 능력을 우선적으로 측정하기 위한 시험입니다.

현대사회는 여러 문제들이 대개 문자 텍스트(신문, 잡지, 서적, 기사, 뉴스문 등)를 통해 우리에게 전달되는 경우가 많습니다. 학생들이 많이 사용하는 스마트폰이나 인터넷의 경우도 일단 제시된 정보를 보거나 읽고 판단하는 것이므로 광의의 의미에서 본다면 문자텍스트 안에 속한다고 할 수 있을 것입니다.

21세기 정보의 홍수의 시대를 살면서 이러한 문자 텍스트를 정확하게 해독하지 못한다면 우리는 어떤 문제도 해결할 수 없게 됩니다. 그렇기 때문에 논술 시험은 수험생들에게 충분한 독해 능력을 갖출 것을 요구하는 것입니다. 이를 위해 학생들은 평소에 충분한 글 읽기 연습을 해야 하며 그런 훈련이 되어 있지 않은 학생은 논술을 시작할 수 없습니다. 그런 차원에서 본다면 요약하기 문제는 독해의 기본기를 충실히 훈련한 학생을 선발하는 데 목적이 있는 문제 유형이라 할 수 있습니다.

다음 연습문제를 통해 위에서 이해한 내용을 학습해 보겠습니다.

실력향상을 위한 연습문제

아주대학교 기출문제

※ 제시문 [가]를 요약하시오. (300±30자)

[가] 정치적 주장들을 바라볼 때 흥미로운 것들 중 하나는 사람들이 주변의 여러 문제들에 대해 정치적으로 대립되는 진영에 가담해 있다는 사실이다. 군비 지출에서 마약법, 금융 정책 그리고 교육에 이르기까지 다양한 여러 문제들을 대할 때마다 사람들은 거의 정치적으로 대립된 진영으로 나뉘어 서로 상대방을 비난하곤 한다. 그런데 양측의 주장을 면밀히 검토해보면 그들이 근본적으로 서로 다른 전제를 취하고 있음을 알아차릴 수 있다. 이렇게 사람들이 서로 다른 전제를 취하는 까닭은 사람들이 세계를 바라보는 방식에 있어서 서로 다른 비전을 지니기 때문이다.

우리는 비전 없이 현실에만 충실하면 된다고 말할 수도 있다. 그러나 그런 주장은 지나치게 유토피아적이다. 인간은 사고 영역이 제한되어 있어서 그런 인간이 현실을 이해하기에는 현실이 너무 복잡하기 때문이다. 비전은 당혹스러울 정도로 복잡하게 뒤엉켜 있는 미로 속에서 우리를 인도해 주는 지도와 같다. 비전은 지도처럼 우리가 목적지에 도달하는 몇 가지 중요한 길들에 집중할 수 있도록 복잡다단한 특징들을 단순화시켜 주는 것이다.

비전이란 것은 분석할 필요도 없이 누구나 분명하게 인정하고 있는 작동 원리쯤으로 볼 수 있다. 그렇지만 비전은 이론과는 다르다. 비전은, 어떤 체계적인 논거를 구성하여 추출함으로써 형성되는 이론이 나오기 이전에 우리가 이미 알고 있거나 느끼고 있는 것이다. 비전은 논리를 갖춤으로써 하나의 이론으로 전환되기에 이르는데, 그렇다면 비전은 이론들이 기초로 하는 토대라 할 수 있다. 여러 가지 정치 이론이나 사회 이론이 나오기 전에 세계가 움직이는 방식에 대해 통찰력을 갖게 해주는, 근본적인 것이 비전이다. 비전은 논리나 사실에 기초한 검증에 활용되는 것이라기보다는 육감이나 본능적 느낌과 같은 것이다.

매일 반복되는 현실 세계에서는 특수한 이해관계, 대중의 감정, 개성의 충돌, 부패와 무수한 다른 요소들이 뒤섞여 작용하고 있다. 일반인들이 기존의 정책을 어떤 비전으로 평가하느냐에 따라 정책에 대한 지지도가 결정됨을 쉽게 목격할 수 있다. 또한 확실하게 합리적 견해들일지라도 특정 선거, 법률에 따른 투표, 국가 원수의 정책 결정 등에 대해 그다지 큰 영향을 미치지 못할 수도 있고, 반면에 특정한 어떤 비전은 결정이 내려지는 장소의 분위기를 지배할 수 있다.

그런데 역사상 끊임없이 되풀이되는 경향을 들여다보면, 어떤 비전들은 분명하고도 지속적으로 반영되고 있다. 우리 사회에는 그런 비전들이 무수하지만, 그 비전들을 추상화시켜, 편의상 제약적 비전과 무제약적 비전, 이렇게 두 비전으로 나눌 수 있다. 물론 현실 세계에서는 이 두 비전 사이에 다양한 요소들이 상대방의 비전에 접목되어 무수히 많은 변종들이 존재한다. 하지만 이 상반되는 두 가지의 추상화된 비전을 중심으로 검토하면, 사회를 바라보는 데 적지 않은 도움을 얻을 수 있다.

1) 논제 분석

무엇을?	제시문 [가]를
어떻게?	요약하라
조건은?	분량은 띄어쓰기를 포함하여 270~330자로 할 것.

2) 문단별 요약

자, 앞에서 배운 대로 문단별로 글을 요약할 때는 예시를 제외하는 것이 첫째입니다. 한번 해보세요.

정치적 주장들을 바라볼 때 흥미로운 것들 중 하나는 사람들이 주변의 여러 문제들에 대해 정치적으로 대립되는 진영에 가담해 있다는 사실이다. 군비 지출에서 마약법, 금융 정책 그리고 교육에 이르기까지 다양한 여러 문제들을 대할 때마다 사람들은 거의 정치적으로 대립된 진영으로 나뉘어 서로 상대방을 비난하곤 한다. 그런데 양측의 주장을 면밀히 검토해보면 그들이 근본적으로 서로 다른 전제를 취하고 있음을 알아차릴 수 있다. 이렇게 사람들이 서로 다른 전제를 취하는 까닭은 사람들이 세계를 바라보는 방식에 있어서 서로 다른 비전을 지니기 때문이다.

우리는 비전 없이 현실에만 충실하면 된다고 말할 수도 있다. 그러나 그런 주장은 지나치게 유토피아적이다. 인간은 사고 영역이 제한되어 있어서 그런 인간이 현실을 이해하기에는 현실이 너무 복잡하기 때문이다. 비전은 당혹스러울 정도로 복잡하게 뒤엉켜 있는 미로 속에서 우리를 인도해 주는 지도와 같다. 비전은 지도처럼 우리가 목적지에 도달하는 몇 가지 중요한 길들에 집중할 수 있도록 복잡다단한 특징들을 단순화시켜 주는 것이다.

비전이란 것은 분석할 필요도 없이 누구나 분명하게 인정하고 있는 작동 원리쯤으로 볼 수 있다. 그렇지만 비전은 이론과는 다르다. 비전은, 어떤 체계적인 논거를 구성하여 추출함으로써 형성되는 이론이 나오기 이전에 우리가 이미 알고 있거나 느끼고 있는 것이다. 비전은 논리를 갖춤으로써 하나의 이론으로 전환되기에 이르는데, 그렇다면 비전은 이론들이 기초로 하는 토대라 할 수 있다. 여러 가지 정치 이론이나 사회 이론이 나오기 전에 세계가 움직이는 방식에 대해 통찰력을 갖게 해 주는, 근본적인 것이 비전이다. 비전은 논리나 사실에 기초한 검증에 활용되는 것이라기보다는 육감이나 본능적 느낌과 같은 것이다.

↳

그런데 역사상 끊임없이 되풀이되는 경향을 들여다보면, 어떤 비전들은 분명하고도 지속적으로 반영되고 있다. 우리 사회에는 그런 비전들이 무수하지만, 그 비전들을 추상화시켜, 편의상 제약적 비전과 무제약적 비전, 이렇게 두 비전으로 나눌 수 있다. 물론 현실 세계에서는 이 두 비전 사이에 다양한 요소들이 상대방의 비전에 접목되어 무수히 많은 변종들이 존재한다. 하지만 이 상반되는 두 가지의 추상화된 비전을 중심으로 검토하면, 사회를 바라보는 데 적지 않은 도움을 얻을 수 있다.

↳

3) 핵심어 찾기

문단별로 핵심어가 무엇인지 적어 보세요.

문단	핵심어
1	
2	
3	
4	
5	

4) 제시문 요약

위에서 정리한 내용을 참고해 핵심어를 포함하여 다시 문장을 정리해 보세요.

문단	요약문
1	
2	
3	
4	
5	

자 그럼 여러분이 한 것과 선생님이 요약한 내용과 비교해 보세요. 큰 맥락에서 비슷하게 되었다면 여러분은 이 문형을 완벽히 이해한 것입니다.

문단	요약문
1	사람들의 의견 충돌은 서로 다른 전제 때문에 발생한다. 서로 다른 전제를 취하는 이유는 사람들이 세상을 바라보는 비전이 다르기 때문이다.
2	비전은 사람들이 복잡한 현실 세계에서 살아가는데 지도와 같은 역할을 한다.
3	비전은 논리를 갖춘 이론의 형성 전에 그 토대를 이루며, 우리에게 세계가 움직이는 방식에 대해 통찰하게 해 주는 육감이나 본능적 느낌과 같은 것이다.
4	매일 반복되는 현실 세계에서 개개인의 비전은 개개인별로 서로 다른 가치 판단을 내리게 한다.
5	역사의 흐름을 통해 볼 때 우리에게 분명하고도 지속적으로 반영되는 비전이 있는데 편의상 그 둘을 제약적 비전, 무제약적 비전이라 한다.

5) 제시문 재요약

그럼 위 내용을 압축적인 표현을 사용하여 다시 요약한 다음 주제를 찾아 써보기 바랍니다.

문단	재요약
1	
2	
3	
4	
5	

주제:

그럼 이제 위의 과정을 참고하여 다음 쪽 원고지에 최종 요약글을 작성해 보세요.

40
80
120
160
200
240
280
320
360
400
440
480
520
560
600

640

680

720

760

800

840

880

920

960

1000

1040

1080

1120

1160

1200

복수 제시문 요약형 논제 해결하기

1. 개요

복수 제시문 요약형 논제는 요약형 논제의 한 종류로서, 단일 제시문 요약형의 확장된 형태로 볼 수 있습니다. 통상적으로 요약형 문항은 수험생의 독해 능력을 평가하기 위한 논제로서, 후속하는 논제 해결을 위해 필요한 기본적인 독해 능력을 평가합니다. 하지만 복수 제시문 요약형 논제는 수험생들의 기본적인 독해 능력을 측정하는 것뿐만 아니라 논술 주제와 관련한 다양한 견해를 정리해 보게 함으로써 후속하는 적용형, 평가형 논제 즉, 논증 능력을 측정하기 위한 논제로 심화되는 과정에서 곧잘 출제되는 논제 유형입니다.

복수 제시문 요약형은 주로 논제의 1, 2번으로 제시되는 것이 통상적이며, 단순히 복수의 제시문을 요약하라는 형태로 제시되기도 하고, 일단 복수의 제시문을 요약한 후 이를 바탕으로 적용형이나 평가형 논제와 결합한 융합형 논제로 출제되는 경우가 많습니다.

2. 논제 분석 방법

어떤 논제가 출제 됐을까?

1. 제시문 (마)와 (바)의 요지를 밝히고, 그것에 근거하여 제시문(사)에 나타나는 모녀간의 갈등을 분석하시오. (이화여자대학교 기출문제)
2. (가)와 (나)의 논지를 요약하고, 여기서 찾아낸 논거를 구체적으로 활용하여 제

시문 (다)의 현상을 설명하시오. (서강대학교 기출문제)

3. 제시문 [가], [나], [다], [라] 각각에 나타난 창의성의 발현 요건을 요약하여 정리하시오. (동국대학교 기출문제)
4. 제시문 [가], [나], [다], [라]는 어떤 가치 사이의 긴장 관계를 공통적으로 보여주고 있다. 이를 중심으로 제시문들을 두 가지 관점으로 나누고, 이러한 관점에서 각 제시문을 요약하시오. (경희대학교 기출문제)
5. 제시문 (가), (나), (다)의 내용을 각각 요약하시오. (고려대학교 기출문제)

복수 제시문 요약형 논제의 발문은 단일 제시문 요약형과 같이 '~을 요약하시오' 혹은 '요지를 밝히시오.'와 같은 형태로 제시됩니다. 다만 유의하여야 할 것은 많은 복수 제시문 요약형 논제에서 요약의 대상을 핵심 내용이나 주장, 요지로 제한하고 있다는 점입니다. 즉 복수 제시문 요약형 논제는 주로 핵심 내용이나 주장, 요지만을 요약하면 됩니다.

특히 적용형이나 평가형 논제와 결합된 융합형 논제에서는 제한된 분량 내에 각 제시문을 요약하여 제시할 수 있는 분량이 매우 제한됩니다, 따라서 융합형 논제로 제시되는 경우에는 후속하는 적용형, 평가형의 논제의 내용이나 분량 등을 감안하여 요약의 범위와 내용을 적절히 설정할 필요가 있습니다.

3. 제시문 분석 방법

복수 제시문 요약형 논제는 제시문 전체를 요약하기보다는 글의 논지나 요지를 요약하라고 하거나 글에서 다루고 있는 핵심 대상을 한정해 주며 그것과 관련된 내용을 중심으로 요약하라고 하는 경우가 많습니다. 그렇기 때문에 수험생들은 글 전체를 충실히 요약해야 하는 단일 제시문 요약형 논제와 달리 복수 제시문 요약형 논제를 접근하는 방법은 조금 달라야 합니다. 곧, 논제에서 요구하는 핵심 요구 사항이 무엇인지 정확하게 파악하고, 그에 맞는 요약을 하도록 해야 하는 것입니다. 대개 제시문의 지엽적인 내용보다는 핵심적이고 가장 근본적인 것을 찾아 요약해야 하므로 수험생들도 이 훈련을 평소 반복해서 연습하는 것이 좋습니다.

4. 논제 사례 분석

이화여자대학교 기출문제

※ 제시문 [가]와 [나]의 내용을 각각 요약하고, 다문화주의에 대한 두 글의 관점의 차이를 설명하시오. (1,000자±10%)

[가] 어떤 집단에 소속된다고 해서 반드시 민족 정체성이 손상된다고 볼 수는 없다. 우리가 개인과 집단 차원에서 동료집단이나 종교에 대해 갖는 소속감이 민족 감정과 항상 충돌하는 것은 아니기 때문이다. 그렇다고 해서 급진적 다문화주의를 대안으로 내세워서는 안 된다. 민족 감정과 마찬가지로 그러한 정체성도 사회적으로 구성되는 것이며, 다양한 문화적 요인으로 말미암아 생겨나는 창조물이다. 종족이나 민족 어떤 경우에도 순수한 혈통이라는 것이 존재하지는 않는다. 그런데도 급진적 다문화주의는 특정한 민족 공동체가 지배적이어서는 안 된다는 전제를 기반으로 한다. 물론 정치적 차원에서 억압 받는 집단을 보호하려는 다문화주의의 노력은 칭찬할 만하다. 하지만 이러한 노력이 결실을 거두기 위해서는 다양한 민족 공동체 전체가 그 노력을 지지하거나, 특정 집단의 이해관계를 넘어서는 사회정의의 관념이 바탕에 깔려 있어야만 한다.

'세계주의적 민족cosmopolitan nation'은 적극적인 민족 개념으로서 전통적인 민족 개념과는 다른 의미를 지닌다. 과거의 민족 개념은 대체로 타 민족에 대한 적대감을 기반으로 형성되었다. 오늘날 세계주의적 민족 개념은 협조적인 환경 속에서 만들어지는 것으로, 과거와 달리 다양한 민족 감정의 공존을 받아들이되 모든 민족 감정을 포괄하려고 하지는 않는다. 이런 맥락에서 민족 정체성은 보다 개방적이고 성찰적인 방식으로 구성되는데, 민족과 그들의 열망이 고정된 것이 아니라 명확하지 않은 경계선을 넘나들며 꾸준히 변화하는 것으로 간주된다. 따라서 오늘날 민족 간의 경계선이 더욱 불분명해지는 화중에 민족자결의 목소리가 커지고 있다면 기존의 민족 정체성을 재구성해야만 할 것이다. '우리는 누구인가?'라는 질문이 여전히 어렵기는 하지만, 그럼에도 불구하고 우리는 설득력 있는 해답을 찾아야만 한다.

세계화 시대에 이상적인 다문화사회가 가능해지려면 세계주의 시각이 필수적이다. '세계주의적 민족주의'는 새로운 질서 속에서 민족 정체성을 유지할 수 있는 유일한 대안이다. 독일의 사례는 이런 점에서 세계주의적 민족주의와 관련된 하나의 시금석이 될 수 있다. 오랫동안 혈통주의에 따라 시민권을 부여해 온 독일은 유럽연합이라는 새로운 변화 속에서 자국 시민들의 민족 감정을 유지하면서 문화적 다양성을 동시에 추구해야 하는 과제를 안고 있기 때문이다. 세계주의적 민족주의가 비록 이상적인 개념이기는 하지만 오늘날 세계 질서를 고려할 때 그렇게 비현실적인 것은 아니다. 냉전이 끝나고 세계화의 충격이 지구촌을 휩쓸면서 전통적인 국가주권의 속성도 빠르게 바뀌고 있다. 이제는 국가 간의 연대감뿐 아니라 글로벌 차원의 시민사회가 등장함으로써 과거의 민족 개념을 넘어서는 새로운 패러다임이 요구되고 있는 것이다.

[나] The number of foreign residents in Korea has currently exceeded the one million mark, over two percent of the total population. Despite the sharp increase of the immigrant population, no one has a clear idea about how th manage all the differences between Korean and foreign cultures.

Decades ago, the U. S. seemed to provide an answer. It was that of the "melting pot," a society like a pot of stew. Within the stew, the meat and vegetables give each other a bit of their own flavors to create a new one. Likewise, in such a social climate, different people made their own contributions to American culture, and made every effort to come together.

More recently, however, the situation has changed. No longer are all U. S. citizens called Americans, but they are Italian-Americans, Hispanic-Americans, and so on. Recent immigrants in the U. S. have begun to stick with groups that share similar cultural origins. They resist assimilation, worrying that it will make them lose their identities. Then, what is the alternative to assimilation? Some say that the "salad bowl" of so-called multiculturalism is a good model for immigrant countries. In a bowl of freshly tossed salad, all the elements are mixed together, almost preserving their shapes of flavors. Together, however, they make up a unity in diversity. The typical example of the salad bowl is that of Canada. The Canadian culture for immigrants encourages them to maintain their unique identities, even though all the different ethnic groups are mixed in one society. Learning to respect others cultures and traditions eventually will help the members of the community better understand one another.

1) 논제 분석

무엇을?	① 제시문 [가]와 [나]의 내용을	② 다문화주의에 대한 두 글의 관점의 차이를
어떻게?	① 각각 요약하라	② 설명하라
조건은?	답안분량은 띄어쓰기 포함 1,000자±10%로 할 것.	

이 논제는 특정한 제시문의 내용을 설명하기 전 단계로, 복수의 제시문에 담긴 내용을 정확히 이해하고 요약하는 과정을 선행하도록 의도한 논제입니다.

이 논제를 해결하기 위해 특히 기억해야 할 것은 다음의 세 가지입니다.

첫째, 원문의 핵심 내용을 뽑아 제시문의 공통점이나 차이점을 파악할 것,
둘째, 핵심 내용들이 학생 본인의 요약문에서 논리적으로 잘 연결되어 완결성을 가질 것,
셋째, 원문에 나온 내용 이외의 개인 생각이 들어가지 않을 것.

자, 그럼 다음에서 이를 잘 고려하여 요약하는 방법을 알아보겠습니다.

2) 답안 작성 요령

STEP 1 : 문제를 고려하여 답안의 분량을 적절히 배분하라

일단 이 논제에서 묻고 있는 요소가 크게 세 가지([가]와 [나]에 대한 요약 및 관점의 차이 설명)이므로 답안의 분량을 적절하게 3등분할 것을 미리 생각하는 것이 중요합니다. 그렇지 않으면 답안 작성 시 어느 한 쪽으로 쏠리게 되어 논리적인 답을 제시하기가 어렵기 때문입니다. 본 논제에서는 1,000자 정도를 요구하고 있으므로 300, 300, 400자 정도로 나누는 것이 좋습니다. 만약 답안의 분량이 정해져 있지 않더라도 답안을 작성하는 과정에서 이렇게 적절하게 나누는 것이 필요합니다.

STEP 2 : 각 제시문의 핵심 요지만을 정리하여 공통점이나 차이점을 파악하라

또한 제시문 [가]와 [나]의 내용을 요약할 때는 두 제시문 전체의 요약이 아닌 각 제시문의 핵심 요지만을 정리하여 둘의 공통점이나 차이점을 신속하게 파악하는 것이 중요합니다. 왜냐하면 이 논제는 복수의 제시문을 요약한 내용을 바탕으로, 다른 제시문의 내용을 분석하여 설명하는 것이 목적이기 때문입니다. 또한 문제에서 이미 두 글의 관점의 차이를 설명하라고 했기 때문에 제시문 [가]와 [나]가 어떤 면에서 차이를 보이고 있는지를 밝혀야 합니다.

STEP 3 : 차이를 비교할 때는 비교 기준을 명확히 제시하라

두 제시문의 관점 차이를 비교할 때는 비교 기준을 명확히 제시한 뒤 둘의 차이를 대조하면 더 깊은 글이 될 수 있습니다. 예를 들어 이상적 다문화사회를 만들기 위한 대안에 있어 이를 바라보는 관점이 어떻게 다른지 밝히는 식입니다. 이렇게 하면 단순히 두 글을 요약해서 나열하는 것보다 훨씬 더 분석적인 느낌을 줄 수 있습니다.

STEP 4 : 각각의 제시문이 지닌 핵심 내용을 담은 중심문장을 찾아라

복수 제시문 요약형 논제는 단일 제시문 요약형 논제와는 다소 다른 성격을 지니고 있으므로 다르게 접근할 필요가 있습니다. 즉, 단일 제시문 요약형 논제는 하나의 제시문에 대한 심층적 이해를 바탕으로 요약의 원칙을 적극적으로 활용하여 푸는 문제로서 독해 능력과 요약의 능력이 중점적인 평가의 대상이 된다고 할 수 있습니다.

그러나 복수 제시문 요약형 논제는 정해진 분량 안에 두 개 이상의 제시문 내용을 요약해야 하므로 제시문의 여러 내용을 요약의 원칙에 따라 구성하는 것이 아니라, 각각의 제시문이 지닌 핵심 내용이나 관련 내용만으로 답안을 작성하여야 합니다. 따라서 복수 제시문 요약형 논제는 각 제시문의 내용이 매우 간략하게 제시되는 특성을 지니게 됩니다. 이 경우 역시 단일 제시문 요약형과 마찬가지로 예시 등을 제거하고 보면 중심문장을 찾기가 수월해 지는데, 이렇게 찾은 문장에 밑줄을 쳐보는 것이 중요합니다.

[가] 어떤 집단에 소속된다고 해서 반드시 민족 정체성이 손상된다고 볼 수는 없다. 우리가 개인과 집단 차원에서 동료집단이나 종교에 대해 갖는 소속감이 민족 감정과 항상 충돌하는 것은 아니기 때문이다. 그렇다고 해서 급진적 다문화주의를 대안으로 내세워서는 안 된다. 민족 감정과 마찬가지로 그러한 정체성도 사회적으로 구성되는 것이며, 다양한 문화적 요인으로 말미암아 생겨나는 창조물이다. 종족이나 민족 어떤 경우에도 순수한 혈통이라는 것이 존재하지는 않는다. 그런데도 급진적 다

문화주의는 특정한 민족 공동체가 지배적이어서는 안 된다는 전제를 기반으로 한다. 물론 정치적 차원에서 억압 받는 집단을 보호하려는 다문화주의의 노력은 칭찬할 만하다. 하지만 이러한 노력이 결실을 거두기 위해서는 다양한 민족 공동체 전체가 그 노력을 지지하거나, 특정 집단의 이해관계를 넘어서는 사회정의의 관념이 바탕에 깔려 있어야만 한다.

'세계주의적 민족cosmopolitan nation'은 적극적인 민족 개념으로서 전통적인 민족 개념과는 다른 의미를 지닌다. 과거의 민족 개념은 대체로 타민족에 대한 적대감을 기반으로 형성되었다. 오늘날 세계주의적 민족 개념은 협조적인 환경 속에서 만들어지는 것으로, 과거와 달리 다양한 민족 감정의 공존을 받아들이되 모든 민족 감정을 포괄하려고 하지는 않는다. 이런 맥락에서 민족 정체성은 보다 개방적이고 성찰적인 방식으로 구성되는데, 민족과 그들의 열망이 고정된 것이 아니라 명확하지 않은 경계선을 넘나들며 꾸준히 변화하는 것으로 간주된다. 따라서 오늘날 민족 간의 경계선이 더욱 불분명해지는 와중에 민족자결의 목소리가 커지고 있다면 기존의 민족 정체성을 재구성해야만 할 것이다. '우리는 누구인가?'라는 질문이 여전히 어렵기는 하지만, 그럼에도 불구하고 우리는 설득력 있는 해답을 찾아야만 한다.

세계화 시대에 이상적인 다문화사회가 가능해지려면 세계주의 시각이 필수적이다. '세계주의적 민족주의'는 새로운 질서 속에서 민족 정체성을 유지할 수 있는 유일한 대안이다. 독일의 사례는 이런 점에서 세계주의적 민족주의와 관련된 하나의 시금석이 될 수 있다. 오랫동안 혈통주의에 따라 시민권을 부여해 온 독일은 유럽연합이라는 새로운 변화 속에서 자국 시민들의 민족 감정을 유지하면서 문화적 다양성을 동시에 추구해야 하는 과제를 안고 있기 때문이다. 세계주의적 민족주의가 비록 이상적인 개념이기는 하지만 오늘날 세계 질서를 고려할 때 그렇게 비현실적인 것은 아니다. 냉전이 끝나고 세계화의 충격이 지구촌을 휩쓸면서 전통적인 국가주권의 속성도 빠르게 바뀌고 있다. 이제는 국가 간의 연대감뿐 아니라 글로벌 차원의 시민사회가 등장함으로써 과거의 민족 개념을 넘어서는 새로운 패러다임이 요구되고 있는 것이다.

이제 밑줄 친 중심문장을 모아보면 다음과 같이 됩니다.

- 어떤 집단에 소속된다고 해서 반드시 민족 정체성이 손상된다고 볼 수는 없다. 그렇다고 해서 급진적 다문화주의를 대안으로 내세워서는 안 된다. 다문화주의가 결실을 거두기 위해서는 다양한 민족 공동체 전체가 그 노력을 지지하거나, 특정 집단의 이해관계를 넘어서는 사회정의의 관념이 바탕에 깔려 있어야만 한다.
- '세계주의적 민족cosmopolitan nation'은 적극적인 민족 개념으로서 전통적인 민족 개념과는 다른 의미를 지닌다. 오늘날 민족 간의 경계선이 더욱 불분명해지는 와중에 민족자결의 목소리가 커지고 있다면 기존의 민족 정체성을 재구성해야만 할 것이다.
- 세계화 시대에 이상적인 다문화사회가 가능해지려면 세계주의 시각이 필수적이다. 이제는 국가 간의 연대감뿐 아니라 글로벌 차원의 시민사회가 등장함으로써 과거의 민족 개념을 넘어서는 새로운 패러다임이 요구되고 있는 것이다.

STEP 5 : 내용을 정리하면서 효과적인 구성방식으로 재배열하라

다음으로 이를 순서대로 그대로 쓰는 것이 아니라 재요약하여 효과적인 구성방식(두괄식이나 미괄식)으로 재구성해야 좋은 답안이 될 수 있습니다.

> 제시문 [가]에서는 전통적이고도 배타적인 민족 감정 또는 민족 정체성을 '세계주의적 민족'이라는 개념과 대비시켜, 세계화 시대의 이상적 다문화 사회를 위해서는 세계주의적 시각으로 나아가는 것이 필수적임을 제안하고 있다. 이 같은 세계주의적 민족 개념은 개별 집단의 이해관계를 넘어서 꾸준히 변화하고 재구성되는 것으로, 민족적 경계선이 불분명해지고 있는 글로벌 시민 사회에서 민족 정체성을 유지할 수 있는 유일한 대안이다.

만약 요구하는 글자 수가 적어 조금 더 줄여야 한다면 다음과 같이 할 수도 있습니다. 앞서 설명한 것처럼 복수 제시문 요약형 논제는 핵심 내용이나 주장, 요지만을 요약한다는 것을 잊지 마시기 바랍니다.

> 제시문 [가]는 기존의 민족 정체성 관념은 오늘날 세계의 문제를 해결하는 데 도움이 되지 않으며, 이를 바탕으로 한 다문화주의 역시 해답이 아니라고 주장한다. 이러한 한계를 뛰어넘는 세계주의적 민족개념이야말로 다문화주의가 처한 딜레마를 극복할 수 있는 유일한 대안이라고 본다.

[나]도 마찬가지 방법으로 요약해 보겠습니다. 우선 전체적인 내용을 훑어본 후 중심문장을 찾아 밑줄을 칩니다.

[나] The number of foreign residents in Korea has currently exceeded the one million mark, over two percent of the total population. Despite the sharp increase of the immigrant population, no one has a clear idea about how th manage all the differences between Korean and foreign cultures.

Decades ago, the U. S. seemed to provide an answer. It was that of the "melting pot," a society like a pot of stew. Within the stew, the meat and vegetables give each other a bit of their own flavors to create a new one. Likewise, in such a social climate, different people made their own contributions to American culture, and made every effort to come together.

More recently, however, the situation has changed. No longer are all U. S. citizens called Americans, but they are Italian-Americans, Hispanic-Americans, and so on. Recent immigrants in the U. S. have begun to stick with groups that share similar cultural origins. They resist assimilation, worrying that it will make them lose their identities. Then, what is the alternative to assimilation? Some say that the "salad bowl" of so-called multiculturalism is a good model for immigrant countries. In a bowl of freshly tossed salad, all the elements are mixed together, almost preserving their shapes of flavors. Together, however, they make up a unity in diversity. The typical example of the salad bowl is that of Canada. The Canadian culture for immigrants encourages them to maintain their unique identities,

even though all the different ethnic groups are mixed in one society. Learning to respect others cultures and traditions eventually will help the members of the community better understand one another.

밑줄 친 부분을 모아보면 다음과 같이 됩니다.

- Despite the sharp increase of the immigrant population, no one has a clear idea about how th manage all the differences between Korean and foreign cultures.
- It was that of the "melting pot," a society like a pot of stew. Within the stew, the meat and vegetables give each other a bit of their own flavors to create a new one. Likewise, in such a social climate, different people made their own contributions to American culture, and made every effort to come together. They resist assimilation, worrying that it will make them lose their identities.
- Some say that the "salad bowl" of so-called multiculturalism is a good model for immigrant countries. In a bowl of freshly tossed salad, all the elements are mixed together, almost preserving their shapes of flavors. Learning to respect others cultures and traditions eventually will help the members of the community better understand one another.

다음으로 이를 재요약한 다음 효과적인 구성방식(두괄식이나 미괄식)으로 재구성 해보겠습니다.

> 제시문 [나]는 한 나라 안에서 다양한 이민족이 공존하는 방안으로 '용광로melting pot' 모델과 '샐러드 그릇salad bowl' 모델을 대비시키고 있다. 과거 미국에서 볼 수 있는 용광로 모델은 사회 내의 다양한 문화적 태생을 가진 구성원들이 서로 동화되어 새로운 정체성을 형성하는 사회를 지칭하는 것으로, 개별 구성원들의 고유한 문화적 정체성을 잃을 수 있다는 단점이 있다. 반면 캐나다에서 볼 수 있는 샐러드 그릇 모델은 서로 다른 요소가 각각의 다양성을 유지하면서도 전체적인 통합체를 이루는 사회로 타문화에 대한 보다 나은 이해를 도모할 수 있다.

마찬가지로 글자 수를 조금 더 줄여야 한다면 다음과 같이 압축할 수 있습니다.

> 제시문 [나]는 다문화 사회의 최선의 모습이 무엇인지를 질문하며 '용광로melting pot' 모델과 '샐러드 그릇salad bowl' 모델을 비교하고 있다. 용광로 모델은 다양한 구성원들이 서로 동화되어 새로운 정체성을 만들 수 있지만 그 과정에서 개별 구성원들의 정체성을 잃을 수 있다는 단점이 있다. 반면 샐러드 그릇 모델은 각각의 다양성을 유지하면서도 전체적인 조화를 이룰 수 있다는 점에서 긍정적인 효과가 있다.

이상에서 알 수 있듯이 이 논제는 단순히 글 전체를 요약하는 것이 아니라 글의 논지를 찾은 후 그것들을 통합하여 요약한 후 다시 정리하도록 요구하고 있습니다. 그러므로 수험생의 입장에서는 단일 제시문 요약형 논제의 해결 방향과는 조금 다른 방향에서 접근을 해야 합니다. **이를 해결하기 위해 수험생들은 평소 공통 주제에 대해 서로 유사한 또는 다른 제시문들을 묶어 요약하고 정리하는 훈련을 할 필요가 있습니다.**

STEP 6 : 두 글의 핵심 공통점과 차이점 등을 압축적으로 분석 제시하라

다음으로 논제에 제시된 '다문화주의'에 대한 두 글의 관점의 차이를 논술하기 위해서는 우선 논의의 핵심이 되는 개념을 바라보는 두 글의 기본적 차이를 먼저 찾아서 제시하는 것이 중요합니다. (STEP 3 : 차이를 비교할 때는 비교 기준을 명확히 제시하라) 여기서는 다문화주의 논의의 기초가 되는 민족 정체성을 바라보는 관점의 차이라는 기준을 언급한다면 심사위원들에게 좋은 점수를 받을 수 있을 것입니다. 이해하기 쉽게 제시문 [가], [나]의 핵심내용을 분석하면 다음과 같습니다.

제시문	주제	내용
가	이상적 다문화 사회를 위해 세계주의적 민족주의라는 새로운 패러다임이 필수적	• 어떤 집단에 소속된다고 해서 민족정체성이 훼손되는 것은 아님 • 전통적이고 배타적 민족개념과 세계주의적 민족개념의 대비 • 세계화 시대에 이상적인 다문화사회가 가능해지려면 세계주의 시각이 필수적

제시문	주제	내용
나	다문화의 공존방식으로서 '용광로 모델'과 '샐러드 그릇'의 대비	• 용광로 모델 : 사회 내의 다양한 문화적 태생을 가진 구성원들이 서로 동화되어 새로운 정체성을 형성하는 사회를 지칭하는 것으로, 개별 구성원들의 고유한 문화적 정체성을 잃을 수 있다는 단점이 있음. • 샐러드 그릇 모델 : 서로 다른 요소가 각각의 다양성을 유지하면서도 전체적인 통합체를 이루는 사회로 타문화에 대한 보다 나은 이해를 도모할 수 있음.

위 표에 따르면 두 글의 차이는 다음과 같이 압축 정리할 수 있습니다.

> 제시문 [가]는 우선 다문화주의 논의의 근간이 되는 민족 감정 또는 민족 정체성이 고정 불변하는 것이 아님을 강조한다는 점에서 이 같은 정체성이 이미 형성되어 고정된 것이라는 관점을 보여주는 제시문 [나]와 차이가 있다.

또한 복수 제시문 요약형 논제는 각각의 제시문이 지닌 핵심 내용이나 관련 내용만으로 답안을 작성해야 한다는 것을 명심하세요.(STEP 4 : 각각의 제시문이 지닌 핵심 내용이나 관련 내용만으로 답안을 작성하라.) 이런 맥락에서 보면 위의 표를 보고 다음과 같이 대조할 수 있습니다.

> 제시문 [가]가 복합적이고 개방적이며 끝없이 재형성되는 새로운 '세계적 민족주의'만이 이상적 다문화주의를 가능하게 한다고 보는 반면, 제시문 [나]는 개별 이민 집단들의 고유한 민족 정체성이 유지되는 '샐러드 그릇' 모델의 다문화주의를 긍정적으로 여긴다.

다음으로 논제가 요구하는 두 제시문에 나타난 다문화주의에 대한 관점의 차이를 어떤 기준으로 분류하여 최종 설명하느냐가 문제가 되는데, 이 부분은 평소 많은 연습을 통해서 익히는 것이 필요합니다. 즉 많은 기출문제 풀이를 통해 제시문 [가]와 [나]가 각각 민족 정체성을 고정불변, 배타적 개념으로 보는가, 전통적 민족 개념을 비판적 시각으로 바라보는가, 그리고 각 필자의 견해가 이상적인가 현실적인가의 여부를 명확히 이해하여, 이러한 관점의 차이에 따라 각 제시문이 긍정적으로 소개하는 다문화주의의 모습 역시 달라진다는 것을 파악해 낼 수 있어야 하는 것입니다.

> 제시문 [가]의 관점이 이전의 배타적 민족 정체성에 기반한 급진적 다문화주의를 비판적으로 바라보며 그 대안으로 아직 구현되지 않은 어느 정도 이상적 개념이라 할 수 있는 '세계주의적' 시각의 다문화주의를 제시한다면, 제시문 [나]는 캐나다의 예를 들며 보다 현실적인 입장에서 고유의 정체성을 잃기보다는 이를 유지하며 통합을 이루어나가는 것이 바람직한 다문화주의의 모습임을 주장하는 것이다.

그럼 이 같이 요약한 내용을 연결해서 복수 제시문 요약형 문제의 최종 답안을 완성해 보겠습니다.

> 제시문 [가]에서는 전통적이고도 배타적인 민족 감정 또는 민족 정체성을 '세계주의적 민족'이라는 개념과 대비시켜, 세계화 시대의 이상적 다문화 사회를 위해서는 세계주의적 시각으로 나아가는 것이 필수적임을 제안한다. 이 같은 세계주의적 민족 개념은 개별 집단의 이해관계를 넘어서 꾸준히 변화하고 재구성되는 것으로, 민족적 경계선이

불분명해지고 있는 글로벌 시민 사회에서 민족 정체성을 유지할 수 있는 유일한 대안이다.

제시문 [나]는 한 나라 안에서 다양한 이민족이 공존하는 방안으로 '용광로'모델과 '샐러드 그릇'모델을 대비시킨다. 과거 미국에서 볼 수 있는 용광로 모델은 사회 내의 다양한 문화적 태생을 가진 구성원들이 서로 동화되어 새로운 정체성을 형성하는 사회를 지칭하는 것으로, 개별 구성원들의 고유한 문화적 정체성을 잃을 수 있다는 단점이 있다. 반면 캐나다에서 볼 수 있는 샐러드 그릇 모델은 서로 다른 요소가 각각의 다양성을 유지하면서도 전체적인 통합체를 이루는 사회로 타문화에 대한 보다 나은 이해를 도모할 수 있다.

제시문 [가]는 우선 다문화주의 논의의 근간이 되는 민족 감정 또는 민족 정체성이 고정 불변하는 것이 아님을 강조한다는 점에서 이 같은 정체성이 이미 형성되어 고정된 것이라는 관점을 보여주는 제시문 [나]와 차이가 있다. 제시문 [가]가 복합적이고 개방적이며 끝없이 재형성되는 새로운 '세계적 민족주의'만이 이상적 다문화주의를 가능하게 한다고 보는 반면, 제시문 [나]는 개별 이민 집단들의 고유한 민족 정체성이 유지되는 '샐러드 그릇'모델의 다문화주의를 긍정적으로 여기고 있다.

요컨대 제시문 [가]의 관점이 이전의 배타적 민족 정체성에 기반한 급진적 다문화주의를 비판적으로 바라보며 그 대안으로 아직 구현되지 않은 어느 정도 이상적 개념이라 할 수 있는 '세계주의적' 시각의 다문화주의를 제시하고 있다면, 제시문 [나]는 캐나다의 예를 들며 보다 현실적인 입장에서 고유의 정체성을 잃기보다는 이를 유지하며 통합을 이루어나가는 것이 바람직한 다문화주의의 모습임을 주장하고 있는 것이다.

이제 이해가 되셨나요? 거듭 말씀드리지만 논술 시험은 수험생들에게 충분한 독해 능력을 갖출 것을 요구하는 시험입니다. 이를 위해 학생들은 평소에 충분한 글 읽기 연습을 해야 하며 기본적인 독해훈련이 되어 있지 않은 학생은 논술을 시작할 수 없습니다.

그럼 다음에서 이 유형을 다시 한 번 연습해보겠습니다.

실력향상을 위한 연습문제

이화여자대학교 기출문제

※ 제시문 [다]와 [라]의 내용을 요약하고, '기억'에 대한 관점의 공통점과 차이점을 설명하시오. (1,000자±10%)

[다] 의식적 지각知覺, perception이 이루어지는 조건을 간단하게 살펴보자. 사실상 모든 지각은 기억으로 가득 차 있다. 우리가 감각기관을 통해 무언가를 즉각적으로 받아들일 때마다 수많은 과거의 경험들을 떠올리고 이것을 새로운 지각과 섞곤 한다. 대부분의 경우 이런 기억들은 우리가 현재 지각하는 것들을 대체하는데, 이런 점에서 지각은 단편적인 암시를 통해 과거의 이미지를 불러오는 신호역할을 수행할 따름이다. 이로 인해 지각이 편리하고 신속해지기는 하지만 바로 이 점 때문에 여러 가지 착각이 생겨나기도 한다. 기억으로 존속하는 과거의 이미지들은 현재의 지각과 끊임없이 뒤섞이면서 그것을 대체하기도 한다. 기억이 우리의 경험을 완성할 때마다 과거의 기억은 더욱 풍부해지며, 기억의 양이 늘어날수록 현재의 경험은 점차 덮이거나 가라앉게 된다.

외부 세계에 대한 우리의 지각은 실재적이면서 즉각적인 직관을 기반으로 한다. 그런데 이러한 직관은 그 위에 추가되는 엄청난 기억에 비해 볼 때 하찮은 것에 불과하다. 우리가 경험하는 현재의 직관 자체보다는 예전에 수집되어 저장된 직관들의 모음이 더 큰 도움이 될 때가 많다. 이와 마찬가지로 기억은 연속되는 새로운 경험과 더불어 우리의 판단에 훌륭한 안내자가 된다. 이는 곧 현재의 직관이 수행하는 주된 기능이 기억을 되살리고 그것을 능동적이면서 현실적인 것으로 만드는 데 있음을 잘 말해 준다. 따라서 지각과 그것의 대상이 일치한다는 생각은 이론적으로나 가능할 따름이다. 지각은 기억을 불러오기 위한 하나의 계기에 불과할 뿐이다. 우리의 지각이 얼마나 실재적인가의 여부는 그것이 기억을 불러오는 데 얼마나 도움이 되는가의 정도에 달려 있다. 즉각적인 직관은 실재의 일부로서 현실 세계를 가리키는 단순한 신호에 불과하다.

[라] 특정한 사진이 자아내는 친숙함은 현재와 얼마 안 된 과거를 둘러싼 우리의 감각을 형성한다. 사진은 감각의 옳고 그름을 판단하는 일종의 기준점을 제시하며, 그러한 판단의 근거를 나타내는 일종의 토템 기능을 한다. 말로 된 표어보다 한 장의 사진이 사람들의 정서를 훨씬 더 구체화한다. 나아가 사진은 좀 더 먼 과거를 둘러싼 우리의 감각을 구성하고 교정하는 데에도 도움을 준다. 지금껏 알지 못했던 사진이 유포되어 우리에게 사후적으로 충격을 주는 경우가 그렇다. 오늘날 모든 사람이 알아보는 사진은 그 사회가 한번쯤 생각해 보고자 선택한 것 또는 그렇게 표명된 것을 구성하는 일부이다. 우리는 이런 사고방식을 '기억'이라고 부르지만, 이것은 결국 일종의 허구이다. 정확하게 말하자면 집단적 기억이란 존재하지 않는다. 그것은 집단적 죄의식과 같이 그럴듯한 관념일 뿐이다.

모든 기억은 개인적이며 다시 만들어질 수 없다. 기억이란 것은 그 기억을 가지고 있는 개개의 사람이 죽으면 함께 죽는다. 우리가 집단적 기억이라고 부르는 것은 과거의 것을 그대로 떠올리는 것이라기보다 일종의 계약에 가깝다. 사진은 어떤 일의 중요성이나 발생 원인 등에 관한 이야기를 우리 마음속에 고착시킨다. 중요한 공동의 관념을 담고 있는 예측 가능한 생각과 감정을 촉발하는 재현적 이미지, 실증 기록으로서의 이미지를 만드는 것은 이데올로기이다. 곧장 포스터로 만들 수 있는 사진들, 가령 원자폭탄 실험 뒤에 생긴 버섯구름, 링컨 기념관에서 연설하고 있는 마틴 루터 킹 2세, 달에 착륙한 우주 비행사 등의 사진들은 중요한 사건들의 핵심을 전달해 주는 시각적 등가물이다.

모더니즘의 세기에 들어와 예술이 박물관에 모셔지게 될 무엇인가로 새롭게 규정됐듯이 오늘날에는 무수히 많은 사진들이 수집되어 박물관 또는 그와 비슷한 각종 시설에서 전시되고 보존된다. 공포의 순간을 모아놓은 각종 기록물들 가운데 집단 학살을 담아 놓은 사진이야말로 제도적으로 가장 발달된 기록물이다. 대중을 위해서 이러한 역사적 자취를 기록해 놓는 가장 핵심적인 이유는 그렇게 기록된 범죄를 사람들의 의식 속에 계속 자리 잡게 하기 위해서이다. 사람들은 이것을 '기억'이라고 부르지만, 엄밀히 말해 이것은 계산된 거래에 가깝다. 사람들의 고통과 순교를 담은 사진들은 죽음, 좌절, 그리고 희생을 상기시켜 주는 것에서 나아가 생존의 기적까지 일깨워 준다. 사람들은 자신들의 기억을 찾아가기를, 그리고 새롭게 되살리기를 원한다. 오늘날 수많은 희생자들에게 기념관은 자신들이 겪은 고통을 알기 쉽게 연대기적으로 일목요연하게 정리하여 이야기해 주는 일종의 사원과도 같은 곳이다.

1) 논제 분석(빈칸을 채워 보세요)

무엇을?	① 제시문 [다]와 [라]의 내용을	②
어떻게?	①	② 설명하라
조건은?	답안분량은 띄어쓰기 포함 1,000자±10%로 할 것.	

2) 중심 문장 밑줄 긋기

[다] 의식적 지각知覺, perception이 이루어지는 조건을 간단하게 살펴보자. 사실상 모든 지각은 기억으로 가득 차 있다. 우리가 감각기관을 통해 무언가를 즉각적으로 받아들일 때마다 수많은 과거의 경험들을 떠올리고 이것을 새로운 지각과 섞곤 한다. 대부분의 경우 이런 기억들은 우리가 현재 지각하는 것들을 대체하는데, 이런 점에서 지각은 단편적인 암시를 통해 과거의 이미지를 불러오는 신호역할을 수행할 따름이다. 이로 인해 지각이 편리하고 신속해지기는 하지만 바로 이 점 때문에 여러 가지 착각이 생겨나기도 한다. 기억으로 존속하는 과거의 이미지들은 현재의 지각과 끊임없이 뒤섞이면서 그것을 대체하기도 한다. 기억이 우리의 경험을 완성할 때마다 과거의 기억은 더욱 풍부해지며, 기억의 양이 늘어날수록 현재의 경험은 점차 덮이거나 가라앉게 된다.

외부 세계에 대한 우리의 지각은 실재적이면서 즉각적인 직관을 기반으로 한다. 그런데 이러한 직관은 그 위에 추가되는 엄청난 기억에 비해 볼 때 하찮은 것에 불과하다. 우리가 경험하는 현재의 직관 자체보다는 예전에 수집되어 저장된 직관들의 모음이 더 큰 도움이 될 때가 많다. 이와 마찬가지로 기억은 연속되는 새로운 경험과 더불어 우리의 판단에 훌륭한 안내자가 된다. 이는 곧 현재의 직관이 수행하는 주된 기능이 기억을 되살리고 그것을 능동적이면서 현실적인 것으로 만드는 데 있음을 잘 말해 준다. 따라서 지각과 그것의 대상이 일치한다는 생각은 이론적으로나 가능할 따름이다. 지각은 기억을 불러오기 위한 하나의 계기에 불과할 뿐이다. 우리의 지각이 얼마나 실재적인가의 여부는 그것이 기억을 불러오는 데 얼마나 도움이 되는가의 정도에 달려 있다. 즉각적인 직관은 실재의 일부로서 현실 세계를 가리키는 단순한 신호에 불과하다.

3) 밑줄 친 부분 모으기

-
-
-

4) 효과적인 구성방식(두괄식이나 미괄식)으로 문장 재구성하기

[라]도 마찬가지 방법으로 요약해 보겠습니다.

5) 중심 문장 밑줄 긋기

[라] 특정한 사진이 자아내는 친숙함은 현재와 얼마 안 된 과거를 둘러싼 우리의 감각을 형성한다. 사진은 감각의 옳고 그름을 판단하는 일종의 기준점을 제시하며, 그러한 판단의 근거를 나타내는 일종의 토템 기능을 한다. 말로 된 표어보다 한 장의 사진이 사람들의 정서를 훨씬

더 구체화한다. 나아가 사진은 좀 더 먼 과거를 둘러싼 우리의 감각을 구성하고 교정하는 데에도 도움을 준다. 지금껏 알지 못했던 사진이 유포되어 우리에게 사후적으로 충격을 주는 경우가 그렇다. 오늘날 모든 사람이 알아보는 사진은 그 사회가 한번쯤 생각해 보고자 선택한 것 또는 그렇게 표명된 것을 구성하는 일부이다. 우리는 이런 사고방식을 '기억'이라고 부르지만, 이것은 결국 일종의 허구이다. 정확하게 말하자면 집단적 기억이란 존재하지 않는다. 그것은 집단적 죄의식과 같이 그럴듯한 관념일 뿐이다.

모든 기억은 개인적이며 다시 만들어질 수 없다. 기억이란 것은 그 기억을 가지고 있는 개개의 사람이 죽으면 함께 죽는다. 우리가 집단적 기억이라고 부르는 것은 과거의 것을 그대로 떠올리는 것이라기보다 일종의 계약에 가깝다. 사진은 어떤 일의 중요성이나 발생 원인 등에 관한 이야기를 우리 마음속에 고착시킨다. 중요한 공동의 관념을 담고 있는 예측 가능한 생각과 감정을 촉발하는 재현적 이미지, 실증 기록으로서의 이미지를 만드는 것은 이데올로기이다. 곧장 포스터로 만들 수 있는 사진들, 가령 원자폭탄 실험 뒤에 생긴 버섯구름, 링컨 기념관에서 연설하고 있는 마틴 루터 킹 2세, 달에 착륙한 우주 비행사 등의 사진들은 중요한 사건들의 핵심을 전달해 주는 시각적 등가물이다.

모더니즘의 세기에 들어와 예술이 박물관에 모셔지게 될 무엇인가로 새롭게 규정됐듯이 오늘날에는 무수히 많은 사진들이 수집되어 박물관 또는 그와 비슷한 각종 시설에서 전시되고 보존된다. 공포의 순간을 모아놓은 각종 기록물들 가운데 집단 학살을 담아 놓은 사진이야말로 제도적으로 가장 발달된 기록물이다. 대중을 위해서 이러한 역사적 자취를 기록해 놓는 가장 핵심적인 이유는 그렇게 기록된 범죄를 사람들의 의식 속에 계속 자리 잡게 하기 위해서이다. 사람들은 이것을 '기억'이라고 부르지만, 엄밀히 말해 이것은 계산된 거래에 가깝다. 사람들의 고통과 순교를 담은 사진들은 죽음, 좌절, 그리고 희생을 상기시켜 주는 것에서 나아가 생존의 기적까지 일깨워 준다. 사람들은 자신들의 기억을 찾아가기를, 그리고 새롭게 되살리기를 원한다. 오늘날 수많은 희생자들에게 기념관은 자신들이 겪은 고통을 알기 쉽게 연대기적으로 일목요연하게 정리하여 이야기해 주는 일종의 사원과도 같은 곳이다.

6) 밑줄 친 부분 모으기

•

•

•

7) 효과적인 구성방식(두괄식이나 미괄식)으로 재구성하기

8) 위 내용을 바탕으로 기억에 대한 관점의 공통점과 차이점의 기준 분석하기

공통점

차이점

이제 다 되었으면 위의 과정을 참고해서 다음 쪽 원고지에 최종 요약글을 작성해 보세요.

40
80
120
160
200
240
280
320
360
400
440
480
520
560
600

640
680
720
760
800
840
880
920
960
1000
1040
1080
1120
1160
1200

복수 제시문 요약형 논제의 공통점과 차이점을 분석하는 부분이 조금 어려우셨나요? 이제 여러분이 쓴 것과 선생님이 쓴 것을 비교해보면서 미흡한 부분이 무엇인지 검토해 보시기 바랍니다.

제시문 [다]는 우리의 현재적 지각에는 이미 과거의 기억내용이 스며들어 있음을 논하고 있다. 과거의 기억내용은 단지 과거에 머물러 있는 것이 아니라 현재 내가 지각하고 알아차리는 것에까지 영향을 미치며 심지어 현재의 지각을 대체하기까지 한다. 지각의 기초에 비록 즉각적인 실재적 직관이 놓여 있기는 하지만 그러한 현재적 직관은 단지 기억을 불러일으키는 암시나 기호로서만 작용하고, 실제로 우리가 알게 되는 것은 결국 그 지각과 결부되어 있는 일련의 유사한 기억일 수 있다는 것이다.

한편 제시문 [라]는 과거에 대한 기억이 단지 지나간 과거 사실에 의해 규정되는 것이 아니라 오히려 현재 우리가 무엇을 기억하고 싶어하며, 또 무엇을 기억할만한 것으로 여기는지에 의해 결정된다고 말하고 있다. 역사적 사건의 기록을 담고 있는 사진이나 포스터, 박물관이나 기념관 등은 단지 과거 사실을 기억하기 위한 수단이라기보다는 오히려 특정 집단 또는 특정 사회가 기억하고 싶은 것을 기억할만한 것으로 확정지어놓은 결과물이다. 결국 기억이란 특정집단이 특정 의도와 목적을 갖고 선택적으로 확립해놓은 과거를 함께 공유하기로 받아들인다는 점에서 일종의 계약이고 거래라고 볼 수 있다.

이처럼 제시문 [다]와 [라]는 둘 다 기억이 단순히 과거영역에 속하는 것 또는 과거에 머물러 있는 정보의 회상에 그치는 것이 아니라, 현재의 인식이나 현재의 의도와 밀접히 연관되어 있음을 공통적으로 논하고 있다. 기억이 이미 지나간 과거의 일로서 현재와 무관한 것이 아니라 끊임없이 현재에 영향을 미친다는 것을 밝힌 것이다. 즉 기억이 우리가 현재를 어떤 것으로 지각하고 또 어떤 것으로 받아들이는지를 결정한다고 보는 것이 제시문 [다]와 [라]의 공통적 주장이라 할 수 있다.

그중 제시문 [다]는 기억이 현재의 지각을 규정하고 현재의 지각내용을 대체한다는 것을 주장하는데 그치는데 반해, 제시문 [라]는 우리의 기억이 결국은 현재적 의도와 목적에 의해 선택되고 고정된다는 것, 그러한 선택과 고정화는 개인의 의식 차원이 아닌 집단이나 국가 차원에서 형성되며, 따라서 기억은 일종의 계약이고 거래라는 것을 논하고 있다는 점에서 차이점을 보이고 있다.

유형 둘

분석형 논제를 풀어보자

분석형 논제 이해하기

제시문 표면에 드러난 내용을 정확히 이해했음을 보여주어야 하는 '요약하기' 논제와 달리 '분석하기' 논제는 한 걸음 더 나아갈 것을 요구하는 논제입니다. '분석하기'는 분석 대상 속에 분명히 들어있지만, 사람들이 잘 인지하지 못하고 있는 내용들을 타당한 근거를 제시하며 밝혀내는 것을 말합니다. 즉 표면에 드러난 내용을 다시 반복하는 것이 아니라 그 속에 담긴 의미까지 찾아내야 하는 논제입니다.

예를 들어 물리학자가 검은 바위의 성분을 분석한다고 해보겠습니다. 만약 물리학자가 검은 돌의 표면에 드러난 성질만 묘사했다면 사람들이 어떻게 생각할까요? 이 바위는 색깔이 검고, 표면이 울퉁불퉁하고, 한 손으로 들기에는 너무 무겁다는 식으로 말입니다. 물리학자가 이런 이야기만 하고서 본인이 바위에 대한 분석을 끝마쳤다고 한다면 사람들은 '그게 무슨 분석이냐?' 하며 비웃을 것입니다. 이는 누구나 다 인지하고 있는 표면적인 사실만 묘사했기 때문입니다.

그런데 만약 이 물리학자가 현미경을 사용해서 눈으로 볼 수 없는 것까지 파악해 내고, 불에 그슬릴 때 나는 불꽃 색깔도 확인하면서 이 바위는 산소와 규소로 이루어져 있다고 말한다면 어떨까요? 산소와 규소는 분명 그 바위를 구성하고 있는 요소지만, 사람들이 인지하지 못하고 있던 것들이기 때문에 사람들은 물리학자가 타당한 근거를 바탕으로 이 바위를 분석했다고 평할 수 있을 것입니다.

논술에서의 분석도 마찬가지입니다. 해당 제시문이나 자료 속에는 분명 어떤 내용과 의미가 들어있지만 그 내용이나 의미가 명확하게 드러나 있지 않고 숨겨져 있는 경우도 많습니다. 이때 타당한 근거를 대면서 제시문이나 자료 속에 있는 내용과 의미를 드러내줄 때 비로소 분석 작업이 이루어졌다고 말할 수 있습니다.

하지만 의외로 많은 학생들은 이런 작업을 수행하지 못하는 경우가 많습니다. 제시문을 주고서 분석을 하라고 하면 단순히 요약을 해버리는 경우가 많은데, 이는 분석이 무엇을 의미하는지 잘 모르기 때문이라고 할 수 있습니다. 여기서는 대입 논술 고사에서 자주 출제되는 유형인 '비교 분석형'과 '자료 분석형'을 살펴보면서 논제를 분석하는 훈련을 해보겠습니다.

비교 분석형 논제 해결하기

1. 개요

앞서 분석은 '대상에 담겨는 있지만 사람들이 인지하지 못하고 있는 것을 타당한 근거를 대며 드러내는 것'이라고 했습니다. 쉽게 말해 비교 분석은 둘 이상의 대상에 대해 이런 작업을 하는 것이라고 이해하면 됩니다. 우리는 그럼으로써 분석 대상들 간의 유사점과 차이점을 명확하게 이해할 수 있습니다.

분석을 할 때는 분석 기준을 잘 세우는 것이 중요합니다. 그래야 대상을 더 명확하게 이해할 수 있습니다. 비교 분석 역시 일정한 잣대를 기준으로 둘 이상의 대상이 어떤 모습을 갖고 있는지 밝혀주는 것이 좋습니다. 그래야 독자가 이 대상들의 내용과 성격을 보다 명쾌하게 이해할 수 있게 됩니다.

요즘 한창 인기를 끌고 있는 A와 B라는 아이돌 그룹을 비교 분석한다고 해보겠습니다. 이때 외모, 가창력, 음악 스타일 등의 기준을 제시한 뒤 각각에 대해 A와 B를 분석한다면 이 둘이 더 명쾌하게 대비됩니다. 외모 측면에서 A는 부드러움을 강조한데 반해 B는 야수 같은 거침에 초점을 맞췄고, 가창력 측면에서 A는 가느다란 미성으로 화음을 자랑으로 내세우지만 B는 남성미 넘치는 샤우팅 창법을 주로 사용한다는 식으로 말입니다. 이렇게 되면 이 두 아이돌 그룹을 보다 명확하게 관객에게 이해시킬 수 있게 됩니다.

논술에서의 비교 분석 역시 마찬가지입니다. 논술에서 비교 분석형 논제는 제시문들을 분류하게 하거나, 공통점과 차이점을 서술하게 합니다. 이때 두세 가지 일정한 기준에 맞춰 제시문들을 비교 분석하게 되면 글의 수준이 크게 올라가게 됩니다. 구체적인 방법은 사례를 통해 살펴보도록 하겠습니다.

2. 논제 분석 방법

대입 논술에서 가장 중요한 것은 논제 분석과 제시문 분석입니다. 논제를 정확하게 분석할 수 있다면 대략적인 단락까지도 구성할 수 있습니다. 그 다음 제시문을 분석해서 구성된 단락에 들어갈 구체적 개요를 작성할 수 있다면 답안을 쉽게 작성할 수 있습니다.

어떤 논제가 출제 됐을까?

1. 지문 (가)의 '미꾸라지의 행위'와 지문 (나)의 '선한 행위'가 지니고 있는 의미의 차이점에 대해 논하시오. (가톨릭대학교 기출문제)

2. 자기와 타자의 관계에 대한(가)~(다)의 입장을 비교하여 분석하시오. (건국대학교 기출문제)
3. 제시문에 나타난 '이주'와 '잔류'의 행위를 비교하여 논하시오. (경희대학교 기출문제)
4. 제시문 (가), (나), (다), (라), (마) 각각을 요약하고, 개념의 사용방식을 기준으로 이 둘을 두 가지 유형으로 분류하고, 그 타당성을 논하라. (서강대학교 기출문제)
5. 제시문 (가)와 제시문 (나)를 요약하고, 공통점을 설명하시오. (이화여자대학교 기출문제)
6. 제시문 (가), (나), (다)는 과학적 탐구에 대한 여러 관점을 나타낸다. 이 관점들의 공통점과 차이점을 논하시오. (연세대학교 기출문제)

위 예시에서 알 수 있듯이 대체적으로 '공통 주제 찾기', '제시문 분류', '핵심 주장 서술(요약)', '공통점과 차이점 서술' 등이 '분석하기' 논제에서 주로 볼 수 있는 요구사항입니다. 공통주제는 논제에서 밝혀주는 경우도 있긴 하지만, 논제에서 나타난 공통주제는 큰 틀에서의 주제이기 때문에 제시문 분석을 통해서 보다 구체적인 내용을 찾아내야 합니다. 또한, 제시문을 분류할 때 공통 주제에 따라 서로 다른 입장으로 구분하는 것에 그치는 것이 아니라 제시문 간의 연관 관계를 찾아가는 것도 중요합니다.

한편 한 입장에서의 2~3개 제시문이 모두 주장을 하는 글일 수도 있겠지만 '이론-사례', '원인-결과' 등의 관계일 수도 있습니다. 따라서 이것들을 정확하게 파악해서 답안에 표현할 수 있다면 좋은 평가를 받을 수 있습니다.

3. 논제 분석 방법

다른 논제에서도 마찬가지이지만 비교 분석형 논제에서도 제시문을 정확히 읽고 요약하는 능력이 필요합니다. 다만, 여러 개의 짧은 글을 읽어야 하고(4~5개 정도), 글자 수도 적은 경우가 많아서(400~800자 정도) 각 제시문의 핵심 내용을 한 두 문장으로 압축해서 요약해 읽는 능력이 필요합니다.

또한, 주어진 제시문들의 내용은 표면적으로는 서로 상관이 없어 보일 때도 있습니다. 하지만, 그 속을 들여다보면 공통된 주제가 떠오르기도 합니다. 바로 이것을 찾아 각 제시문 내용을 엮어나가는 힘이 필요합니다. 예를 들면, 100미터 경주와 관련된 글과 시험에서의 부정행위를 다룬 글, 그리고 20대의 좁은 취업문에 대한 설명글이 나왔다고 해보겠습니다. 이때, 제시문들의 소재는 각각 다르지만, 주제는 '경쟁'으로 동일하다는 것을 찾아내어 서술해야 한다는 것입니다.

4. 논제 사례 분석

성균관대학교 기출문제

※ [제시문 1]~[제시문 5]는 인간행위의 특성에 대한 견해를 담고 있다. 이 제시문들을 서로 다른 두 입장으로 분류하고, 각 입장을 요약하시오. (답안 글자 제한 없음)

[제시문 1] 노벨 경제학상 수상자인 게리 베커Gary Becker는 합리적 선택에 관한 자신의 이론이 사람들이 행하는 모든 일을 설명할 수 있다고 주장했다. 베커의 주장에 따르면, 직장을 바꾸거나 친구를 사귀거나 하는 모든 행동을 할 때 사람들은 더 나은 결과를 가져올 행동을 선택한다는 것이다. 이러한 논리는 일반적으로 합리적이고 계산적인 선택의 성격보다는 감정적인 또는 의무적인 선택의 성격이 강하다고 인식되는 가

족생활과 관련된 결정에도 적용될 수 있다. 사람들은 왜 아이를 낳고 긴 시간과 많은 돈을 양육에 쏟아 붓는가? 여러분은 사랑, 감정, 본능 등을 생각하겠지만, 베커의 이론에 따르면 사실은 부모가 미래를 위해 현명한 투자를 한 것이고, 결국은 들인 것보다 더 많은 것을 거두게 된다. 그의 결론은 이 투자가 돈을 은행에 넣어 두는 것보다 더 많은 이득을 가져오는 한, 부모는 노년에 대비해서 자식들의 교육과 재능에 재정적으로 투자한다는 것이다.

[제시문 2] 한 조사에 의하면 스웨덴에서 자발적으로 헌혈하려는 사람들에게 50크로네(약 8,500원)를 지급하려고 하자 헌혈지원자가 현저히 줄어드는 결과가 발생했다. 행동경제학자들은 이처럼 인간의 의사결정이 심리학자나 사회학자에게는 익숙하지만 경제학자에게는 무시되어 온 복잡한 개인적 특성과 사회적 힘에 의해 영향을 받는다는 사실에 주목한다. 이러한 요인들은 개인을 경제학적 합리성의 예측과는 다르게 행동하는 비합리적인 인간으로 만든다. 하지만 그 영향력은 체계적이고 예견적이어서 경제학 이론보다 사회현상을 더 적절하게 설명할 수 있다는 것이 이 주장의 핵심이다. 여기에서 중요한 것은 행동경제학이 좁은 의미의 합리성, 자제심, 이기심을 부정하고 있지만, 이것이 인간이 완전히 비합리적이고 비자제적이며 비이기적이라는 것을 의미하지는 않는다는 점이다. 다만 인간의 행동이 경제학자들이 말하는 것처럼 완전 합리적, 완전 자제적, 완전 이기적이라는 점만 부정한다. 여기서 '비합리성' 개념은 터무니없거나 또는 정형화 되지 않은 행동경향이 아니라 완벽한 합리성의 기준에서 벗어난다는 의미로 사용될 뿐이다. 행동경제학은 인간의 행동이 완벽하게 합리적이지는 않지만 일정한 경향을 띠고 있다는

점에서 예측가능하다고 주장한다.

[제시문 3] 관료들이 언제나 공공의 이익을 달성하기 위하여 행동하는 것은 아니다. 공익지향적이고 중립적인 관료의 이미지는 전통적인 사회과학이 만들어낸 허구일 뿐이다. 현실의 관료들은 오로지 자신의 목적 또는 선호를 합리적으로 달성하려는 효용극대자인 것이다. 이러한 맥락에서 정치학자 앤소니 다운즈Anthony Downs는 한 개인으로서의 관료들은 효율성, 정직, 근면, 업무의 완벽성, 공공성 등의 측면에서 일반인들과 다를 것이 없다고 설명한다. 이러한 가정에 근거한 연구 중 가장 큰 논란과 관심을 불러일으킨 것은 경제학자인 윌리엄 니스카넨William Niskanen의 '예산극대화 가설'이다. 그의 설명은 다음과 같다. 관료들은 공익을 추구하는 것이 아니라 자신의 이익을 극대화하는 존재이며, 관료들이 추구하는 이러한 가치들은 관료들이 속한 조직의 예산이 커짐에 따라 증대된다. 그러므로 관료들은 공익이 아니라 자신이 속한 조직의 예산을 극대화하기 위한 선택을 하게 되고, 결과적으로 공공관료제는 사회적으로 필요한 수준을 크게 상회하는 과다한 행정서비스를 제공하게 된다. 이러한 니스카넨의 이론은 2차 세계대전 이후 세계적인 정부부문 팽창의 원인을 설명하는 이론으로 주목을 받게 되었다.

[제시문 4] 여성들의 교육수준이 높아지고 피임이 쉬워지고 종교의 영향력이 줄어듦에 따라 개인들은 아기를 갖지 않거나 또는 적게 가지려는 의사결정을 하는 경향이 있다. 그리고 사회적 압력 또한 아기를 가지려는 개인들의 의사결정에 매우 중요한 영향을 끼친다. 사회에서 여성의 이미지나 직업을 갖는 것에 대한 사회적 평판 등의 다양한 사회적

압력이 아기를 갖거나 또는 갖지 않으려는 개인들의 의사결정에 매우 강력한 영향력을 행사한다는 것이다. 1950년부터 2000년까지 유럽 주요 국가들의 출산율을 분석한 결과 대부분의 국가에서 출산율은 지속적으로 감소하였으며, 인구감소율은 1970년 경에 최댓값을 나타냈다. 여기에서 중요한 것은 경제상황의 변화, 여성 교육 수준의 변화, 여성 취업기회의 증가 등의 요인에 따라 개인들이 독자적으로 의사 결정을 하였다고 보기에는 출산율의 변화가 너무 갑작스럽게 일어났다는 사실이다. 각종 통계자료에 따르면, 경제상황이나 취업기회 등 여러 요인들의 변화는 출산율 변화의 아주 일부만을 설명할 수 있을 뿐이다. 그러므로 다음과 같은 결론을 내릴 수 있다. 많은 사람들이 아기를 갖지 않거나 또는 적게 갖겠다는 의사결정을 하였는데, 이는 개인들의 독립적인 판단이 아니라 모방의 결과였다. 아기를 갖지 않거나 또는 적게 가지려는 경향은 동료들의 사회적 압력에 의해 크게 증폭되었다.

[제시문 5] 우리는 흔히 합리성의 전형으로 '경제인', 즉 자기 이익을 극대화하는 호모 에코노미쿠스homo economicus를 떠올린다. 이 경제적 합리성은 중세 서구의 종교적, 도덕적 지배 질서로부터 해방된 '독립적인' 개인의 탄생과 문명의 역동적인 세속화에 힘입어 현대의 가장 유력한 합리성의 유형으로 자리잡은 것처럼 보인다. 왜냐하면 현대인의 자아 정체감을 구성하는 가장 중요한 계기는 바로 '자기 규정적'인간, 즉 자신이 규정한 이익을 합리적으로 자유롭게 그리고 정력적으로 추구하는 인간이기 때문이다. 또한 이에 발맞추어 현대의 주류 경제학에서도 일반적으로 '자기 이익의 극대화'와 함께 그러한 목표의 달성을 위한 '선택의 내적 일관성'을 합리성의 배타적인 기준으로 채택해 온 것이 사실이

다. 현대에 와서 사적 욕망이나 이기심을 '죄많은' 혹은 '비이성적' 인간이 빠지게 되는 나락으로 보지 않게 되면서 자기 이익은 인간 행위의 자연스런 동기로 받아들여지기 시작했다. '경제인' 개념은 그 어떤 제한도 스스로에게 부과하지 않는 일종의 자기목적적 가치 지표로서 사람들의 삶의 방식에 결정적인 영향력을 행사해 왔다. 단적으로 말해서 자기 이익의 극대화를 위해 가장 효율적인 수단을 강구하는 데만 관심이 있는 현대인에게는 더 많은 것이 더 적은 것보다 가치가 있으며, 더 많이 번 사람은 더 적게 번 사람보다 더 가치가 있다. 실제로 사람들은 오늘날 호모 에코노미쿠스로서의 성공을 이른바 자기실현의 이상으로, 더 나아가서는 '좋은 삶'의 유일한 가능 조건으로 받아들이는 경향이 있다.

1) 논제 분석

무엇을?	① [제시문 1]~[제시문 5]를	② 각 입장을
어떻게?	① 서로 다른 두 입장으로 분류하라	② 요약하라
조건은?	글자 수 제한 없음.	

이 논제가 수험생에게 요구하고 있는 능력 중 첫 번째는 독해력입니다. 출제자의 의도대로 제시문을 상반된 입장으로 분류할 수 있어야 하기 때문입니다. 이 논제는 제시된 글의 분량이 짧은 편이기 때문에 독해가 어렵지 않을 수 있지만 제시문이 이렇게 짧을 경우 수험생의 배경지식이 더 많이 필요할 수도 있습니다. 긴 제시문이 나올 경우 수험생이 읽어내야 할 정보

가 제시문에 대부분 나오는 경우가 많지만, 분량이 짧은 제시문이 나올 경우 독해에 필요한 정보가 모두 제시되지 않고 축약되어 나오는 경우가 많기 때문입니다. 축약된 정보를 제대로 해석해 내기 위해서는 주제에 대한 배경 지식이 필요한 경우가 있으니 평소 독서를 통해 배경지식을 풍부하게 쌓아야 합니다.

2) 답안 작성 요령

STEP 1 : 제시문을 유기적으로 분석해 공통 주제를 찾아 서술하기

한 개의 글을 요약하는 것과는 달리, 여러 글을 묶어서 요약하는 것은 조금은 낯선 논제에 속합니다. 그래서 대부분의 학생들은 본 논제를 해결할 때 “[제시문 1]은 이렇고 [제시문 2]는 저렇다.”는 식으로 각 제시문의 요약을 서로 연결시키지 못한 채 독립된 것처럼 요약하는 경우가 많습니다.

하지만 이럴 경우 논술채점위원에게 좋은 점수를 받기 어렵기 때문에 각 제시문 요약을 유기적으로 연결되도록 쓰는 것이 중요합니다. 그러기 위해서는 논술문의 시작 부분에서 이 제시문들의 공통주제를 간략히 언급해줌으로써 수험생이 요리해야 할 재료를 하나의 지붕 아래 묶어두는 진술도 필요하고, 각 제시문을 언급한 뒤 다음 제시문으로 넘어갈 때 이야기가 자연스럽게 연결되도록 해 주는 문장도 넣어주면 좋습니다.

공통 주제를 찾기 위해서는 각 제시문에서 핵심 내용과 주제를 찾아 분석하면 됩니다. 그럼 다음에서 이 작업을 한 번 해보겠습니다.

제시문	핵심 내용
1	• 합리적 선택 이론으로 인간의 모든 행위를 설명할 수 있다. • 인간은 더 나은 결과를 가져올 행동을 선택하는 것이다. • 부모 역시 사랑이 아니라 노년에 자녀로부터 얻을 이득 때문에 자녀를 양육한다. • 인간의 모든 행위는 합리적 선택의 결과다.
2	• 경제적 보상을 주자 오히려 자발적 헌혈자가 줄어들었다. • 이는 인간 행위를 경제적 요인으로만 설명할 수 없음을 보여준다. • 이렇듯 행동경제학자들은 인간 행위를 복잡한 개인적 특성과 사회적 힘의 영향으로 설명한다. • 그렇다고 인간이 비합리적이라는 것은 아니며, 좁은 의미의 합리성을 띄지 않을 뿐이다. • 인간 행위에 영향을 주는 힘도 일정한 경향을 띠기 때문에 예측 가능하다.
3	• 관료는 공익을 위해서 행위하는 것이 아니라 자기 이익을 극대화하기 위해 행동한다. • 그 대표적인 예가 '예산극대화 가설'이다. • 자기 이익과 조직의 이익을 극대화하기 위해 관료는 조직의 예산을 늘리려 한다. • 결과적으로 사회에서 필요한 것 이상으로 예산이 늘어날 수밖에 없고, 정부가 커지는 이유는 여기에서 찾을 수 있는 것이다.
4	• 개인적인 이유만으로 출산을 기피하는 것은 아니다. • 만약 개인적인 요인만 있었다면 출산율이 그렇게 급격히 변하지는 않았을 것이며, 사회적 힘이 작용했기 때문에 출산율이 급격히 변한 것이다. • 출산이나 직업을 갖고 있는 여성에 대한 사회적 인식, 모방 심리 등의 영향으로 출산을 기피하려는 행위가 증폭되면서 출산율의 급격한 변화가 가능했던 것이다.
5	• 경제적 이득 여부를 따져 행동하는 경제인(호모이코노미쿠스)이 가장 유력한 합리성 유형으로 자리잡았다. • 근대사회로 넘어오면서 인간은 독립적, 자기규정적으로 됐다. • 자기 이익을 극대화하는 행위가 죄악시되던 시대에서 벗어나면서 이익에 의한 동기화된 행위가 당연시됐다. • 경제적 동기에 의해 일관적으로 행위하는 인간이 '좋은 삶'의 유일한 가능 조건으로 받아들여지게 됐다.

핵심 문장을 토대로 제시문을 분석하니 [제시문 1, 3, 5]와 [제시문 2, 4]가 같은 입장을 갖는 글임을 알 수 있으며 공통 주제는 인간 행위에 영향을 끼치는 요인과 결정 환경임을 알 수 있습니다.

STEP 2 : 성급한 분석은 좋은 답안을 만들지 않는다

수험생이 [제시문 1, 3, 5]와 [제시문 2, 4]가 같은 입장에 있는 글이라고 쓴다면 답은 맞춘 것이 되지만 그러한 답에 이르는 과정이 빠져 있기 때문에 좋은 평가를 받을 수 없습니다. 그래서 다음으로는 왜 [제시문 1, 3, 5]를 한 입장으로 묶었고, [제시문 2, 4]를 또 다른 입장으로 묶었는지를 설명해주어야 합니다. 한마디로 말해서 분석 기준을 밝혀주어야 하는 것입니다.

이를 위해 첫 번째 제시문에 나오는 '합리적'이라는 개념에 주목해 보겠습니다. 그렇다고 이 개념에 성급하게 접근해서 제시문들을 인간행위의 '합리성 대 비합리성'에 따른 입장 차이를 드러낸 글이라는 식으로 나누는 것은 좋지 않습니다. 왜냐하면 [제시문 2]에서 경제적 보상을 주었더니 오히려 자발적 헌혈자가 줄었다는 점을 예로 들면서 경제적 보상이 인간 행위의 이유는 아니라는 점을 지적하기는 했지만, 그렇다고 인간이 비합리적인 것은 아니라고 언급했기 때문입니다. 그러면서 인간 행위에 영향을 주는 사회적 힘도 예측 가능하다고 언급하고 있습니다. [제시문 4]에서도 출산율 기피 현상에 영향을 주는 사회적 힘이 있다고 지적하면서 이러한 사회적 힘으로 출산율의 급격한 감소를 설명할 수 있다고 말하고 있습니다. 설명할 수 있다는 것은 예측 가능하다는 말이며, 이는 예측 불가능함을 의미하는 '비합리성'과는 다르다고 할 수 있습니다. 그렇기 때문에 제시문들을 성급하게 '합리성 대 비합리성'이라는 식으로 나누게 되면 독해를 제대로 하지 않았다는 인상을 줄 수 있습니다.

STEP 3 : 핵심어 분석을 통해 분석기준을 유추하라

[제시문 2, 4]에는 '복잡한 개인적 특성', '사회적 힘', '모방', '체계적', '예견적' 등의 내용이 나오고 [제시문 1, 3, 5]에는 '이익', '투자', '효용극대화', '독립적', '자기이익극대화'라는 내용이 나오고 있습니다.

이를 놓고 본다면 경제적 요인만 영향을 주었는지, 아니면 경제 외적인 요인들도 영향을 주었는지를 가지고 대비시킬 수 있습니다. [제시문 1, 3, 5]는 부모이건 관료이건 상관없이 인간이 경제적 이득을 주는 행위를 하는 것이라고 지적하며, 이익에 의해 행동하는 합리적 인간이 현대에 와서 합리적 인간의 전형이라고 강조하고 있습니다. 반면에 [제시문 2, 4]는 이득을 주었더니 오히려 그 행위를 하지 않는 자발적 헌혈 행위자와 '모방'이라는 비경제적 요인으로 출산을 기피하는 예를 들며 경제 외적 요인이 인간 행위에 영향을 끼치고 있음을 밝히고 있습니다.

제시문들을 나눌 수 있는 또 다른 요인도 있습니다. 인간이 혼자서 스스로 판단하고 행동하는 것인지, 아니면 다른 사람들의 영향을 받아서 행동하는 것인지 하는 점입니다. [제시문 1, 3, 5]는 인간 혼자서 독립적으로 이득 여부를 따져 행동한다고 보지만, [제시문 2, 4]는 개인 행위에 영향을 주는 집단적인 힘이 있음을 설명하고 있기 때문입니다.

결국 이 글은 다음과 같은 기준에 의해 나눌 수 있는 글이 됩니다.

- 경제적 요인, 독립적 결정 : [제시문 1], [제시문 3], [제시문 5]
- 경제외적 요인, 집단적 결정 : [제시문 2], [제시문 4]

STEP 4 : 논술문의 도입 부분에 분석기준을 제시하라

앞서 강조한 바와 같이 논술문의 도입 부분에서 다음과 같이 분석기준을 제시하면 심사위원들의 높은 점수를 유도해 낼 수 있습니다.

제시문들은 인간 행위에 영향을 끼치는 요인과 인간이 판단하는 환경에 대해 서로 다른 이야기를 하고 있다. [제시문 1, 3, 5]는 오직 경제적인 요인에 따라 인간이 독립적으로 판단하고 행위한다고 본다. 반면에 [제시문 2, 4]는 경제외적인 요인도 인간 행위에 영향을 미치며, 개인 밖에 존재하는 사회적 힘도 인간의 판단에 영향을 준다고 보고 있다.

이와 같이 요약을 시작한다면 평가자는 도입부분만 보고서도 이 수험생이 글을 제대로 분석했음을 알고 후한 점수를 줄 수 있게 되는 것입니다. 그런 뒤 각 제시문의 핵심 내용을 유기적으로 연결해서 요약하면 되는 것입니다.

그럼 이 같이 요약한 내용을 연결해서 복수 제시문 요약형 문제의 최종 답안을 완성해 보겠습니다. 다음 답안에서 밑줄 친 부분 ①번은 수험생이 요리해야 할 재료를 하나의 지붕 아래 묶어두는 진술이고 밑줄 친 나머지 ②, ③, ④, ⑤, ⑥번은 각 제시문을 언급한 뒤 다음 제시문으로 넘어갈 때 이야기가 자연스럽게 연결되도록 해 주는 문장입니다.

① 제시문들은 인간 행위에 영향을 끼치는 요인과 인간이 판단하는 환경에 대해 서로 다른 이야기를 하고 있다. [제시문 1, 3, 5]는 오직 경제적인 요인에 따라 인간이 독립적으로 판단하고 행위한다고 본다. 반면에 [제시문 2, 4]는 경제외적인 요인도 인간 행위에 영향을 미치며, 개인 밖에 존재하는 사회적 힘도 인간의 판단에 영향을 준다고 보고 있다.

좀 더 구체적으로 살펴보자면 [제시문 1]은 인간의 모든 행위는 합리적 선택의 결과이며 이와 같은 합리적 선택 이론으로 인간의 모든 행위를 설명할 수 있다고 보고 있다. 그 결과 부모가 자녀를 양육하는 행위조차도 사랑이 아닌 자신이 미래에 받을 이익 때문이라고 주장하고 있다.

② 이 같은 맥락에서 보자면 [제시문 3]도 같은 입장이라고 볼 수 있다. [제시문 3]은 관료는 공익이 아닌 자신의 이익과 조직의 이익을 극대화하기 위해 행동하기 때문에, 사회에서 필요한 것 이상으로 예산이 늘어날 수밖에 없고 정부가 커지는 이유도 여기에서 찾을 수 있다고 한다.

③ [제시문 5]는 여기서 한 발 더 나아가 이익에 의해 행동하는 인간이 현대에 와서 합리적 인간의 전형이라고 강조하고 있다. [제시문 5]는 사적욕망이나 이기심을 죄악시하지 않는 근대사회로 넘어오면서 이익에 의해 동기화된 행위가 당연시되었고, 그 결과 경제적 동기에 의해 일관적으로 행위하는 인간(호모이코노미쿠스)이 합리성의 전형이며 '좋은 삶'의 유일한 가능 조건으로 받아들여지게 되었다고 주장하고 있다.

④ 결국 [제시문 1, 3, 5]는 인간행위에 영향을 끼치는 요인은 오직 자신의 이익을 위한 개인적 판단에 따른 경제적 동기라고 공통적으로 주장하고 있는 것이다.

⑤ 반면 [제시문 2, 4]는 인간행위의 특성으로 비경제적 요인과 사회적 요인이 중요한 영향을 미친다고 주장하고 있다.

[제시문 2]는 스웨덴 헌혈자의 예를 통해 인간 행위를 경제적 요인으로만 설명할 수 없음을 보여주고 있는데, 그렇다고 인간이 비합리적이라는 것은 아니며, 좁은 의미의 합리성을 띄지 않을 뿐이라며 인간 행위를 복잡한 개인적 특성과 사회적 힘의 영향으로 설명하고 있다.

⑥ 사회적 요인을 강조하는 측면에서 보자면 [제시문 4]도 같은 주장을 하고 있다고 볼 수 있다. [제시문 4]는 만약 개인적인 요인만 있었다면 여성들의 출산율이 그렇게 급격히 변하지는 않았을 것이며, 사회적 힘이 작용했기 때문에 출산율이 급격히 변한 것이라고 주장하고 있다. 출산이나 직업을 갖고 있는 여성에 대한 사회적 인식, 모방 심리 등의 영향으로 출산을 기피하려는 행위가 증폭되면서 출산율의 급격한 변화가 가능했던 것이라고 보고 있다.

결국 [제시문 2, 4]는 경제외적인 요인도 인간 행위에 많은 영향을 미치며, 개인 외부에 존재하는 사회적 힘이 인간의 행위에 영향을 준다고 보고 있는 것이다.

이제 이해되셨나요? 다음 연습문제를 통해 위에서 이해한 내용을 학습해 보겠습니다.

실력향상을 위한 연습문제

중앙대학교 기출문제

※ 제시문 [가], [나], [다]에 나타난 집단의 특성을 비교하여 하나의 완성된 글로 작성하시오. (530~550자)

[가] 괴벨스는 다시 민족 활동의 날 준비에 몰두했다. 그날은 선전 선동이 거창한 승리를 거두는 날이 되어야 했다. 수십만 명이 대형 깃발들로 장식된 거대한 무대 앞에 운집해, 격문과 노래와 놀이가 있는 그 엄청난 구경거리와 총통의 연설을 지켜보았다. 초대된 외교사절 중 한 사람인 프랑스 대사 앙드레 프랑수와 퐁세는 당시 풍경을 다음처럼 묘사했다. "괴벨스가 몇 마디를 늘어놓고 난 후, 총통은 연단에 올라 섰다. 모든 탐조등이 꺼지고 단 하나의 탐조등만이 총통을 휘황하게 비추고 있었다. 그리하여 그는 마치 동화 속의 배가 군중의 물결 위에 떠 있는 것처럼 보였다. 교회와 같은 정적이 감돌았다."

최초의 노동자 국경일의 대미를 장식한 것은 거대한 규모의 불꽃놀이였고, 그 중에서도 절정은 벵골꽃불로 찬연하게 빛나는 총통의 대형 초상화였다. 불꽃놀이가 끝나자 괴벨스도 자신이 연출하여 백만명에 가까운 사람들이 참가한 그 거대한 행사에 감격했다. 괴벨스는 시민들이 이제 온 가족이 함께, 노동자도 부르주아도 상류층도 하류층도 사업가도 부하직원도 몽땅 길거리로 나와 열광했다고 적었다. 사람들은 엄청난 열기에 도취했고 형언할 수 없는 환호로 화답했다. 호르스트 베셀의 노래 '깃발을 높이 들어라'는 가없는 저녁 하늘로 경건하고 강렬하게 퍼져나갔다. 방송은 그 목소리들을 전국 방방곡곡으로 실어 날랐고 곳곳에서 함께 노래했다. 여기서는 아무도 소외당하지 않고, 여기서는 모두가

뭉쳐 있었다. 우리가 형제들로 이루어진 하나의 민족이 되었다는 말은 더 이상 빈말이 아니었다.

[나] 동물 중에서 돼지가 제일 똑똑하다는 건 다들 인정하는 일이었기 때문에 동물들을 가르치고 조직하는 일은 자연스레 돼지들의 몫이 되었다. 농장 돼지들 중에 단연 뛰어난 지도자는 두 마리 젊은 수돼지 스노볼과 나폴레옹이었다. 돼지들은 영리해서 매번 어려운 문제가 생길 때마다 해결 방법을 생각해 냈다. 돼지들은 직접 일은 하지 않는 대신 다른 동물들을 감독하고 지휘했다. 아는 게 많았기 때문에 돼지들이 지도 역할을 맡는다는 건 아주 자연스러운 일이었다. 그해 여름 내내 농장 일은 시계처럼 돌아갔다. 동물들은 일찍이 상상도 못했을 만큼 행복했다. 입에 넣는 먹거리는 그지없이 달콤했다. 스노볼은 다른 동물들을 모아 이른바 '동물위원회'라는 걸 여러 개 조직했다. 그는 암탉들로 '달걀 생산위원회'를 만들고 암소들을 모아 '깨끗한 꼬리동맹'을 조직했다. 읽고 쓰는 법을 가르치는 학습반도 만들어졌다.

가을이 되자 농장 동물들은 거의 모두가 조금씩 문자를 깨치게 되었다.

돼지들로 말하면, 읽고 쓰는 것이 이미 완벽한 수준이었다. 개들도 읽기는 썩 잘했지만 일곱 계명 외에 다른 것을 읽는 데는 전혀 관심이 없었다. 어미말 클로버는 알파벳까지는 배워 깨쳤으나 단어들은 조합해 낼 수가 없었다. 복서는 알파벳의 D까지 깨치고는 더 이상 나가질 못했다. 흰 암말 몰리Mollie는 자기 이름에 들어가는 여섯 철자 외에는 배우기를 거부했다. 그 밖의 농장 동물들은 알파벳의 첫 글자 A이상으로는 나가지 못했다. 또 알고 보니 양, 암탉, 오리 등 머리가 둔한 동물들의 경우는 일곱 계명조차도 다 외우지 못한 상태였다.

따라서 무리를 이끄는 돼지들이 우선 건강해야 한다는 것의 중요성은 너무도 명백해 보였다. 그렇게 해서 우유며 바람에 떨어진 사과뿐만 아니라 나중에 익은 사과들까지도 모두 돼지들의 몫이어야 한다는 데 아무 군말없는 합의가 이루어졌다.

[다] 영리한 무리는 어떻게 일을 할까? 개미, 벌, 흰개미 같은 사회성 곤충은 문제 해결 과제를 많은 개체에 분산시킨다. 책임자 같은 것은 없다. 남이 무엇을 하고 있다고 말해주는 자도 없다. 대신 그런 집단의 개체들은 예측할 수 없는 무수한 방식으로 상호작용을 한다. 그러다 보면 개미 군체群體가 가장 가까이 있는 씨앗 더미를 찾게 해주는 어떤 패턴이 출현한다. 움직임이나 의미의 전환점이 나타나는 것이다. 개미집은 우리가 알고 있는 그 어떤 조직과도 다르게 운영된다. 거기에는 어떤 유형의 사장도 경영자도 관리자도 없다. 여왕은 명칭은 고상하지만 아무런 권위도 행사하지 않는다. 그녀가 하는 일은 명령을 내리는 것이 아니라 오로지 알을 낳는 것뿐이다. 정찰자들은 위험을 무릅쓰고 풀밭으로 나갈 대, 분대장의 명령을 받는 것이 아니다. 개미집 유지 관리자들이 통로를 수리할 때 어떤 설계도가 필요한 것은 아니다. 새로 노동력을 제공할 젊은 개미들은 교육장에 앉아서 조직의 목표를 암기할 필요가 없다. 그래도 군체는 잘 돌아간다. 그들이 일하는 방식이 산만해 보일지 몰라도, 그런 방법으로 그들은 도로망을 구축하고 정교한 집을 짓고, 대규모 공격을 수행하는 등 놀라운 일들을 할 수 있다. 어떤 지도자도 작전 계획도 임무 의식도 없이 말이다.

1) 논제 분석(빈칸을 채워 보세요)

무엇을?	제시문 [가], [나], [다]에 나타난 집단의 특성을
어떻게?	
조건은?	• 하나의 완성된 글로 작성할 것. • 530~550자로 답할 것.

2) 핵심내용과 내용 요약

제시문	핵심내용	내용 요약
가		• • • •
나		• • • •

제시문	핵심내용	내용 요약
다		• • • •

선생님이 작성한 내용과 비교해 보세요.

제시문	핵심내용	내용 요약
가	선동가에 의해 연출된 정치집회에 미혹된 군중	• 괴벨스는 선동가이다. • 노동자 국경일 행사가 종료된 후 본인도 그 거대한 행사에 감격했다. • 신분과 지위고하에 상관없이 모든 계층이 호응하고 있다. • 그런 행사에서는 아무도 소외당하지 않고 뭉쳐있다. ↳ 선동적 집회에서는 신분의 지위고하를 막론하고 누구도 소외당하지 않고 하나로 뭉칠 수 있다.
나	유능한 지도자에 의해 조직된 우매한 대중	• 동물 중 돼지가 제일 똑똑하다는 것으로 인하여 다른 동물을 가르치고 조직하는 일을 맡게 되었다. • 돼지들은 직접 일을 하지 않는 대신 다른 동물들을 감독하고 지휘했다. • 다른 동물들은 각자 필요하다고 느끼는 것만 배우고 있다. • 무리에서는 돼지가 가장 존중되어야 한다는 것에 합의가 이루어졌다. ↳ 다른 동물들은 각자 필요한 것만 배우고 알고 있지만, 돼지는 가장 유능한 집단이기 때문에 조직을 관리하고 모든 이익을 선점하는 것은 당연하다고 여긴다.

제시문	핵심내용	내용 요약
다	다양한 개체의 연대가 집단지성을 창출하는 영리한 무리	• 개미, 벌, 흰개미 같은 사회성 곤충은 문제 해결 과제를 많은 개체에 분산시킨다. • 개체에는 지도자도 없고, 남이 무엇을 하고 있는지를 전해주는 자도 없다. • 그러나 개체들 간에는 무수한 방식으로 상호작용을 한다. ↳ 개미집단은 문제 해결 과제를 많은 개체에 분산시키고 있는데, 각각의 개체들은 어떤 특정한 지침이 없어도 무수한 방식의 상호작용으로 일과 과제를 해결하고 있다.

3) 공통 주제 파악

비교 분석형 논제에서는 제시문 간의 공통점과 차이점을 파악하는 것이 중요한데, 이 논제에서는 공통 주제를 '집단의 특성'이라고 밝혀주고 있기 때문에 제시문을 읽고 이를 구체화시키면 됩니다. 즉, 세 제시문에서 보여주고 있는 공통주제인 '집단의 다양한 형태와 속성'을 파악하는 것이 중요합니다.

4) 제시문의 공통점과 차이점

구성원들 간의 관계, 조직화 정도, 운영원리 등의 기준을 찾은 다음 제시문 내용을 파악해 보아야 합니다.

비교기준	( )	( )	( )
제시문 [가]			
제시문 [나]			
제시문 [다]			

공통된 주제에서 각 제시문의 내용이 동일한 것이 아니기 때문에 제시문 간의 차이점을 찾아낼 수 있어야 합니다.

이 논제에서는 '집단의 다양한 형태와 속성'이라는 공통된 주제에 따라 각 집단의 특성을 설명하고 있습니다. 제시문 [가]와 [나]에서는 해당 집단에서 지도자에 대해서만 설명하고 있기 때문에 이를 통해서 해당 집단에서의 군중들의 특성도 찾아낼 수 있어야 합니다. 제시문 [다]에서는 개미집단에서 개체들의 일하는 방식만 설명하고 있습니다.

따라서 이 논제에서는 '집단의 다양한 형태와 속성'이라는 공통된 주제에 따라 세 제시문에서 설명하는 지도자와 군중들의 차이점에 대해서 찾아낼 수 있다면 논제가 원하는 것을 정확하게 서술할 수 있을 것입니다.

그럼 지금까지의 내용을 바탕으로 최종 답안을 작성해 보세요.

40
80
120
160
200
240
280
320
360
400
440
480
520
560
600

640
680
720
760
800
840
880
920
960
1000
1040
1080
1120
1160
1200

자료 분석형 논제 해결하기

1. 개요

자료 분석형 논제는 표, 도표, 그림과 같은 특수 자료를 해석하는 논제 유형입니다. 자료 분석형이 다른 논술 유형과 변별되는 가장 큰 특징은 분석의 대상이 일반적인 텍스트가 아니라는 점입니다. 사회과학과 통계처리 기술의 발달에 힘입어 최근의 학문 경향은 각종 사회 현상이나 상황을 효과적으로 표현할 수 있는 도표나 표, 그림 등을 활용하는 경우가 많습니다. 따라서 이와 같은 특수 자료들은 현대 사회를 설명하는 주요한 매체이자 표현 수단으로 볼 수 있습니다. 그런 의미에서 학생들의 대학 수학능력을 측정하고자 하는 각종 대입 전형에서는 이러한 특수 자료를 이해하고 활용할 수 있는 능력을 측정하고자 하는 것입니다.

자료 분석형의 특수 자료 활용 논제는 대략적으로 두 가지 형태를 지니고 있습니다. 먼저 표, 도표, 그림과 같은 특수 자료 자체를 이해하고 분석하는 능력을 측정하려는 유형이 있습니다. 우리가 사회의 다양한 상황이나 문제들을 이해하기 위해서 그와 관련한 텍스트를 읽고 이해하는 것처럼, 또 다른 표현 매체인 표, 도표, 그림 등을 정확히 이해하고 읽어낼 수 있는지를 측정하고자 하는 것입니다. 이런 맥락에서 본다면 이 유형의 논제들은 결국 텍스트가 아닌 새로운 형태의 제시문에 대한 독해 능력을 측정하는 논제 유형이라고 볼 수 있습니다.

그러나 우리가 텍스트로 된 자료들을 단순히 정보를 전달하는 글로 이해하는 것이 아니라 문제적 상황을 발견하거나 자신의 주장을 합리화하는 근거로 사용하는 것처럼, 특수 자료 역시 그 자체의 의미를 다양하게 활용할 수 있어야 합니다. 따라서 특수 자료와 관련한 또 다른 논제의 유형은 그러한 특수 자료의 활용 능력을 측정하는 것입니다. 즉 특수 자료의 이해를 바탕으로 이를 활용하여 사회 문제를 발견하거나 자신의 주장이나 논리에 합당한 근거로 활용하는 능력을 측정하는 것이 자료 분석형의 두 번째 논제 유형이라고 할 수 있습니다.

결국 이 논제 유형은 우선 특수 자료에 대한 독해 능력을 측정한 후 이를 활용하는 논증 능력을 측정하려는 논제 유형이라고 할 수 있습니다. 이처럼 크게 두 가지 유형으로 대별되는 자료 분석형은 사실 특수 자료에 대한 독해력만을 측정하는 논제가 출제되는 경우는 많지 않은 편입니다. 이에 비해 최근에는 특수 자료에 대한 정확한 독해를 바탕으로 이를 활용하는 논증 유형이 논제의 대다수를 차지하고 있습니다. 따라서 자료 분석형 논제는 주로 융합형 논제 형태로 제시되며 주로 적용형 혹은 평가형 문항과 어울리는 것이 보통이라고 생각하면 됩니다.

2. 논제 분석 방법

자료 분석형은 단순히 특수 자료에 대한 독해 능력을 측정하는 경우에는 상당히 직설적으로 제시됩니다. 가령 '그림의 결과를 해석하시오', '표에 드러나는 특성을 서술하시오.' 와 같은 발문이 제시되기 때문에 논제 분석이 그게 까다롭지는 않습니다.

어떤 논제가 출제 됐을까?

1. 제시문을 읽고 다음 세 논제에 답하시오. 논제1. 세 그래프 1-a, 1-b, 1-c의 의미를 기술하시오.(경희대학교 기출문제)

2. 아래 표는 주요 기업의 현금 비중을 나타낸 것이다. 위의 표에 나타난 주요 기업의 현금 비중변화 추이를 설명하고, 이러한 추이가 한국사회에 미치는 영향에 대하여 제시문 (라)와 (마)를 바탕으로 하여 논의하시오. (국민대학교 기출문제)
3. (가)에 제시된 경제성장 자료의 시사점을 도출하고, 이를 바탕으로 (나), (다), (라)를 분석하고 종합하는 논의를 전개하라. (서강대학교 기출문제)
4. 아래 (ㄱ) 그래프는 가상정부의 12개월(1년) 간 현금 흐름을 월 단위로 표시하고 있다, ①(ㄱ)그래프 상에서 두 종류 선의 모양이 우리에게 주는 정보를 각각 30자 내외로 설명하시오. ② 스톡과 플로우의 개념을 토대로 정부의 저축량(현금잔고) 월별 추이를 (ㄴ) 그래프 상에 작성하시오. (한국외국어대학교 기출문제)
5. 위의 II를 바탕으로 III에 제시한 표의 결과를 해석하시오. (한양대학교 기출문제)

그러나 특수 자료 활용 능력을 측정하는 논제 유형은 주로 적용형, 평가형과 어울리는 융합형 논제로 출제되기 때문에 논제의 발문이 간단하지 않습니다. 이 유형의 논제들은 우선 특수 자료가 핵심적으로 전달하려는 메시지나 중심내용을 밝히도록 요구한 후, 이를 활용해 자신의 논리를 합리화하거나 상대 의견을 비판하는 데 활용하도록 요구합니다. 따라서 이러한 논제 유형은 특수 자료의 독해 능력을 측정하는 직설적 발문이 선행하고, 후행하는 발문은 적용형 혹은 평가형 논제의 발문과 유사하다고 볼 수 있습니다.

대체적으로 특수 자료의 해석과 관련한 발문은 '~설명하라', '~해석하라', '~분석하라', '~비교하라', '차이점을 기술하라' 등이 제시되는 경우가 많습니다. 통상적으로 하나의 자료를 분석 대상으로 하기도 하지만, 때에 따라서는 2개 이상의 자료를 분석 대상으로 삼는 경우도 있는데, 이런 경우에는 각각의 특수 자료가 지닌 의미를 비교, 대조하라는 형태의 발문이 제시되기도 합니다.

그리고 주어진 특수 자료를 활용하는 논제의 경우, 주로 적용형이나 평가형 발문이 사용되곤 하는데, 그 예로는 '~설명하라', '~논술하라', '~비판(옹호)하시오' 등의 발문을 들 수 있습니다. 그러나 적용형과 평가형의 범주와 발문이 매우 다양하기 때문에 발문을 정형화하는 것은 무리가 있습니다. 이 경우 적용형, 평가형 발문의 정확한 요구와 조건들을 면밀히 살펴 정확히 논제를 분석하는 것이 중요합니다.

지금까지의 내용을 종합해 보면, 자료 분석형 논제의 경우, 융합형을 기준으로 특수 자료의 해석과 관련된 부분을 먼저 찾아보고, 다음으로 그것을 어떻게 활용하는지를 파악하되 구체적인 요구사항과 조건을 정확히 파악하는 것이 중요하다고 할 수 있습니다.

3. 제시문 분석 방법

자료는 전통적인 텍스트 중심 제시문의 또 다른 형태로 이해할 수 있습니다. 따라서 특수 자료를 해석하는 방법은 결국 색다른 형태의 제시문을 이해하는 것과 같습니다. 다만 자료 제시문은 텍스트 제시문에 비해 분석의 결과가 하나의 주제로 집중되는 경향이 있고, 잘못 분석하였을 경우 논제 해결에 치명적인 오류를 범할 수 있다는 특징이 있습니다. 따라서 특수 자료 해석은 충분한 시간을 할애하여 자료가 의미하는 바를 정확히 분석하도록 하여야 합니다.

다음은 자료의 형태에 따른 분석 방법을 제시한 것입니다.

1) 그림

논술 고사에서 그림 자료가 제시문으로 제시되는 경우는 드문 편입니다. 특히 그림을 제시문으로 구성하는 것이 정형화된 대학은 거의 없다고 볼 수 있는데, 일부 대학에서도 간헐적으로 그림을 출제하고 있으므로 유의할 필요가 있습니다.

그림의 경우, 그 의미가 매우 심오하거나 추상적인 의미를 지닌 작품이 출제되기는 어렵습니다. 그림이 심오한 의미를 지닌 경우, 논술고사가 자칫 미술 시험이 될 수 있고, 이것은 출제자가 측정하려는 능력도 아니기 때문입니다. 따라서 그림은 일반인이 보았을 때, 특징적인 부분이 두드러지는 경우가 대부분입니다. 그러므로 그림을 분석할 때에는 그림의 특징적인 부분을 포착하고, 다른 제시문들과의 의미 관계를 염두에 두고 분석하는 것이 바람직합니다.

2) 도표

도표는 어떤 사회 현상이나 상황을 시각적으로 드러낸 자료를 말합니다. 그러므로 사회와 관련한 양적 자료의 비교, 연속적인 흐름을 보여주는데 적합한 자료입니다. 그러나 논술고사에 등장하는 도표의 경우, 단순히 양적 자료의 비교보다는 어떤 사회 현상이나 상황에 대한 연속적 흐름을 제시하는 자료가 대부분입니다. 따라서 도표가 사용된 특수 자료를 분석할 경우에는 도표에 나타난 흐름을 분석하고 이해하는 것이 중요합니다. 아울러 도표의 축을 이루는 항목이 무엇인지를 정확히 확인하고, 각 항목의 의미와 그것을 연관 지어 나타낸 이유에 대해 생각해 보는 것이 중요합니다.

뿐만 아니라 도표 자체를 분석하는 것과 동시에 유념해야 할 것은, 그러한 도표의 내용이 갖는 사회적 의미를 추정해 보는 것입니다. 가령 도표를 통해 어떤 흐름을 이해하였다면, 그러한 흐름이 우리 사회의 문제적 상황을 드러내는 것일 수도 있고, 때로는 사회적 경향을 드러내는 것일 수도 있습니다. 그리고 이렇게 도출된 사회적 의미는 반드시 다른 제시문과의 관계를 통해 논제로 발전하게 됩니다. 따라서 도표를 분석할 때에는 단순히 도표의 내용을 해석하는 데서 끝나는 것이 아니라, 그것이 지닌 사회적 의미를 생각해 두는 것이 매우 중요합니다.

3) 표

표는 각종 사회 현상이나 상황을 수치 자료를 통해 집약하여 제시하는 자료 양식입니다. 표는 구체적 수치를 제시하여 각 항목의 상태, 경향 등을 효과적으로 집약하여 제시하는 효과가 있습니다. 하지만 표는 도표와 같이 연속적인 흐름을 파악하기가 어렵고, 여러 항목 간의 양적 관계를 직관적으로 이해하는 데에는 다소 무리가 있습니다.

표를 분석할 때 주의해야 할 요소는, 표가 특정 시점의 상태를 드러내는 것인지, 아니면 시간의 변화에 따른 상태 변화가 제시되고 있는지를 파악하는 것입니다. 만약 특정 시점의 상태를 드러내는 표인 경우에는 제시된 수치 중에 두드러지는 항목에 주목할 필요가 있습니다. 즉 왜 다른 수치에 비해 극단적으로 크거나 작은지에 주목하거나, 모든 수치가 하나의 경향을 보이거나, 특정한 항목 간에 대조적인 수치 제시가 이루어지고 있는지 확인하는 것이 중요합니다.

다음으로 표가 시간을 축으로 수치를 제시하고 있다면, 시간에 따른 각 항목의 변화 추이를 확인해 보면 특징적인 경향이 드러나는 경우가 많습니다. 특히 수치만이 집약되어 제시되는 표의 경우, 시간의 변화에 따른 추이를 직관적으로 발견하기 어려우므로 각 수치를 스스로 도표의 형태로 그려 보는 것도 바람직한 방법입니다.

4. 논제 사례 분석

연세대학교 기출문제

※ 제시문 [라]의 두 주장에 근거하여 〈표 1〉, 〈표 2〉에 나타난 중요한 점들을 기술하고, 제시문 [나], [다]의 관점 중 하나를 택하여 연구 전체(주장 및 결과)를 평가하시오. (1,000자 내외)

[나] 페타바이트* 시대에는 정보가 단순히 3, 4차원의 분류 체계를 넘어서서 차원이 무의미해지는 통계의 영역에 들어선다. 과거에는 데이터의 총체를 가시화할 수 있다는 통념에 사로잡혀 있었다면, 이제는 그러한 통념의 속박에서 벗어나는 완전히 다른 접근방식이 가능해졌다. 구글Google의 창업 이념은 "이 웹 페이지가 다른 웹 페이지보다 왜 더 좋은지 모른다."는 것이다.

통계 수치가 그렇다고 한다면 그것으로 충분하며, 의미론적이거나 인과론적인 분석은 필요 없다. 그렇기 때문에 광고나 웹 페이지의 내용에 대한 아무런 사전 지식이나 가정을 하지 않고도 광고와 웹 페이지의 내용을 짝지어 줄 수 있다. 구글의 연구개발 책임자는 "모든 모델은 틀렸다. 그리고 점점 그것 없이도 성공할 수 있게 된다."고 말했다. 이와 같은 사고가 광고계에 끼치는 영향도 크지만, 정말로 큰 변화는 과학계에서 일어나고 있다. 과학적인 방법이라는 것은 실험가능한 가설의 토대 위에 세워진다. 이런 모델은 대체적으로 과학자 자신의 상상 속에서 가시화된 체계이다. 그리고 과학자는 실험을 통해서 이런 이론적인 모델들을 확인하거나 부정한다. 이것이 바로 과학이 수백 년 동안 수행되어 온

방식이다. 과학자들은 상관관계를 인과관계와 동일시하지 않도록 훈련받는다. 단순히 X와 Y의 상관관계만을 토대로 그 어떠한 결론도 내려서는 안 된다고 생각한다. 대신 둘 사이를 연결시키는 근본적인 원리를 이해하려고 한다. 그리고 일단 모델이 형성되면 조금 더 확신을 갖고 데이터 군群들을 연결시킬 수 있게 된다. 그들에게 모델 없는 데이터는 무의미한 잡음일 뿐이다. 그러나 페타바이트 시대에 엄청난 데이터 앞에서는 '가설 → 모델 → 실험'과 같은 과학적인 접근은 구시대의 것이 된다. 페타바이트는 우리로 하여금 상관관계로도 충분하다고 말할 수 있게 해주며 우리는 더 이상 모델을 찾지 않아도 된다. 어떤 결과가 나올 것인가에 대한 가설 없이도 데이터 분석이 가능하다. 시시각각으로 빨라지고 커지고 있는 컴퓨터 클러스터cluster에 데이터를 입력시키면 과학이 지금까지 발견하지 못한 패턴을 통계 알고리즘algorithm이 발견해낸다.

*1 Petabyte=1,000,000,000 Megabyte

[다] 우리가 원인이라고 부르는 것은 어떤 과정 속에서 재단 가능한 원인들 가운데 하나에 불과하다. 또한 재단 가능한 원인들의 수는 무한하며, 재단은 담론의 수준에서만 가치를 지닌다. "기차가 만원이어서 쟈크는 기차를 탈 수 없었다."는 문장 안에서 우리는 원인과 조건을 어떻게 분해할 수 있을 것인가? 그것은 이 작은 사건을 이야기할 수 있는 수많은 방식을 늘어놓는 일이 될 것이다. 그런데 기차를 타지 못하게 한 조건들을 어떻게 모두 열거할 수 있겠는가? 루이 14세는 세금 때문에 인기가 떨어졌다. 하지만 당시 프랑스가 침략 당했더라면, 농민층이 더 애국적이었더라면, 혹은 루이 14세의 덩치가 더 크고 위풍당당했더라면, 그의 인기는 떨어지지 않았을는지도 모른다. 마찬가지로 우리는 모든 왕

들이 루이 14세의 경우와 같은 단순한 이유로 인기가 떨어질 것이라는 단언을 경계한다. 역사가는 어떤 왕이 세금 때문에 인기가 떨어질 것이라고 확실하게 예측할 수는 없다. 반면 거기에 관해 생트집을 잡아 사실들이 존재하지 않는 척할 필요도 없다. 과거에 대한 우리의 지식에는 언제나 공백이 있기에, 역사가는 종종 아주 다른 문제에 직면하기도 한다. 그는 왕이 인기가 없었다는 사실만을 확인할 뿐 어떠한 자료를 통해서도 그 이유를 알 수가 없다. 만일 그가 그 원인이 세금 탓이었다고 결론을 내린다면, 그는 가설적 원인으로 거슬러 올라가고 있는 셈이다. 그런데 그는 과연 좋은 설명에로 거슬러 올라간 것일까? 세금이 원인이었을까, 아니면 왕의 패전이라든지 역사가가 상상 못하는 제 3의 원인이 있었을까? 세금은 불만의 그럴듯한 원인이기는 하지만, 다른 것들이라고 그만하지 않을 것인가? 농민들의 영혼 속에서 애국심의 힘은 어떠했던가? 패전 역시 세금 못지않게 왕의 인기 하락에 영향을 미치지 않았을까?

[라] 교육 수준이 높을수록 건강 상태가 더 좋다는 주장이 있다. 그런데 교육 수준과 건강 상태 사이의 이러한 관계가 소득수준에 따라 다를 수 있다는 보완적 주장이 제기되었다. 이러한 두 주장을 검증하기 위해 조사를 수행하여 다음과 같은 결과를 얻었다.

〈표 1〉 교육 수준에 따른 건강 상태 분포(%)

건강상태	교육수준			전체
	고졸 미만	고졸	대학 이상	
상	10.2	15.8	27.0	17.4
중	48.1	65.8	50.4	59.4
하	41.7	18.4	22.7	23.2
총계	187명	691명	256명	1,134명

〈표 2〉 소득 수준별 교육 수준에 따른 건강 상태 분포(%)

*소수점 둘째 자리에서 반올림했음.

소득 수준	건강 상태	교육 수준		
		고졸 미만	고졸	대학 이상
상	상	12.0	16.6	27.2
	중	42.7	66.8	47.2
	하	45.3	16.6	25.6
	소계	117명	428명	195명
중	상	8.0	17.4	27.3
	중	69.2	62.1	59.1
	하	23.1	20.5	13.6
	소계	13명	132명	44명
하	상	7.0	11.5	23.5
	중	54.4	66.4	64.7
	하	38.6	22.1	11.8
	소계	57명	131명	17명
	총계	187명	691명	256명

1) 논제 분석

무엇을?	① 〈표 1〉, 〈표 2〉에 나타난 중요한 점들을	② 연구 전체(주장 및 결과)를
어떻게?	① 기술하시오	② 평가하시오
조건은?	• 제시문 [라]의 두 주장에 근거하여 〈표 1〉과 〈표 2〉를 분석할 것. • 제시문 [나], [다]의 관점 중 하나를 택하여 평가할 것. • 답안분량은 1,000자 내외로 할 것.	

2) 답안 작성 요령

STEP 1 : 미시적인 접근방식으로 표의 내용을 평가하라

먼저 첫 번째 요구사항은 제시문 [라]의 표에서 중요한 내용을 기술하는 것으로, 표에 대한 이해 능력을 확인하려는 논제입니다. 두 번째 요구사항은 제시문 [나], [다]의 입장 중 하나를 선택하여, 표에 제시된 결과를 평가하라는 것입니다. 이를 위해서는 먼저 제시문 [나], [다]가 지니고 있는 의미를 정확히 파악하고, 그 내용을 바탕으로 표의 내용을 평가하여야 합니다. 그리고 표의 내용을 평가할 때에는 상당히 미시적인 수준의 접근이 필요하다는 점에 유의하여야 합니다.

먼저 다음에서 핵심문장의 정리를 통해 제시문의 핵심 내용을 파악해보겠습니다.

제시문	핵심 문장
나	• 페타바이트의 대용량 데이터 시대가 도래하면서 새로운 연구방법과 접근 방식이 등장하고 있다. • 페타바이트 시대에는 기존의 의미론적이고 인과론적인 연구방법이 무의미하다. • 페타바이트 시대엔 컴퓨터를 통해 데이터 간의 알고리즘과 상관관계를 파악하는 것만으로도 데이터에 대한 분석과 연구가 가능해진다.
다	• A : 자연은 인위적으로 규정할 수 없고, 그것을 교시하는 것은 사리에 맞지 않다. 인간의 절대적인 가치판단, 사회적·윤리적 척도나 제도 등은 허위의 요소가 개입된 지극히 부자연스러운 것들이다. • B : 인간은 '만물(자연)'의 영장으로 여타 동물과는 다른 존재 방식이 있고, 만물은 모두 다르고 가지런하지 않기 때문에 인간이 선택하는 것도 사물 자체의 보편성과 성질에 근거할 때 세상을 합리적으로 판단하고 소통할 수 있다.

제시문	핵심 문장
라	• 전반적으로 교육 수준이 높을수록 건강상태도 좋은 편이다. • 대학 이상의 교육 수준을 가진 집단에서는 고졸 집단에 비해 건강 상태가 '하'인 경우가 오히려 증가하는 경향이 나타나고 있다.
	• 소득 수준이 '상'인 부류에서는 〈표 1〉과 같은 경향이 나타나고 있음을 확인할 수 있다. • 소득 수준이 '중, 하'인 부류에서는, 교육 수준이 높을수록 건강 상태도 좋은 편으로 나타나고 있다.

이상의 내용을 바탕으로 다음과 같은 핵심 내용을 도출할 수 있습니다.

제시문	핵심 내용
나	대용량 데이터 시대에는 기존의 인과적 분석 없이 데이터 간의 상관관계만으로도 데이터 분석이 가능하다.
다	어떤 현상이나 사건은 다양한 요인들에 의해 결정되는 것이므로, 이러한 요인들을 최대한으로 고려하여 신중한 연구가 이루어져야 한다.
라	〈표 1〉 대학 이상 교육 수준을 가진 집단 중 건강 상태가 '하'인 집단이 커지고 있다.
	〈표 2〉 교육 수준과 건강 상태의 관계를 이해하기 위해서는 〈표 1〉과 같은 단순한 접근보다는, 소득수준을 함께 고려하여 이해하여야 한다.

STEP 2 : 질문을 통해 〈표〉의 핵심 논점을 파악하라

그럼 이러한 내용을 가지고 각 제시문에서 말하고 있는 핵심 논점을 파악해 보겠습니다. 이 중에서 〈표〉의 내용을 분석하기 위해서는 내용과 관련하여 다음과 같이 몇 가지 질문을 만들어 보는 것이 중요합니다.

- 〈표 1〉에서 건강 상태 '상'과 '하'에 해당하는 사람의 비율이 각 교육 수준 안에서 몇 %인가?
- 〈표 2〉에서 소득수준별로 볼 때 건강상태 '상'과 '하'인 사람의 비율이 각 교육 수준 안에서 몇 %인가?
- 〈표 2〉의 소득 수준 상, 중, 하의 교육 수준별 건강 상태 분포 가운데 〈표 1〉의 결과와 가장 유사한 소득 수준 집단은 어디인가?
- 〈표 2〉의 소득 수준 상, 중, 하의 교육 수준별 건강 상태 분포 가운데 〈표 1〉의 결과와 다른 결과를 보여 준 소득 집단은 어디인가?

즉 이와 같은 분석을 바탕으로 〈표 1〉의 분석에서는 전체적 수준의 경향과 함께, 대졸자 이상의 수준에서 나타나는 특이점을 정확히 분석하여야 합니다. 그리고 〈표 2〉에서는 소득 수준에 따라 교육 수준과 건강 상태가 각각 어떠한 경향을 보이고 있는지를 미시적 수준에서 분석할 필요가 있습니다.

STEP 3 : 질문을 통해 다른 제시문과의 관계를 파악하라

또한 제시문 [나], [다]의 관점 중 하나를 선택하여 표에 제시된 결과를 평가해야 하기 때문에 이 논제를 해결하기 위해서는 먼저 제시문 [나], [다]가 연구 방법이나 연구 대상에 대한 접근 방식과 관련하여 어떠한 차이를 보이고 있는지 그 차이를 명확히 인식하고 있어야 합니다. 그러므로 우선 제시문 [나], [다]의 차이점을 정확히 이해하고, 이를 바탕으로 표의 내용이 어떠한 입장과 더욱 가까운지 주의를 기울이며 표의 내용을 분석하는 것이 바람직합니다. 특히 연세대학교 논제의 경우 표에 대한 분석이 상당히 까다롭기 때문에 이와 같은 분석 방식이 효과적인 경우가 많습니다. 이를 통해 다른 제시문과의 관계를 간파하는 것이 중요한데, 이 작업이 선행되지 않으면 전혀 엉뚱한 분석 결과를 도출할 수 있기 때문입니다. 이를 해결하기 위해서는 마찬가지로 질문을 만들어 보는 것이 좋습니다.

- 제시문 [나], [다]는 원인과 결과의 관계에 대해 각각 어떠한 입장을 취하고 있는가?
- 제시문 [나]의 관점에서 제시문 [라]의 실험 결과를 평가해 보라.
- 제시문 [다]의 관점에서 제시문 [라]의 실험 결과를 평가해 보라.

이미 글의 구성이 논제에 다 나와 있기 때문에 어떤 방식으로 논술문을 구성할지 고민할 필요는 없습니다. 고민해야 할 것은 글의 구성이 아니라 자료에 대한 분석입니다. 표에 나온 양적 자료를 제대로 읽어내야 하며, 제시문 [나]와 [다]도 무엇을 말하고자 하는지 정확하게 파악해야 합니다. 또한 내용만 정확히 독해하는 것으로 끝나는 것이 아니라 자기가 파악한 내용을 표 해석에 적용해서 이 실험 결과를 평가해야 합니다.

이와 같은 분석형 논제는 글솜씨를 평가하는 것이 아닙니다. 자료에 대한 해석과 분석, 그리고 이를 적용하는 능력을 평가하려는 것입니다. 따라서 어떤 관점을 택하든지 정답이 있는 것은 아니니 어떤 관점을 선택할 것인가를 놓고 고민할 필요는 없습니다. 하나의 관점으로 실험 결과를 평가하는 논리가 중요하며, 이 논리는 바로 여러분들이 만들어야 하는 것입니다.

STEP 4 : 대학에서 즐겨 출제하는 주제에 대해 파악하라

이 논제는 사회과학 연구 방법론에 대한 내용을 다루고 있습니다. 사회과학이 무엇인지 아는 학생이라면 논제가 원하는 것이 무엇인지 감은 잡을 수 있을 것이지만 그렇다고 해도 세부적인 내용까지 알아내기는 쉽지 않습니다. 방법론이란 사회 현상을 연구하는 학자가 자료를 모으고, 수집한 자료를 통해 참임을 증명하는 절차를 뜻합니다. 머릿속으로 추론만 하는 철학자와 달리 사회과학자는 '과학'이라는 이름에서도 알 수 있듯이 과학적인 방법으로 대상을 탐구하고 결론을 내게 됩니다. 대학에서 사회과학을 공부하고자 하는 학생들이 가장 기본적으로 익혀야 할 것이 바로 이 방법론입니다. 그렇기에 많은 대학에서는 이 방법론에 대한 논제를 다양한 내용과 형식으로 출제되고 있습니다. 평소 기출문제를 통해 대학에서 즐겨 출제하는 주제에 대해 파악해 둔다면 논술이 한결 쉬워질 것입니다.

그럼 이 같이 요약한 내용을 연결해서 자료 분석형 논제의 최종 답안을 완성해 보겠습니다.

[다]의 관점을 선택했을 경우

제시문 [라]는 교육수준이 높을수록 건강상태가 더 좋다는 주장과 이러한 관계가 소득수준에 따라 다를 수 있다는 보완적 주장이 제시되어 있다. 〈표 1〉의 내용을 살펴보면 전반적으로 교육 수준이 높을수록 건강상태도 좋은 편이라는 것을 알 수 있는데 이는 교육수준이 높을수록 건강상태가 더 좋다는 주장을 뒷받침하는 자료라 할 수 있다. 하지만 모두 그런 것은 아니며 대학 이상의 교육 수준을 가진 집단에서는 고졸 집단에 비해 건강 상태가 '하'인 경우가 오히려 증가하는 경향이 나타나고 있는데 이는 이 같은 주장을 뒷받침 하지 못하는 내용이다.

〈표 2〉의 경우 소득 수준이 '상'인 부류에서는 대체로 〈표 1〉과 비슷한 경향이 나타나고 있음을 확인할 수 있다. 또한 소득 수준이 '중, 하'인 부류에서는, 교육 수준이 높을수록 건강 상태도 좋은 것으로 나타

나고 있다. 이 같은 내용으로 미루어 볼 때 교육 수준과 건강 상태의 관계를 이해하기 위해서는 단순한 접근보다는 소득 수준을 함께 고려하여 이해해야 한다는 주장이 더 설득력을 얻게 됨을 알 수 있다.

한편 하나의 현상에 대한 하나의 원인을 찾으려는 전통적인 과학적 방법론에 대해 최근 다른 의견들이 제기되고 있다. 상관관계를 파악하는 것만으로는 부족하며 인과관계를 찾아내야 한다고 믿었던 과학전통에 대해서 제시문 [나]는 기존의 인과적 분석 없이 데이터 간의 상관관계를 찾는 것만으로도 충분하다고 말한다. 매우 많은 데이터를 처리하게 되면 인간의 추론이나 실험으로는 알아낼 수 없는 패턴을 밝혀낼 수 있고, 문제를 해결할 수 있기 때문에 굳이 '왜' 그런 일이 벌어졌을까를 고민할 필요가 없다는 것이다. 반면 제시문 [다]는 인과관계가 그렇게 단순히 형성되지는 않는다는 점을 지적하고 있다. 단순해 보이는 어떤 현상이나 사건도 실제로는 매우 다양한 요인들에 의해 결정되는 것이므로, 이러한 요인들을 최대한으로 고려하여 신중한 연구가 이루어져야 한다는 내용을 제시하고 있다.

결국 이 같은 내용을 앞에서 살펴본 〈표 1〉, 〈표 2〉의 분석내용과 연관 짓는다면 단순한 접근 방법보다는 또 다른 변인을 고려했을 때 합리적인 설명이 가능했으므로, 제시문 [다]의 관점에서 소득 수준과 건강상태의 관계가 소득수준에 따라 다를 수 있다는 주장이 더 타당한 것으로 보인다.

이해가 되셨나요? 그럼 다음 문제를 통해 연습해 보기로 하겠습니다.

실력향상을 위한 연습문제

연세대학교 기출문제

※ 개별형 사이트에서 참여자들이 독자적으로 판단해 곡을 다운로드 한 횟수가 미공개 신곡들의 질을 반영한다는 가정 아래 제시문 [라]의 실험결과를 해석하고, 이를 바탕으로 제시문 [가]의 주장을 평가하시오. (1,000자 내외)

[가] 새로운 종교를 창설하려는 여러 번의 시도가 실패로 끝난 것은 상당히 이른 시기에도 그리스인들이 높은 수준의 문화를 지니고 있었다는 것을 말해준다. 이것은 또한 그리스에는 이미 일찍부터 신앙과 희망이라는 단 하나의 처방으로 치유될 수 없는 다양한 고통을 지닌 개인들이 존재했다는 것을 말해준다. 피타고라스, 플라톤, 엠페도클레스 그리고 이들보다 훨씬 이전의 오르페우스교의 열광자들이 새로운 종교를 세우고자 했다. 앞의 두 사람은 진정으로 종교 창시자의 영혼과 재능을 지니고 있어, 이들이 실패했다는 것은 실로 놀라운 일이 아닐 수 없다. 이들은 그저 종파들을 만들어 내는 데 그치고 말았던 것이다. 한 민족 전체의 종교개혁이 실패하고 종파들만이 머리를 들면, 언제나 우리는 그 민족이 이미 자체 내에 다양성을 지니고 있으며 거친 무리 본능이나 윤리적 관습에서 벗어나기 시작한 것이라고 추론해 볼 수 있다. 이러한 의미심장한 동요 상태를 사람들은 흔히 윤리의 타락이나 부패라고 비난하지만, 실제로 이것은 알이 성숙하여 껍질이 깨질 때가 가까워졌다는 것을 알려준다. 루터의 종교개혁이 북유럽에서 성공했다는 것은, 북유럽이 남유럽에 비해 뒤처져 있었으며, 상당 부분 같은 유형과 같은 색깔의 욕구를 지니고 있었다는 것을 보여준다. 한 개인이나 그 개인의 새로운 사상이 보편적이고 절대적으로 작용하면, 이는 그 영향을 받는 대중들

이 그만큼 천편일률적이고 저급하다는 것을 의미한다. 반면 그에 대한 반작용은, 만족되고 관철되어야 할 반대의 요구들이 그만큼 많다는 것을 알려준다. 거꾸로 힘과 지배욕이 매우 강한 천성을 지닌 인물이 단지 종파에 국한된 미약한 결과를 낳는 데 그치는 경우, 이로부터 그 문화의 수준이 매우 높다는 것을 추론해낼 수 있다. 이는 예술과 인식의 영역에도 적용될 수 있다.

[라] 대중음악계에 새롭게 떠오르는 장르가 있다. 이 장르의 미공개 신곡新曲에 사람들이 어떻게 반응하는지 알아보기 위해 온라인 실험을 마련했다. 일반인 신청자들 가운데 모두 6백명의 실험 참가자를 선정하였다. 이들은 신곡 10개를 듣고 자신이 선호하는 곡을 3개까지 무료로 다운로드할 수 있는, 6개의 온라인 사이트에 무작위로 1백 명씩 배치되었다. 사이트는 크게 '개별형'과 '집단형'으로 나뉘어 다음과 같이 설계되었다.

사이트 유형	사이트 수	특징
개별형	1개	• 무작위로 화면에 배열된 10개 곡을 들은 후 3개까지 다운로드 할 수 있음 • 참여자는 다른 참여자들의 다운로드 횟수를 알 수 없음
집단형	5개	• 무작위로 화면에 배열된 10개 곡을 들은 후 3개까지 다운로드할 수 있음 • 화면에 배열된 각 곡의 옆에는 사이트 내 다른 참여자들이 그 시점까지 다운로드한 횟수가 표시됨 • 참여자는 자기 사이트 내에서 각 곡에 대해 간단한 평을 달거나 다른 참여자들의 평을 읽을 수 있음

두 유형의 사이트 모두에서 곡을 들을 시간은 충분히 주어졌으며, 6개 사이트들 간의 의사소통은 차단하였다. 실험결과를 정리해보면 다음의 〈그림 1〉, 〈그림 2〉와 같다. 집단형 사이트가 모두 5개 있으므로, 개별형 사이트에 해당하는 가로축의 한 값에 대해 5개의 집단형 사이트의 값들이 세로축으로 늘어서게 된다.

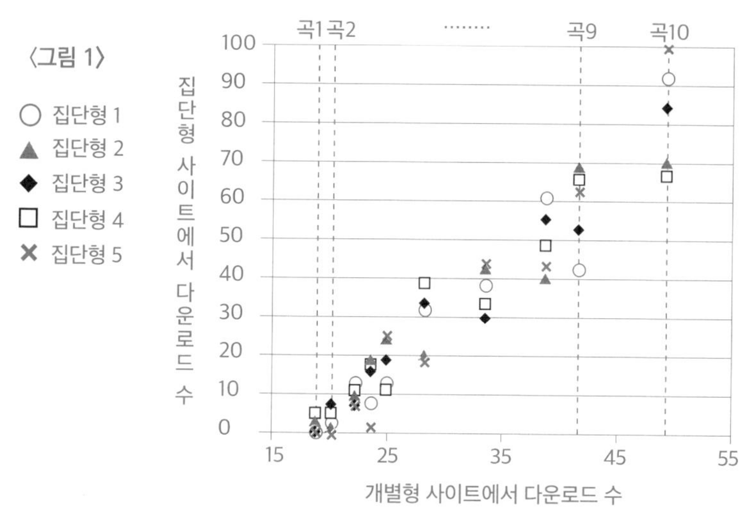

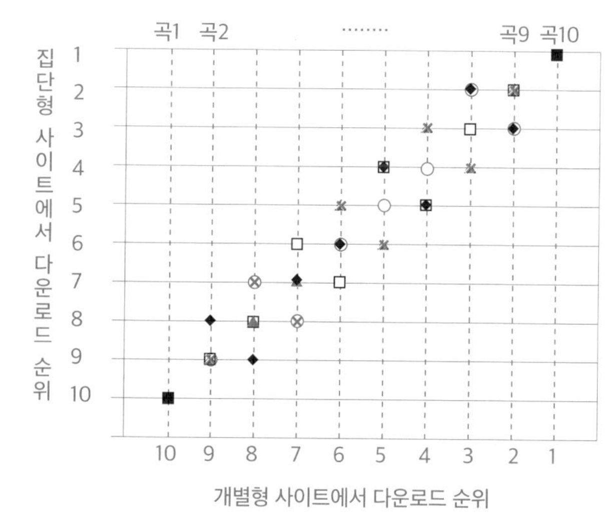

〈그림 1〉을 보면, 개별형 사이트에서 다운로드 횟수가 많은 곡일수록 5개 점들 간 간격이 더 벌어지는 것을 알 수 있다. 예를 들어 곡 10의 경우, 개별형 사이트에서는 다운로드 횟수가 49회였는데, 집단형 5 사이트에서는 99회, 집단형 2 사이트에서는 71회 등을 기록했다. 반면 개별형에서 19회를 기록한 곡1이 경우, 집단형 사이트들에서의 다운로드 횟수는 모두 10회 미만이었다. 한편 〈그림 2〉를 보면, 개별형 사이트에서 다운로드 순위가 중위권일 때보다 최상위와 최하위일 때 5개 점들이 서로 더 겹치는 것을 알 수 있다. 〈그림 2〉의 곡1이나 곡10의 ■는 5개 점들이 한 곳에 겹쳐 있음을 나타낸다.

1) 논제 분석(빈칸을 채워 보세요)

무엇을?	① [라]의 실험 결과를	②
어떻게?	①	② (이 해석을 토대로) 평가하라
조건은?	• 답안분량은 1,000자 내외로 할 것.	

2) 제시문의 핵심 내용 파악하기

제시문	핵심 문장
가	• •

제시문	핵심 문장
라	• • • • • •

요약이 어려울 수도 있으니 선생님이 한 것과 비교해볼까요?

제시문	핵심문장
가	• 한 민족 전체의 종교개혁이 실패하고 종파들만이 머리를 들면 그 민족은 문화의 수준이 높으며 다양성을 지니고 있다고 추론할 수 있다. • 반대로 한 개인의 새로운 사상이 보편적이고 절대적으로 작용하면 그 영향을 받는 대중들이 그만큼 천편일률적이고 저급하다는 것을 의미한다.
라	• 실험참가자 600명은 각 100명씩 모두 6개의 사이트에 배정되었다. • 한 명이 노래 3곡씩 다운로드할 수 있기 때문에 한 사이트에서 다운로드하는 횟수는 모두 300회가 된다. 노래 10곡을 균등하게 다운로드한다면 한 곡당 30회 정도씩 다운로드하는 꼴이 된다. • 전체적으로 개별형과 집단형이 비슷한 모습을 보이고 있다. • 하지만 미시적으로 보면 개별형 사이트와 집단형 사이트의 편차가 크다. • 개별형 사이트는 가장 많이 다운로드한 곡의 횟수가 약49회 전도고, 가장 적게 다운로드한 곡의 횟수는 19회다. • 집단형 사이트는 적게 다운로드한 곡의 횟수는 10회 미만이지만, 다운로드 횟수가 많은 곡은 최대 99회까지 이른다.

이제 [가]와 [라]의 핵심 내용을 정리해 보세요.

제시문	핵심 내용
가	
라	

이제 좀 정리가 되시나요? 그럼 선생님이 정리한 것과 비교해 보세요.

제시문	핵심 내용
가	한 사회가 어느 정도 진보했는지 알 수 있는 지표로 다양성 정도가 있다. 진보 수준이 낮은 사회일수록 구성원들의 능동적, 주체적인 판단 능력이 부족하여 선택 시 타인의 영향을 받아 결정한다. 반면 진보한 사회 구성원들은 주체적으로 판단하기 때문에 보편적인 경향이 나타나는 것이 아니라 다양성이라는 경향이 나타난다.
라	〈그림〉에서 제시하고 있는 개별형 사이트는 인간이 독립적으로 판단하는지를 알아보기 위한 자료이며, 집단형 사이트는 인간이 다른 사람의 영향을 얼마나 많이 받아서 판단하는지를 알아보려는 자료이다.

3) 〈표〉의 핵심 논점 파악하기

그럼 이러한 내용을 가지고 각 제시문에서 말하고 있는 핵심 논점을 파악해 보겠습니다. 이 중에서 〈그림〉의 내용을 분석하기 위해서는 내용과 관련하여 몇 가지 질문을 만들어 보는 것이 중요합니다. 다음에서 표의 내용과 연관 지어 질문을 만들어 보기 바랍니다.

•

•

•

•

선생님이 만든 질문과 비교해 보세요.

- 두 유형 사이트에서 신곡의 다운로드 횟수를 비교한 〈그림 1〉에서 점들이 우상향하는 것은 무엇을 의미하는가?
- 〈그림 1〉에서 개별형 사이트에서 다운로드 횟수가 많은 곳일수록 집단형 사이트 간 다운로드 횟수가 더 많이 차이가 나는 것은 무엇을 의미하는가?
- 〈그림 2〉에서 두 유형 사이트에서 신곡 다운로드 순위 점들이 우상향 하고 있는 것은 무엇을 의미하는가?
- 〈그림 2〉에서 가장 하위 곡과 상위 곡의 순위 차이가 거의 없는 것은 무엇을 의미하는가?

즉 이와 같은 질문을 통한 분석을 바탕으로 〈그림〉에서는 개별형 사이트와 집단형 사이트가 무엇을 의미하는지 또한 이러한 사이트에서의 다운로드 결과가 각각 어떠한 경향을 보이고 있는지를 미시적 수준에서 분석해야 하는 것입니다.

4) 제시문 특성 파악하기

또한 제시문 [라]의 실험결과를 바탕으로 [가]의 주장을 평가해야 하기 때문에 이 논제를 해결하기 위해서는 [라]의 실험결과를 [가]와 연관 지을 수 있어야 합니다.

이 문제는 논제에서 개별형 사이트가 미공개 신곡의 질을 보여주는 것으로 가정하고 있습니다. 다른 사람의 영향을 전혀 받지 않은 채 좋아하는 곡을 선택하게 했기 때문입니다. 따라서 [가]에서 얘기하고 있는 가장 진보된 사회의 모형으로 개별형 사이트를 제시했다고 볼 수 있습니다.

다른 사람의 영향을 받지 않고 합리적으로 판단한 개별형 사이트의 결정이 신곡의 질을 객관적으로 보여주는 것이라고 받아들인다면, 그 다음으로는 집단형 사이트에서의 다운로드 결과를 개별형 사이트에서의 결과와 비교하면 됩니다. 구성원들이 다른 사람의 영향을 받아 내린 결정과 혼자서 내린 결정을 비교함으로써 우리는 집단적 상호작용을 통해 내린 결정의 합리성 여부 및 그 정도를 파악할 수 있을 것입니다.

이를 통해 다른 제시문과의 관계를 간파하는 것이 중요한데, 이 작업이 선행되지 않으면 전혀 엉뚱한 분석 결과를 도출할 수 있기 때문입니다. 이를 해결하기 위해서는 앞에서와 마찬가지로 질문을 만들어 보는 것이 좋습니다. 다음에서 연습해 보겠습니다.

•

•

•

선생님이 만든 질문과 비교해보세요.

- 제시문 [가]에 비추어 볼 때, [라]의 개별형 사이트와 집단형 사이트가 의미하는 바가 무엇인가?
- 신곡의 질을 정확히 보여주는 것은 개별형 사이트인가, 집단형 사이트인가? 이유는?
- 신곡의 질을 보여주는 개별형 사이트의 신곡 다운로드 결과에 비춰볼 때 집단형 사이트의 신곡 다운로드 결과가 얼마나 유사한 결과를 보였는가? 그럼에도 어떤 차이가 있는가? 이런 차이는 왜 나왔는가?

이미 글의 구성이 논제에 다 나와 있기 때문에 어떤 방식으로 논술문을 구성할지 고민할 필요는 없습니다. 거듭 말씀드리지만 고민해야 할 것은 글의 구성이 아니라 자료에 대한 분석입니다. 실험결과를 타당하게 해석하지 못하거나 제시문 [가]의 의미를 제대로 파악하지 못하고, 또 실험 결과에 대한 해석으로 이 제시문이 말하고자 하는 바를 제대로 평가하지 못한다면 좋은 평가를 받을 수 없기 때문입니다.

이와 같은 분석형 논제는 글솜씨를 평가하는 것이 아닙니다. 자료에 대한 해석과 분석, 그리고 이를 적용하는 능력을 평가하려는 것입니다. OX식의 정답이 있는 것이 아니므로 어떤 관점을 택하든지 정답이 있는 것은 아닙니다. 하나의 관점으로 실험 결과를 평가하는 논리가 중요하며, 이 논리는 바로 여러분들이 만들어야 하는 것입니다.

그래서 이런 실험 결과가 사회가 진보할수록 구성원들이 다른 사람의 영향을 받지 않고 독립적으로 판단하고 행동한다고 보는 제시문 [가]의 내용을 지지하는지 여부를 판단해 작성하면 됩니다. 지지하면 지지하는 근거를 〈그림〉에서 제시하면 되고, 그렇지 않으면 그렇지 않은 근거를 찾아 제시하면 되는 것입니다.

따라서 최종답안을 작성하는 요령도 다음과 같이 근거를 바탕으로 작성하면 됩니다.

그럼 이 같이 요약한 내용을 연결해서 자료 분석형 논제의 최종 답안을 완성해 보겠습니다.

40

80

120

160

200

240

280

320

360

400

440

480

520

560

600

640
680
720
760
800
840
880
920
960
1000
1040
1080
1120
1160
1200

어려우셨나요? 그럼 이번 문제는 선생님이 제시한 답안과 비교해보고 검토해보시기 바랍니다.

〈그림 1〉과 〈그림 2〉를 보면 전체적인 경향 면에서 개별형과 집단형이 비슷한 모습을 보임을 알 수 있다. 개별형의 다운로드 횟수와 순위를 X축에 놓고, 집단형의 다운로드 횟수와 순위를 Y축으로 둘 때 그래프의 방향이 우상향 추세를 보이고 있기 때문이다. 개별형에서 다운로드 횟수가 높은 곡이 다른 집단형 사이트에서도 높은 다운로드 횟수를 기록하고 있는 것이다. 다운로드 횟수 순위에 대해서도 마찬가지다. 각 노래는 개별형 사이트와 집단형 사이트에서 모두 유사한 순위를 차지하고 있다는 것을 알 수 있다.

이 결과만 본다면 개별적으로 내린 판단과 집단의 영향을 받아 내린 판단이 유사하다 결론 내릴 수 있다. 개별적 판단과 집단적 판단의 결과가 비슷하므로, [가]에서 말한 것처럼 이 둘을 사회 진보의 지표로 볼 이유가 적어진다.

그러나 그래프를 보다 정교하게 분석할 경우 [가]에서 지적하는 집단적 쏠림 현상이 나타나고 있음을 알 수 있다. 노래 10곡을 균등하게 다운로드할 때 곡당 30회 정도가 되는데, 개별형 사이트는 가장 많이 다운로드한 곡의 횟수가 약49회 정도고, 가장 적게 다운로드한 곡의 횟수는 19회다. 반면에 집단형 사이트에서는 그 편차가 더 크다. 집단형 사이트는 적게 다운로드한 곡의 횟수는 10회 미만이지만, 다운로드 횟수가 많은 곡은 최대 99회까지 이른다. 그러다 보니 인기 있는 곡일수록 평균보다 더 많은 다운로드 횟수를 기록하고, 인기 없는 곡은 평균 이하 횟수를 기록해서 집단형 사이트는 우측으로 갈수록 그래프가

넓게 퍼지게 된다. 이는 집단형 사이트에서 좋은 곡에 대한 다운로드 쏠림 현상이 더 많이 일어나고 있다는 것을 의미한다.

이런 결과가 나온 이유는 다른 이의 평가가 본인 선택에 영향을 끼쳤기 때문으로 볼 수 있다. 제시문 [가]의 무리 본능의 모습을 확인할 수 있는 대목이다.

유형 셋

적용형 논제를 풀어보자

적용형 논제 이해하기

적용형 논제란 논제에서 요구하고 있는 항목에 대하여 제시문 또는 자료를 적용하여 설명하는 논제입니다. 항목을 설명하기 위해서는 분석이 바탕이 되기 때문에 적용형 논제는 분석형 논제보다 발전된 형태의 논제라고 할 수 있습니다. 논제에서 설명을 요구하는 항목에는 의미설명, 현상 설명, 한계(문제점) 설명, 제시문 간의 관계 설명 등이 있습니다. 적용형 논제의 경우 제공되는 제시문의 유형에 따라 '제시문 적용형 논제'와 '자료 적용형 논제'로 구분됩니다.

적용형 논제를 출제하는 이유는 제시문이나 자료의 분석 및 이해 능력을 바탕으로 낯설고 어려운 개념이나 현상, 그것과 관련된 효과, 문제점 등을 글로 설명하는 능력을 측정하기 위함입니다.

적용형 논제의 특징은 다음과 같습니다.

첫째, 설명의 기준과 대상을 논제나 제시문에서 보이고 있거나, 특정 자료를 활용한 설명을 요구하고 있기 때문에 수험생의 개인 의견이 개입할 여지가 없습니다.

둘째, 제시문, 주어진 자료에 대한 이해나 분석을 잘못하면 해결할 수 없습니다.

셋째, 논제 해결과정에서 주어진 조건이나 시각의 틀에서 벗어나지 않도록 주의를 요합니다.

넷째, 제시문 간의 연관관계를 적극 활용하여 해결해야 합니다.

제시문 적용형 논제 해결하기

1. 개요

제시문 적용형 논제란 텍스트 형태로 된 제시문을 적용하여 개념이나 현상, 문제점, 의의 등을 설명하는 논제 유형입니다.

2. 논제 분석 방법

제시문 적용형 논제를 해결하기 위해서는 다음에 유의해야 합니다.

첫째, 설명의 기준은 논제나 제시문에서 이미 주어지기 때문에 그 기준에서 벗어난 설명을 하면 안 됩니다.
둘째, 제시문의 핵심어를 활용하여 설명할 수 있어야 합니다.
셋째, 제시문에서 구체적 사례를 언급하는 경우가 많기 때문에 그것을 일반화할 수 있어야 합니다.

논제 해결의 실마리를 제시하면 다음과 같습니다.

첫째, 논제나 제시문에 주어진 설명의 기준을 명확하게 파악해야 합니다.
둘째, 설명의 기준을 답안에 명확하게 제시할 필요가 있습니다.
셋째, 수험생의 배경지식이나 자의적 가치판단을 문제 해결 과정에 기술해서는 안 됩니다.
넷째, 논제 해결 과정에서 제시문의 내용을 참고할 경우, 그 내용을 단순 나열하여 요약하지 않습니다.

어떤 논제가 출제 됐을까?

1. 지문 (가)와 지문 (다)를 활용하여 '바람직한 공동체'와 '리더십'의 관계에 대해서 논하시오.(가톨릭대학교 기출문제)
2. 제시문 (나), (다), (라)를 근거로 하여 대의민주주의에 대해 (가)의 밑줄 친 주장이 제기되는 이유와 그 주장이 실행될 경우 발생할 수 있는 문제점을 논해 보시오. (경기대학교 기출문제)
3. 제시문 (바)가 주장하는 인간본성으로 인해 발생하는 문제들이 제시문 (가)와 (다)에서 각각 어떻게 해결하고 있는지 논술하시오. (경희대학교 기출문제)
4. 제시문 (1)과 제시문 (3)의 논의에 근거해서, 제시문 (4)의 '나'가 생각하는 로스엔젤레스 폭동의 원인들에 관해 논하시오. (고려대학교 기출문제)
5. 제시문 (가)를 근거로 제시문 (나)와 (다)에서 건강보험 시장과 중고자동차 시장의 문제와 그 원인을 규명하고, 인과관계를 설명하라. (서강대학교 기출문제)
6. (나)에서 기술된 '과학적사고의 다섯 요소'를 [제시문 2]에서 찾아 설명하시오. (서울대학교 기출문제)
7. 제시문 (라)에서 드러난 설명 방식을 이용하여 제시문 (다)에 나타난 국가의 성격 변화를 설명 하시오. (숙명여자대학교 기출문제)
8. (가)에 제시된 개념을 참고하여, (나)의 진품구매자와 복제품 구매자의 태도 변화에 나타난 특징을 분석하시오.(건국대학교 기출문제)
9. (가)의 관점에서 (나)를 설명하시오. (이화여자대학교 기출문제)
10. (가)를 참고하여 (나)에 드러난 문제점의 원인을 지적하시오. (한양대학교 기출문제)

제시문 적용형 논제에서 사용하고 있는 서술어를 살펴보면, '논하시오', '설명하시오', '분석하시오', '지적하시오' 등으로 다양합니다. 그러므로 '설명하시오'라고 지정하는 경우를 제외하고는 서술어와 항목과의 관계를 살펴보고 논제의 성격을 파악해야 합니다.

위의 사례를 통해 볼 때, 제시문 적용형 논제에서 수험생들에게 설명하고 분석하기를 요하는 항목은 주로 ① 제시문 간의 관계를 설명, ② 주장의 이유와 한계 설명, ③ 현상에 대한 설명, ④ 문제와 그 원인에 대한 설명, ⑤ 대상의 변화과정을 설명하는 것임을 알 수 있습니다.

3. 제시문 분석 방법

제시문 적용형 논제를 해결하기 위해서는 논제에서 설명의 전제가 되는 제시문의 내용을 정확하게 독해하는 능력이 필수적입니다. 논제에서 제시문 전체의 내용을 바탕으로 요구 사항을 설명하라고 하는 경우도 있지만 제시문의 핵심 논지나 주요 개념, 현상, 관점, 설명 방식 등을 한정적으로 참고하여 요구사항을 설명하라고 하는 경우도 있습니다. 제시문의 전체 내용을 참고하든, 제시문의 일부 내용을 참고하든 요구사항을 정확하게 설명하기 위해서는 제시문을 정확하게 독해하는 능력이 매우 중요할 수밖에 없습니다. 이를 위해 수험생들은 제시문을 읽기 전에 논제에서 제시문과 관련된 요구사항이 무엇인지 정확하게 파악한 후 제시문을 읽는 습관을 들여야 합니다.

이와 함께 제시문이 각각 그 기능이 다르다는 점을 염두에 두어야 합니다. 어떤 제시문은 설명을 하는 기준이나 대원칙을 알려주고, 어떤 제시문은 구체적인 사례를 보여주거나 서로 다른 입장의 주장을 제시해 줄 수도 있습니다. 또 어떤 제시문은 특정 현상이나 상황을 드러낼 수도 있습니다.

이렇듯 각기 다른 성격의 글이 저마다 다른 기능을 하므로 수험생들은 제시문의 성격에 맞게 글의 내용을 분석할 필요가 있습니다. 이런 모든 점은 논제 분석에서 시작되므로 논제를 분석할 때 제시문의 어떤 부분에 초점을 두어 읽을 것인지를 미리 결정하고 독해를 시작하는 것이 매우 중요합니다.

4. 논제 사례 분석

건국대학교 기출문제

※ [가]에 제시된 개념을 참고하여, [나]의 진품구매자와 복제품구매자의 태도 변화에 나타난 특징을 분석하시오. (501~600자)

[가] 사회에서의 삶은 개인이 사회화된다는 것을 전제한다. 사회화는 개인이 인간들 사이의 사회적 관계를 익히고 한 사회 혹은 집단의 규범과 가치, 신앙에 동화되어 가는 메커니즘에 상응한다. 부르디외에게서 사회화는 다음과 같은 방식으로 설명되는 아비투스habitus의 형성에 의해 특징지워진다.

각각의 계층이 생존 환경에 적응하는 과정에서 영구적이면서 동시에 변동 가능한 성향체계인 아비투스가 만들어진다. 그것은 의식적으로 목표를 겨냥하거나 목표에 도달하기 위해 필요한 조작을 명시적으로 통제하지 않는다. 그러면서도 목표를 달성하는 실천과 표상을 조직하고 발생시키는 원칙으로서 기능하는 구조이다. 이 실천과 표상들은 결코 규칙에 복종한 결과로 생겨난 것이 아니면서도 엄연한 규율의 자격으로 사회적 실천을 규제한다.

개인에게 내면화된 지각과 행동의 도식은 또한 구도라 불리기도 한다. 따라서 우리는 아비투스를 이루는 두 개의 구성 요소를 구분해 볼 수 있다. 하나는 실천적 상황에서의 원칙이나 가치를 가리키는 에토스ethos이다. 그것은 일상의 행위를 결정하는 도덕의 내면화된 형식으로 무의식적으로 작용한다. 다른 하나인 신체적 엑시스hexis는 신체의 성향으로서 개인의 역사 속에서 무의식적으로 개인에게 각인된 습관을 일컫는다.

그러므로 아비투스는 우리가 현실을 지각하고 판단할 수 있게 해주는 해석틀인 동시에, 우리의 실천을 만들어 내는 장본인이다. 그것은 일상적인 의미에서 개인의 인성을 규정하는 토대가 된다. 우리는 자신이 이미 이러저러한 경향과 감수성을 지니고 있으며, 이러저러하게 행동하고 반응하는 태도와 스타일을 가지고 태어났다고 느낀다. 포도주보다 맥주를 좋아하고 정치 영화보다 액션영화를 좋아하는 것, 또 좌익보다 우익에 표를 던지는 것은 아비투스의 산물이다. 우리의 표상은 우리가 차지한 위치(그리고 거기에 결부된 이해관계)와 지각·판단 구도의 체계이자, 우리가 사회 내의 어떤 위치를 지속적으로 경험함으로써 습득하는 인식과 평가구조인 아비투스에 따라 달라진다.

[나] 최근 한 연구는 명품 브랜드 A를 구매한 소비자들과 그것의 복제품을 구매한 소비자들을 대상으로 실험을 했다. 그리고 각 집단을 해당 상품을 구매한 동기에 따라 2개 집단으로 다시 나누었다. 즉, 명품의 기능, 품질, 디자인, 신뢰성 등이 우수하다고 믿어서 이러한 자신의 신념을 표현하고자 명품을 구매한 집단(자아표현동기집단)과 명품 구매를 통해 주변사람들에게 자신의 이미지를 고양시키고 사회적으로 인정받기 위해 명품을 구매한 집단(사회적응동기집단)으로 실험대상자들을 구분했다.

이 연구는 이들 4개의 소비자 집단을 대상으로 브랜드 A에 대한 선호도를 2번 측정했다. 1차 선호도 측정 이후에 소비자들에게 최근 복제품이 너무 많이 판매되고 있어 진품과 복제품의 구분이 어렵게 되었다는 상황과 관계당국에서 대대적인 단속을 계획하고 있다는 등의 정보를 제공하였다. 이런 정보를 제시한 후 2차로 브랜드 A에 대한 선호도를 다시 측정했다.

실험집단		명품 브랜드 A에 대한 선호도	
		복제품정보 노출 전 (1차 측정)	복제품정보 노출 후 (2차 측정)
진품구매자집단	자아표현동기집단	5.36	5.29
	사회적응동기집단	5.49	4.23
복제품구매자집단	자아표현동기집단	5.86	5.33
	사회적응동기집단	5.54	5.54

1) 논제 분석

무엇을?	[나]의 진품구매자와 복제품구매자의 태도 변화에 나타난 특징을
어떻게?	분석하시오
조건은?	• [가]에 제시된 개념을 참고할 것. • 답안 분량은 띄어쓰기 포함 501~600자로 할 것.

이 논제는 텍스트 형태로 주어진 제시문의 개념을 참고하여, 다른 제시문에 나타난 현상의 특징을 분석하여 설명하는 제시문 적용형 논제 유형입

니다. 이 논제를 해결하기 위해서는 앞서 설명한 대로 먼저 [가]에 제시된 개념을 정확하게 파악해야 합니다. 즉 [가]에 제시된 '아비투스habitus'의 개념을 정리한 후, [나]의 구매자들의 태도 변화에 나타나는 특징을 '아비투스' 개념적 특징으로 분석하고 그에 근거하여 설명하여야 합니다. 곧, 이 문제는 개념을 사회현상에 적용하여 설명할 수 있는지를 수험생에게 묻고 있는 것입니다.

2) 답안 작성 요령

STEP 1 : 논제에서 제시된 요구사항을 염두에 두고 독해하라

이 유형의 논제를 해결하는 데 있어서 수험생들이 주의해야 할 점은 설명의 대상을 분명하게 파악하고 그것에 한정해 설명하도록 해야 한다는 점입니다. 이때 설명의 근거는 논제에서 주어진 제시문의 범위를 벗어나지 않도록 해야 하는 점도 중요합니다. 앞서 설명한 것처럼 제시문 적용형 논제들은 항목 앞에 설명의 근거가 되는 제시문을 한정하고 있음에 주의해야 합니다. 이를 위해서는 제시문을 읽을 때 논제에서 한정된 요구사항을 염두에 둔 상태로 그것을 찾아 읽으려는 훈련을 해야 합니다. 여기에서는 논제에서 제시된 [나]의 진품구매자와 복제품구매자가 [가]에서 과연 어떤 내용에 해당하는지를 생각하며 읽어야 한다는 말입니다.

STEP 2 : 요구사항과 관련된 핵심내용을 분석하라

논제에서 [가] 제시문을 참고하여 [나]를 설명하라고 요구하였으므로, [가] 제시문을 정확하게 분석하는 것이 논제해결의 가장 중요한 첫 단계가 됩니다. [가] 제시문은 지극히 개인적인 듯이 보이는 취향이나 취미활동, 옷 입는 스타일, 생활습관 등이 사실은 각 계층의 반영이라는 점을 아비투스라는 개념을 사용하여 설명하고 있는 글입니다. [가]글에 따르면 아비투스는 취향이나 미각, 생활양식 등으로 개인의 몸에 각인된 계층적 취향을 일컫는 말입니다.

[나] 제시문은 명품의 기능, 품질, 디자인, 신뢰성 등이 우수하다고 믿어서 이러한 자신의 신념을 표현하고자 명품을 구매한 집단(자아표현동기집단)과 명품 구매를 통해 주변사람들에게 자신의 이미지를 고양시키고 사회적으로 인정받기 위해 명품을 구매한 집단(사회적응동기집단)으로 나누어 선호도를 측정한 자료입니다.

다음에서 제시문을 분석하여 핵심내용을 찾아보도록 하겠습니다.

제시문	핵심문장
가	• 사회화는 개인이 사회 혹은 집단의 규범과 가치, 신앙에 동화되어 가는 것이다. • 사회의 각 계층은 계층별로 개인을 통제하고 실천하게 하는 아비투스를 가지고 있다. • 아비투스는 개인 도덕의 내면화를 가리키는 에토스와 신체적 습관을 가리키는 엑시스로 구분된다. • 이러한 아비투스는 우리의 일상에 영향을 미치고, 우리는 우리가 속한 사회 계층의 아비투스를 습득하고 그에 따라 행동한다.

↳ 사회화는 각 계층의 아비투스를 개인이 습득하여 내면화하는 과정이다.

제시문	핵심문장
나	• 명품 브랜드 제품을 산 구매자를 진품구매자집단과 복제품구매자집단으로 분류하여 실험을 진행했다. • 구매자의 동기를 자아표현 동기집단과 사회적응 동기집단으로 구분하여 명품 브랜드에 대한 선호도를 2번 측정하여 그들의 성향을 분석했다. • 진품구매자집단의 경우 자아표현 동기집단에 속한 사람들은 복제품정보 노출전과 후의 선호도에 큰 변화가 없었다. 그러나 사회적응 동기집단에 속한 사람들은 정보 노출 전과 후에 큰 변화가 생겼다. • 복제품구매자집단의 경우 자아표현 동기집단에 속한 사람들은 복제품정보 노출 전과 후에 유의미한 차이가 발생했다. 그러나 사회적응 동기집단에 속한 사람들의 경우 정보 노출 전과 후에 변화가 없었다.

↳ 명품의 복제품이 시중에 다량으로 유통되고 있다는 정보를 접하게 되면, 진품 구매자집단과 복제품 구매자집단의 명품에 대한 선호도에 크고 작은 차이가 발생한다.

STEP 3 : 논제를 설명할 수 있는 '공통개념'을 찾아라

여기서 [가]에 제시된 개념을 사용하여 [나]의 현상(진품구매자와 복제품 구매자의 태도변화)을 분석하라고 한 질문에 다시 한 번 주목할 필요가 있습니다. 그렇다면 일단 [가]와 [나]의 공통개념이 무엇인지를 찾을 필요가 있는데 이를 위해서는 분석의 대상인 [나]의 핵심개념을 포괄할 수 있는 말을 [가]에서 찾는 것이 중요합니다. 논제를 고려하면 [나]의 핵심어는 진품구매자집단과 복제품구매자 집단이며 이들을 다시 자아표현 동기집단과 사회적응 동기집단의 둘로 구분할 수 있습니다. 결국 [가]에서 이를 포괄할 수 있는 말을 찾는다면 '사회의 각 계층'이라는 말이 될 것입니다.

STEP 4 : 평소 배경지식을 풍부히 쌓고 이를 통해 유추하라

[가]에서 '사회의 각 계층'이라는 말을 찾아내어도 이것을 [나]에 어떻게 적용하여 설명하느냐가 답안 서술에 있어 문제가 됩니다. 문제는 [가]에서 '사회의 각 계층'에 대한 구체적인 정보를 주지 않았기 때문에 여기에서는 학생들이 자신이 가진 배경지식을 통해 '사회의 각 계층'에 대한 말을 유추해 내고 서술해야 합니다. 옛날과 달리 현대에 접어들면서 신분의 차이가 소멸하고 계층의 이동이 자유로워지기는 했지만 오늘날에도 경제적인 면에서 계층적 아비투스는 존재하며 일반적으로 상류계층, 중류계층, 하류계층(노동자계층)으로 나눌 수 있습니다. 결국 [나]에서 설명해야 하는 진품구매자와 복제품 구매자는 바로 이런 개념을 가지고 설명해야 [가]에서 제시된 개념을 제대로 참고했다는 평가를 들을 수가 있는 것입니다.

이렇게 생략되거나 축약된 정보를 제대로 해석해 내기 위해서는 주제에 대한 배경 지식이 필요한 경우가 있으니 평소에 독서를 통해 배경지식을 풍부하게 쌓는 것이 필요합니다.

보통 상류계층은 상류계층이라는 '차별의 감각'을 가지고 먹고 마시고 행동하며 소비하는 아비투스를 가지고 있습니다. 반면 중류계층이나 하류계층은 자신보다 상위에 있는 계층으로 편입하기 위해 모방하고 흉내내는 아비투스를 가지고 있습니다. 다음에서 이상의 내용을 고려한 모범 답안을 살펴보도록 하겠습니다.

진품 구매자	자아표현 동기집단	이 계층은 상류층일 가능성이 높다. 명품의 기능과 품질, 디자인, 신뢰성 등이 우수하다는 이유로 진품을 살 수 있는 집단이라면 상류층일 가능성이 높다. 이 계층은 정보 노출 후에도 0.7정도의 작은 변화를 보였다. 이는 복제품의 판매와 관계당국의 단속이 이들의 선호도에 큰 영향을 미치지 않았음을 의미한다.
	사회적응 동기집단	이 계층은 진품을 통해 사회적 계층을 인정받고 싶어하는 중상류계층일 것이다. 이들은 정보노출 후 1.26의 큰 변화가 생겼다. 복제품이 다량 판매되고 있기에 더 이상 진품을 사는 이유가 없어졌기 때문이다. 곧 이들은 진품을 통해 상류층에 속하길 바라는 계층이라고 할 수 있다. 이들은 곧 다른 명품 브랜드로의 교환을 통해 그들의 상승 욕구를 채우려 할 것이다.
복제품 구매자	자아표현 동기집단	이 집단은 복제품이 가진 기능, 디자인, 품질 등에 나름의 만족감을 가지고 있으나 진품을 살 만한 형편이 되지 않는 중하층 계층일 것이다. 이 계층이 보인 변화도는 0.53정도로 그리 크진 않지만 최근 관계당국의 대대적인 단속에 어느 정도 부담감을 가진 것으로 보인다.
	사회적응 동기집단	이 집단은 복제품을 통해 사회적 계층 상승 욕구를 다분히 가지고 있는 하류 계층일 것이다. 진품을 살 수도 없지만 상류층에 속하고자 하는 욕구를 가진 계층이다. 이 집단의 경우 정보가 노출된 후에도 변화가 거의 없는 것으로 볼 때, 자신이 가지고 있는 제품에 대한 선호도를 높일 수 있다고 생각하기 때문이다. 또한 하류 계층의 경우 관계당국의 단속에도 부담감을 갖지 않은 것은 크게 잃을 것이 없고, 낮은 사회적 지위에 대한 타격도 거의 없기 때문이다.

이해가 되셨나요? 다음 연습문제를 통해 앞에서 이해한 내용을 학습해 보겠습니다.

실력향상을 위한 연습문제

서강대학교 기출문제

※ [가]를 근거로 제시문 [나]와 [다]에서 건강보험 시장과 중고자동차 시장의 문제와 그 원인을 규명하고, 인과관계를 분석하라. (1,000자±10%)

[가] 거래 상대의 본심이나 상품의 품질을 알 수 없는 상황에서 쟁점이 되는 것은 거래 후에 하는 '숨겨진 행동'과 거래 전에 알 수 없는 '숨겨진 정보'다. 양쪽 다 상대가 무엇을 숨기고 있다는 점에서는 같다. 그러나 숨겨진 행동은 그 행동에 대해서 정보를 알지 못하는 것이라고 해석할 수 있다. 결국 숨겨진 행동과 숨겨진 정보는 넓은 의미에서 보면 정보의 문제다. 사는 쪽과 파는 쪽, 거래를 하는 두 사람 사이에 정보의 격차가 있는 상황을 경제학에서는 '정보의 비대칭성'이라고 부른다. 파는 쪽이 정보를 갖고 있는 경우도 많고, 사는 쪽이 정보를 갖고 있는 경우도 많다. 예를 들어, 노동력의 거래를 생각해 보자. 노동 능력에 대한 정보는 노동력을 파는 쪽이 잘 알고 있다. 그러나 얼마나 치열한 환경에서 일해야 하는지에 관한 정보는 노동력을 사는 기업밖에 모른다고 해도 과언이 아니다.

정보의 비대칭성이 불러오는 전형적인 문제인 시장실패, 즉 시장에 의한 자원배분이 효율적이지 못한 것은 숨겨진 행동과 숨겨진 정보의 경우로 구분할 수 있는데, 둘 다 비슷한 것처럼 보이지만 이 두가지를 확실하게 구별하면 문제의 구조를 알기 쉽다.

– 요시모토 요시오, 『경제학 리스타트』

[나] 나이를 먹을수록 건강관리의 필요성을 절실히 느끼는 사람은 개

별 건강보험에 가입할 가능성이 높다. 반면 건강한 사람은 보험에 가입하려고 하는 경우가 많지 않을 것이다. 보험사가 가입자에게 제공하는 의료 서비스의 예상 비용을 반영해 보험료를 청구할 것이므로 더더욱 그렇다. 즉 보험 가입자는 대체로 병원에 갈 일이 많은 사람일 것이라고 예상하여 보험료를 올리면, 보험시장에는 병원 신세를 질 일이 많은 사람들이 주로 남을 것이다. 그러면 점점 더 심각해지는 비용을 충당하기 위해 보험료는 더 오를 것이다.

한편 보험사는 건강보험에 가입하는 사람들에게 그들이 선택할 수 있는 옵션을 제공하고 있다. 그 중 하나는 본인부담금 액수다. 본인부담금이란 말 그대로 피보험자 본인이 부담해야 하는 금액으로, 이 액수를 제외한 나머지 비용을 보험사가 부담한다.

– 리처드 맥킨지, 『팝콘과 아이패드』

[다] 논점을 간결하게 하기 위해서 중고차가 단 두 종류뿐이라고 가정하자. '레몬'이라는 중고차는 품질이 나쁘고, '복숭아'는 품질이 좋다. 레몬을 팔려는 사람은 1,000달러를 받고 싶고, 살 사람들은 1,500달러까지 지불할 용의가 있다. 복숭아의 경우, 판매자는 3,000달러에, 구매자는 4,000달러 정도에 거래할 의향이 있다. 만약 시장에 나온 중고차 중에서 레몬과 복숭아가 반반씩이라면, 거래되는 중고차가 레몬인지 복숭아인지 모르는 상태에서 한 대당 기대할 수 있는 최고가는 다음과 같다.

$\frac{1}{2}\times$(1,500달러 + 4,000달러)=2,750달러

자신이 팔려는 차가 복숭아라는 것을 아는 판매자는 이 가격에 거래할 의사가 없다. 따라서 이 가격에는 당연히 레몬들만 실제 시장에 나올 것이다. 이 점을 알고 구매자들은 1,500달러 이상 주려고 하지 않을 것이다.

실제로 중고차 거래가 활발하게 이루어지고 있는 원인 중 하나는 중고차 판매자가 보증서를 제공하는 것이다. 구입 후 일정 기간 내에 고장이 나서 중고차가 엉망이라는 것을 알게 되었을 때, 중고차 판매자가 비용을 부담해 수리해주는 방법이다.

– 애비너시 딕시트 외, 『전략의 탄생』/ 요시모토 요시오, 『경제학 리스타트』

1) 논제 분석(빈칸을 채워 보세요)

무엇을?	① 제시문 [나]와 [다]에서 건강보험 시장과 중고자동차 시장의 문제와 그 원인을	② 인과관계를
어떻게?	①	② 설명하라
조건은?	• [가]에 제시된 개념을 참고할 것. • 문제와 원인의 인과관계를 설명할 것. • 답안분량은 띄어쓰기 포함 1,000자±10%자로 할 것.	

2) 제시문 분석하기

이 논제는 텍스트 형태로 주어진 제시문의 개념을 참고하여, 다른 제시문에 나타난 현상의 특징을 분석하여 설명하는 제시문 적용형 논제 유형입니다. 이 논제를 해결하기 위해서는 먼저 [가]에 제시된 개념을 정확하게 파악해야 합니다. 즉 [가]에 제시된 '정보의 비대칭성'에 대한 개념을 정리한 후, [나]와 [다]의 문제와 원인의 인과관계를 논리적으로 밝혀야 합니다.

앞서 설명한 것처럼 제시문 적용형 논제들은 항목 앞에 설명의 근거가 되는 제시문을 한정하고 있음에 주의해야 합니다. 여기에서는 논제에서 제시된 [나]의 건강보험시장과 [다]의 중고자동차시장의 문제발생 원인이 [가]에서 과연 어떤 내용에 해당하는지를 생각하며 읽어야 합니다.

논제에서 [가] 제시문을 참고하여 [나], [다]를 설명하라고 요구하였으므로, [가] 제시문을 정확하게 분석하는 것이 논제해결의 가장 중요한 첫 단계가 됩니다. [가] 제시문은 '정보의 비대칭성'이라는 개념을 상세하게 설명하고 있는데 이 같은 원인은 결국 시장의 실패를 초래하게 되고 이는 시장의 효율적인 자원분배를 방해하는 결과를 가져오게 된다고 하고 있습니다. 결국 이 논제는 이러한 '정보의 비대칭성'이 가져오는 시장 실패의 구체적인 사례들을 제시하고 이를 학생들이 분석하길 요구하고 있는 것입니다.

자 그럼 다음에서 제시문을 분석해 보세요.

제시문	핵심문장
가	• • •

↳

제시문	핵심문장
나	• • •

↳

제시문	핵심문장
다	• • •

↳

어려우셨나요? 선생님이 정리한 것과 비교해 보세요.

제시문	핵심문장
가	• 거래 상대의 본심이나 상품의 품질을 알 수 없는 상황에서 쟁점이 되는 것은 거래 후에 하는 '숨겨진 행동'과 거래 전에 알 수 없는 '숨겨진 정보'다. • 사는 쪽과 파는 쪽, 거래를 하는 두 사람 사이에 정보의 격차가 있는 상황을 경제학에서는 '정보의 비대칭성'이라고 부른다. • 정보의 비대칭성이 불러오는 전형적인 문제는 시장실패이다.

↳ 시장에 의한 자원의 비효율적인 배분이 발생하는 이유는 거래 상대방 사이에 정보의 격차가 발생하기 때문이며, 이는 시장의 실패를 초래한다.

제시문	핵심문장
나	• 건강한 사람은 보험에 가입할 확률이 적고, 건강하지 않은 사람은 보험에 가입할 확률이 높다. 이는 결국 보험료의 상승을 불러온다. • 보험사는 이를 해결하기 위해 본인부담금이라는 장치를 통해 그 문제를 해결하려고 하고 있다.

↳ 건강보험 시장의 문제는 보험가입자에 대한 정보를 보험사가 정확하게 파악하지 못하는 것에 기인한다. 이 역시 정보의 비대칭성의 문제이다.

제시문	핵심문장
다	• 중고자동차 시장에는 구매자와 판매자 모두 서로에 대한 정보가 부족한 상황이다. 이는 결국 구매자와 판매자의 거래를 단절시킨다. • 이 점을 해결하기 위해 중고차 판매자는 보증서 발급을 통해 구매자의 일정 부분의 위험을 보상해 주고 있는 것이다.

↳ 중고자동차 시장이 활발하게 이루어지기 위해서는 판매자와 구매자의 정보의 격차를 줄이는 장치를 마련하는 것이다.

3) 논제를 설명할 수 있는 '공통개념'이나 '공통주제' 찾기

위의 내용을 고려하면 이 논제의 공통 주제는 '정보의 비대칭성'이라고 할 수 있습니다. 제시문 [가]는 '정보의 비대칭성'이 결국 시장의 실패를 초래하게 되고 이는 시장의 효율적인 자원분배를 방해하는 결과를 가져오게 된다고 설명하고 있습니다. 또한 [나], [다]는 각각 '정보의 비대칭성'이 가져오는 시장 실패의 구체적인 사례라 할 수 있기 때문입니다.

공통주제로 '정보의 비대칭성'이라는 말을 찾아내어도 이것을 [나]와 [다]에 어떻게 적용하여 설명하느냐가 답안 서술에 있어 문제가 됩니다. 제시문 [가]에서 '정보의 비대칭성'과 '시장실패'를 이야기했기 때문에 이에 근거해 그 원인을 분명히 밝혀주면 문제를 해결하는데 큰 어려움은 없을 것입니다.

주의해야 할 점은 [나]와 [다]의 건강보험 시장과 중고자동차 시장이 동일한 문제를 가지고 있는 듯하지만 그 원인은 서로 다를 수 있다는 점에 주목해야 합니다. 둘을 같이 묶어 설명할 수도 있겠지만 각각 시장의 문제와 원인을 분석해서 인과관계를 밝히는 것이 좀 더 정확한 답변이 될 것입니다.

요컨대 두 사례 모두 '정보의 비대칭성'으로 인해 시장 실패를 불러 오지만 그 원인은 서로 상이한 부분이 있다는 점에서 그 차이점을 밝혀 부연 설명해준다면 채점위원에게 아주 좋은 점수를 받을 수 있을 것입니다.

이렇게 생략되거나 축약된 정보를 제대로 해석해 내기 위해서는 주제에 대한 배경 지식이 필요한 경우가 있으니 평소에 독서를 통해 배경지식을 풍부하게 쌓는 것이 필요합니다.

자, 이제 그럼 앞의 설명을 참고해서 다음 쪽의 최종답안을 완성해 보세요.

40
80
120
160
200
240
280
320
360
400
440
480
520
560
600

640
680
720
760
800
840
880
920
960
1000
1040
1080
1120
1160
1200

조금 어려우셨나요? 이제 여러분이 쓴 것과 선생님이 쓴 것을 비교해보면서 검토하시기 바랍니다.

다음에서 이상의 내용을 고려한 모범 답안을 살펴보도록 하겠습니다.

제시문 [가]에서 '정보의 비대칭성'은 사는 쪽과 파는 쪽, 즉 거래를 하는 두 사람 사이에 정보의 격차가 있는 상황을 말하는 것이라고 설명하고 있다. 이와 관련해서 제시문 [나]와 [다]는 각각 건강보험 시장과 중고자동차 시장을 예로 들어 [가]에서 언급한 '정보의 비대칭성'으로 인한 문제점을 사례로 보여주고 있다.

제시문 [나]는 건강보험 시장에서 보험사가 가지는 보험 가입자에 대한 정보 부족으로 인한 보험료 상승 문제를 다루고 있다. 건강하지 않은 사람들에 대한 예상비용을 반영해 보험료가 무한정 상승하게 되면 보험 가입자는 줄어들 것이고 이는 보험사의 파산으로 이어질 수 있다. 그렇기 때문에 보험사는 정보 부족을 대신할 자구책을 생각하였고, 이는 건강한 사람들도 가입할 수 있도록 본인부담금이라는 장치를 마련하게 된 계기가 되었다. 이를 통해 보험사는 보험가입자에 대한 부족한 정보의 격차를 가입자 스스로 선택하게 만들었다고 볼 수 있다.

제시문 [다]는 중고자동차 시장에서 판매자와 구매자가 서로에게 가지는 정보의 격차로 인한 문제점을 보여주고 있다. 판매자는 판매하고자 하는 자동차에 대한 정보를 가지고 있지만 구매자는 그렇지 못하고, 구매자 역시 자신이 지불하고자 하는 금액의 상한선을 가지고 있지만 자동차에 대한 정보가 충분치 않기 때문에 적절한 금액을 제시하기가 어렵다. 이러한 문제는 결국 거래의 실패로 나타나고 이는 중고자동차 시장의 침체를 불러올 것이다. 이러한 시장 실패 문제를 해결하기 위해 자동차 판매자는 보증 제도를 통해 구매자가 가진 자동차에 대한 정보 부족 문제를 해결하려고 하고 있다. 보증 제도는 구매자가 산 자동차에서 발생하는 일정부분의 문제를 판매자가 해결해주는 제도로 정보 부족에 따른 문제를 일정 부분 해결해 준다고 할 수 있다.

이처럼 [나]와 [다]의 건강보험 시장과 중고자동차 시장이 [가]에서 말하는 '정보의 비대칭성'과 '시장 실패'라는 측면에서 동일한 문제를 가지고 있지만 그 원인은 서로 상이한 부분이 있다. [나]의 경우는 판매자(보험사)가 구매자(보험가입자)에 대한 정보를 확실하게 파악하지 못해서 정보의 비대칭성이 발생한 것이고 [다]의 경우는 반대로 구매자가 판매자가 가지고 있는 정보를 확실하게 파악하지 못해서 정보의 비대칭성이 발생한 경우이다.

자료 적용형 논제 해결하기

1. 개요

자료 적용형 논제란 논제나 제시문에 주어진 표, 그래프, 그림 등 특수 자료를 활용하여 논제에서 요구하는 사항을 설명하는 논제입니다.

2. 논제 분석 방법

자료 적용형 논제의 특성은 다음과 같습니다.

첫째, 특수 자료에 대한 정확한 이해가 필요합니다.
둘째, 설명을 요구하는 문제 상황을 특수 자료를 통해 제시하는 경우가 많습니다.
셋째, 복수의 특수 자료가 주어질 경우 논제에 부합하는 자료를 선택하여 문제를 해결해야 합니다.

이를 바탕으로 논제 해결의 실마리를 제시하면 다음과 같습니다.

첫째, 주어진 자료에 대한 정확한 분석이 우선되어야 합니다.
둘째, 주어진 자료는 객관적 데이터이기 때문에 수험생의 자의적 판단이 아닌 객관적 시각으로 해석해야 합니다.
셋째, 복수의 자료를 제시하는 경우가 있기 때문에 자료들 간의 연관 관계를 파악하는 능력이 필요합니다.
넷째, 자료를 활용하되, 핵심은 그것을 활용하여 설명하는 것이기 때문에 자료 해석에 치우쳐 분량 조절에 실패해서는 안 됩니다.

다섯째, 설명의 기준을 제시하는 경우가 있기 때문에 그 기준과 관련하여 자료를 해석하는 능력이 필요합니다.

어떤 논제가 출제 됐을까?

1. 제시문 (라)의 〈도표 1〉과 〈도표 2〉를 통해 지리적·경제적·문화적 요소가 경제 교류에 영향을 미치는 양상을 분석하시오.(〈도표 3〉을 보조 자료로 활용할 것.)(건국대학교 기출문제)
2. 제시문 (가)의 그림과 제시문 (나)는 현대예술의 특징에 관련된 것이다. 제시문 (나)를 참조하여 제시문 (가)의 그림에 대한 설명을 함축하고 있는 의미와 그러한 설명이 가능한 이유를 쓰시오. (동국대학교 기출문제)
3. 제시문 (나)에 따르면 동성동본금혼 규정은 헌법에 합치하지 않는다. 제시문 (나)에 나오는 논거 이외에 혈통 계승의 측면에서도 동성동본금혼 규정이 불합리한 것임을 두 도표를 활용하여 밝히시오. (서울대학교 기출문제)
4. 아래 〈자료〉를 분석하고, 분석된 결과와 [문제 1]의 두 입장 간의 논리적 연관성을 밝히시오. (성균관대학교 기출문제)
5. 〈표 1〉과 〈표 2〉에 나타난 현상들을 [문제 1]의 두 입장 중 한 입장에 근거하여 각각 설명하시오. (성균관대학교 기출문제)
6. 국가 간 관계에 대한 제시문 (가)와 (나)의 입장을 토대로 아래 〈그림 1〉과 〈표 1〉에서 추론 가능한 국제 관계를 설명하시오. (숙명여자대학교 기출문제)
7. 〈그림 1〉에 나타난 우리나라의 에너지원별 발전량의 변화원인을 제시된 〈표 1〉을 이용하여 추론하시오. (숭실대학교 기출문제)
8. 제시문 (가)의 실험결과를 적용하여 제시문 (나)에 나타난 일본의 선택과 제시문 (다)에 나타난 '을'의 선택을 설명하시오. (연세대학교 기출문제)

자료 적용형 논제의 경우 많은 대학들이 자료를 해석하거나 분석, 설명하도록 요구하고 있는데, 이는 자료를 이용하거나 활용하여 문제 상황을 해결하는 근거로 사용하라는 말입니다. 물론 이 논제 유형에서 제공하는 특수 자료는 논제의 문제 상황과 일정 부분 연관성을 가지는 것일 것입니다. 하지만 그 연관성이 분명하게 드러나는 경우도 있겠지만, 출제자가 수험생들로 하여금 그 연관성을 찾아 그 이유를 서술하도록 하는 경우도 있습니다. 이런 경우는 특수 자료를 수험생의 주장의 근거로 사용하도록 하는 경우입니다. 이 경우는 수험생이 이 자료가 왜 자신의 주장의 옹호 근거 또는 비판 근거가 되는지 자료 해석을 통해 명확하게 밝혀야 합니다.

또 본 논제에서 제시되는 자료는 구체적 수치를 바탕으로 현실의 모습을 보여주는 경우가 많습니다. 그렇기 때문에 출제자는 수험생들로 하여금 현실의 구체적 모습이 어떤 일반적 의미를 가질 수 있는지 파악하도록 요구하기도 합니다. 또는 구체적 데이터를 이용하여 현실의 문제 상황을 해결할 수 있는 대안이나 해결방안을 찾도록 요구하는 경우도 있습니다.

3. 제시문 분석 방법

자료 적용형 논제의 경우 특수 자료가 제시문으로 출제되기 때문에 자료 해석 능력이 절대적으로 필요합니다. 그러므로 다양한 표, 그래프, 그림, 사진 등에 대한 자료 해석 능력 훈련을 평소에 할 필요가 있습니다.

그러나 이 논제의 경우 단순히 자료 자체의 해석에 초점이 놓여 있는 것은 아닙니다. 자료는 논제에서 요구하는 사항들을 설명하기 위한 설명의 근거로 존재하기 때문에 자료를 분석하고 해석할 때 요구사항들을 설명하기 위한 근거가 될 수 있도록 자료를 타당하게 해석해야 하는 능력이 더 필요합니다.

특수 자료를 해석하는 일반적인 방법은 다음과 같습니다.

첫째, 주어진 표나 그래프, 그림의 제목에 주목해 자료가 가진 주제를 파악해야 합니다.

둘째, 표나 그래프의 경우 가로축과 세로축의 변인(항목)들이 무엇을 의미하는지 파악해야 합니다.

셋째, 그림의 경우에는 전체적으로 두드러진 그림의 특징을 파악하는 것이 필요합니다.

넷째, 표나 그래프의 경우는 주어진 값 또는 수치들의 대체적인 경향을 파악해야 합니다. 즉 항목들 간의 정적 관계 내지는 부적 관계를 파악해야 한다는 말로 이해할 수 있는데, 그림의 경우에는 그림 속 세부 항목들의 관계를 세밀하게 파악해야 합니다. 이를 위해서는 서로 간의 공통점이나 차이점들을 파악해 봄으로써 그림에서 추출해 낼 수 있는 현상을 파악해 보는 것이 중요합니다.

다섯째, 표나 그래프의 경우 전체적인 경향에서 벗어나는 지점이나 항목의 의미를 사회적 현상을 바탕으로 해석해 보고 그것이 주는 시사점에 대해서도 파악해 보는 것이 중요합니다. 그림의 경우에는 해당 그림이 바탕으로 하고 있는 시사적 현상과 결부하여 그 그림이 말하고자 하는 의도를 파악해야 합니다.

그럼 다음에서 사례를 통해 해결 방법을 알아보도록 하겠습니다.

4. 논제 사례 분석

국민대학교 기출문제

※ 선거철이 되면 막대한 예산이 필요한 복지관련 및 지역경제개발을 약속하는 공약들이 쏟아지고 있다. 선거에 당선된 정치인은 공약은 무조건 지켜야 한다면서 무리한 예산편성 및 사업의 시행을 요구하고 있다. 이 문제에 대해 제시문 [가]~[라]의 논지를 바탕으로 제시문 [마]의 현상을 설명하시오. (1,000자±10%)

[가] 대통령 공약사업이 선을 보인 지 벌써 20여 년이 넘었다. 대통령의 공약公約은 5천만 국민과의 약속이자 미래 한국의 운명을 결정하는 중차대한 사안이다. 이웃 일본과 중국은 그 과감한 공약 덕분에 상상도 못 하는 사업들이 착착 추진되는 한국을 부러워한다. 고속철도와 신공항을 단기간에 완성하고, 인구 50만 도시를 뚝딱 세우며, 국책기관을 사방으로 흩뜨리는 대역사에 정치인들이 운명을 거는 일은 어느 나라에서나 흔히 볼 수 있는 풍경이 아니다. …(중략)…

그런데 일단 표로 굳힌 공약을 이행하지 않을 도리가 없다는 게 문제다. 폐기하면 공약空約남발, 배신정부로 찍히고, 하자니 천문학적 예산과 분란이 뒤따른다.

[나] 의료·복지의 혜택을 넓히자는 주장에 반대하는 사람은 없다. "복지를 삭감하자"고 주장해 냉혈한의 이미지를 떠안으려는 정치가도 없다. 그러다 보니 작년 일본의 사회보장비는 27조 3000억엔으로 늘어나 일반 세출歲出의 30%까지 부풀었다. 여기에 후생노동성이 별도 관리하는 복지 관련 특별회계 84조 3000억엔까지 합하면, 일본의 사회보장 관련 세출은 111조 6000억엔으로 늘어난다. 이 가운데 노인들의 복지와 의료를 위해 지출되는 금액은 특별회계의 연금급부 65조엔을 포함해 일

본 전체 사회보장 지출의 70%이상을 차지한다. …(중략)… 일본에서는 이제 곧 두꺼운 인구층을 형성하는 베이비붐 세대(1947~1951년 출생)가 연금과 노인의료의 수급자로 본격 등장한다. 여기에 의료보험료를 지급할 수 없는 빈곤층의 증대, 연금제도의 미래를 불확실하게 보고 연금 납부를 거부하는 사람들의 증가로 일본 복지제도의 지속 가능성은 위태롭게 흔들리고 있다.

[다] 구유통pork barrel프로그램은, 특정 지역에는 도움이 되지만 나라 전체적 관점에서는 그 효과가 의문시되는 프로그램이다. 이 같은 모든 프로그램을 다 합치면 지역이 부담하는 세금이 그 지역의 편익보다 큼에도 불구하고, 왜 유권자들은 이 같은 프로그램을 발의하는 국회의원들을 지지하는가? …(중략)… 수많은 유권자들은 "지역구에 선물을 가져오는" 기록이 많은 국회의원을 지지한다. 그러나 왜 국회의원 A가 국회의원 B의 지역구에 시행되는 프로그램을 지지하는가? B의원 지역구에 이 같은 프로그램이 시행되면 A의원 지역구의 유권자들이 지불하여야 하는 세금이 큰 규모는 아니지만 증가한다. 그러나 이 지역 유권자들에게 돌아가는 편익은 하나도 없다. 그 대답은 A가 B의 프로그램을 지지하지 않으면, B도 A의 프로그램을 지지하지 않기 때문이다. 국회의원들이 돌아가며 다른 국회의원들이 특히 챙기는 프로그램을 지지하는 관행은 '돌아가며 봐주기logrolling'라는 이름으로 알려져 있다.

[라] 멀든 가깝든 과거에는 정부의 활동과 소수의 문필가 및 극소수 신물들의 영향력이 국민여론을 실질적으로 반영하고 있었다. 오늘날 문필가들은 모든 영향력을 상실했고 신문만이 여론을 반영하고 있다. 정

치인들도 여론을 이끌기는커녕 여론을 따라잡느라 급급하다. 그들은 여론을 두려워할 뿐 아니라 때로는 여론에 대한 극도의 공포에 휩싸이기도 한다. 그 결과 그들의 행동노선도 완전히 중구난방이 되어버리기도 한다. 따라서 군중의 여론은 갈수록 정치를 좌우하는 최고의 원칙으로 변하는 경향을 보인다. …(중략)… 현 시대의 흥미로운 징후는 교황이나 국왕들은 물론 황제들도 어떤 현안에 대한 자신들의 견해를 군중의 판단에 종속시키기 위한 수단으로 언론의 인터뷰 요청에 응하는 장면이 관찰된다는 것이다.

[마]

□ 동남권 신공항은 어디에 유치되어야 하는가에 대한 지역별 여론조사 결과

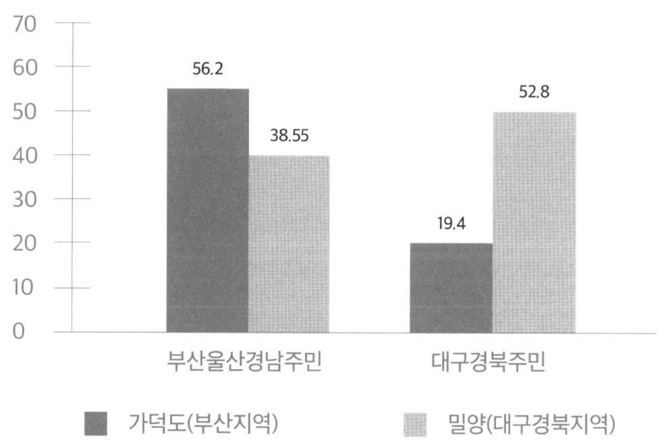

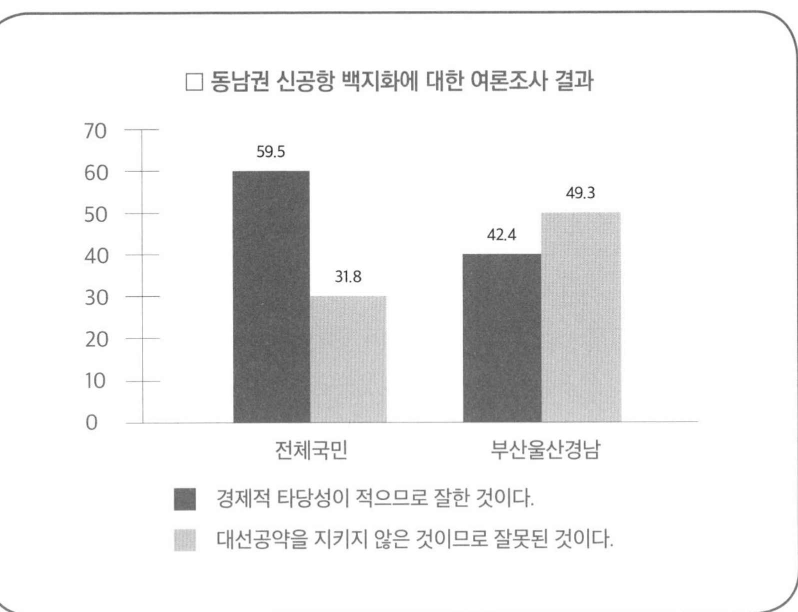

1) 논제 분석

무엇을?	제시문 [마]의 현상을
어떻게?	설명하라
조건은?	• 제시문 [가]~[라]의 논지를 바탕으로 할 것. • 답안분량은 띄어쓰기 포함 1,000자±10%로 할 것.

논제에서 밝혔듯이 제시문의 논지를 바탕으로 논지를 전개해야 하기 때문에 이 논제를 해결하기 위해서는 먼저 제시문 [가]~[라]의 논지 파악이 매우 중요합니다. 이 문제는 주어진 사례를 합리적으로 분석하고 타당하게 사고해 보라는 의도에서 출제된 논제입니다.

2) 답안 작성 요령

STEP 1 : 분석의 근거는 제시문의 범위를 벗어나지 말아야 한다

이 유형의 논제를 해결하는데 있어서 수험생들이 주의해야 할 점은 분석의 근거를 제시할 때 논제에서 주어진 제시문의 범위를 벗어나지 않도록 해야 하는 점이 중요합니다. 자료 적용형 논제들은 항목 앞에 설명의 근거가 되는 제시문을 한정하고 있음에 주의해야 합니다. 이를 위해서는 주어진 자료에 대한 정확한 분석이 우선되어야 합니다.

다음의 표를 볼까요?

제시문	제재	핵심 문장
가	공약사업	• 대통령의 공약은 국민과의 약속이자 미래 한국의 운명을 결정하는 중요한 사안이다. • 공약을 이행하는 과정에서 거대 사업이 착착 진행되기도 한다. • 공약은 이행되어야 하지만 엄청난 예산과 분란도 뒤따른다.
나	일본의 복지제도	• 의료복지 확대에 반대하는 사람은 없다. • 최근 일본의 복지 예산이 크게 늘어났다. • 그중 노인들과 관련된 복지 예산의 비중이 크다. • 빈곤층의 증대, 연금납부를 거부하는 사람들의 증가로 복제제도의 지속 가능성이 흔들리고 있다.
다	구유통 프로그램	• 구유통 프로그램 : 특정 지역에는 도움이 되지만 나라 전체적 관점에서는 그 효과가 의문시되는 프로그램 • 유권자들은 이런 프로그램으로 인하여 부담하는 세금이 편익보다 큼에도 그런 국회의원들을 지지한다. • 국회의원들은 돌아가며 봐주기로 다른 국회의원들이 챙기는 프로그램을 지지한다.

제시문	제재	핵심 문장
라	여론의 현실	• 과거에는 정부의 활동과 소수의 문필가 및 극소수의 신문의 영향력이 국민여론을 반영하고 있었다. • 오늘날은 신문만이 여론을 반영하고 있다. • 정치인들은 여론을 따라잡기에 급급하다. • 군중의 여론은 정치를 좌우하는 최고의 원칙으로 변하고 있다. • 지도자들은 자신의 견해를 군중의 판단에 종속시키기 위한 수단으로 언론을 대한다.

STEP 2 : 제시문 간의 연관관계를 파악하여 공통주제를 도출하라

위 분석에 따르면 이 네 제시문의 공통점은 과연 무엇일까요? 답안을 작성하기 위해서는 우선 이것을 유추해 낼 필요가 있습니다. 논제에 따르면 [가]~[라]의 논지를 바탕으로 제시문 [마]의 현상을 설명해야 하기 때문입니다. 제시문 [나], [다]가 복지제도의 확대로 인한 부정적인 면과 국회의원들의 봐주기로 인한 문제점만을 명시하고 있으므로 나머지 제시문에서도 부정성을 유추해 낼 수 있어야 합니다. 그래야 공통점을 찾을 수 있을 테니까요.

제시문 [가]는 대통령 공약사업의 장점과 단점을 둘 다 얘기하고 있는데 그 중 공약의 부정적인 면을 추려낸다면 선심공약★이라는 말로 요약할 수 있습니다. 즉 선심공약은 당선이 되기 위해 실현가능성이나 타당성은 생각하지 않고 일단 선심 쓰듯이 하는 약속을 말합니다. 마찬가지로 제시문 [라]에서도 부

★ 선심공약이 무엇일까요?
공약은 선거 때 입후보자나 정당이 유권자에게 행하는 공적인 약속을 말한다. 정당은 당의 강령을 그때의 상황하에서 보다 구체화한 공약을 발표하며, 입후보자는 소속정당의 정책에 기반을 두고 이에 개인적인 사정을 가미하여 공약을 내건다. 아무리 작은 지역의 선거라 하더라도 선거인이 모든 입후보자의 의견이나 능력 또는 경력에 대하여 충분히 알 수 없기 때문에 선거인은 보통의 경우 입후보자의 공약에 의하여 그 입후보의 정견(政見)이나 인물을 파악하게 된다. 따라서 공약은 투표의 중요한 선택기준이 되며 책임정치의 중요한 구실을 하게 된다. 그러나 공약은 선거를 위한 공약으로 되어버리거나 소속정당의 정책과는 관계없는 개인적인 선심공세로 되어버리는 경향이 있는데 바로 이러한 공약을 선심공약이라 하는 것이다.

정적인 면을 찾는다면 소신 없이 군중의 여론에만 최우선적으로 민감하게 반응하는 정치지도자들의 태도가 부정적인 내용이라고 할 수 있습니다.

STEP 3 : 평소 배경지식을 풍부히 쌓고 이를 통해 유추하라

[가]~[라]에서 선심공약, 복지 제도 확대로 인한 문제, 돌아가며 봐주기 문제, 여론에만 반응하는 정치인들의 태도 등의 문제를 찾아내어도 이것을 공통적으로 어떤 단어로 묶느냐가 답안 서술에 있어 문제가 됩니다. [가]~[라]에서 이에 대한 구체적인 정보를 주지 않았기 때문에 여기에서는 학생들이 자신이 가진 배경지식을 통해 공통적으로 묶을 수 있는 말을 유추해 내고 서술해야 합니다. 위 제시문에서는 '포퓰리즘★의 경계'라는 점을 찾아낼 수 있어야 제시된 개념을 제대로 참고했다는 평가를 들을 수가 있는 것입니다.

★ 포퓰리즘(Populism)이 뭘까요?

일반 대중의 인기에 영합하는 정치행태로 대중주의라고도 하며, 인기영합주의·대중영합주의와 같은 뜻으로 쓰인다. 일반 대중을 정치의 전면에 내세우고 동원시켜 권력을 유지하는 정치체제를 말한다. 포퓰리즘의 근본 요소는 개혁을 내세우는 정치 지도자들의 정치적 편의주의(便宜主義)나 기회주의(機會主義)이다. 예를 들면 선거를 치를 때 유권자들에게 경제논리에 어긋나는 선심 정책을 남발하는 일이 전형적이다. 포퓰리즘을 이끌어가는 정치 지도자들은 권력과 대중의 정치적 지지를 얻으려고 겉모양만 보기 좋은 개혁을 내세운다. 민중 또는 대중을 위하는 것이 아니라 지나친 인기 영합주의로 빠지기 쉽고, 합리적인 정치·사회 개혁보다 집권세력의 권력유지에 악용되기도 한다.

이렇게 생략되거나 축약된 정보를 제대로 해석해 내기 위해서는 주제에 대한 배경 지식이 필요한 경우가 있으니 평소에 독서를 통해 배경지식을 풍부하게 쌓는 것이 필요합니다.

STEP 4 : 주어진 자료는 객관적 데이터이기 때문에 객관적 시각으로 해석하라

다음으로 자료를 해석할 때는 수험생의 자의적 판단이 아닌 객관적 시각으로 보아야 합니다. 앞서 설명한 것처럼 본 유형의 논제에서는 세밀한 수치보다는 가로축과 세로축의 변인들이 무엇을 의미하는지를 보고 자료가 가진 주제를 파악한 다음, 주어진 수치들의 대체적인 경향만 파악하면 됩니다.

제시문 [마]의 자료들은 공약사업인 동남권 신공항과 관련한 지역 간 여론의 차이(가덕도 주변 지역과 밀양 주변 지역)와 사업 자체에 대한 전국의 여론과 동남권 지역의 여론의 차이를 보여주고 있습니다. 즉, 이 그래프를 통해 알 수 있는 것은 국책사업이 국가 전체의 이익, 즉 공익이 아니라 지역의 이익만을 대변하고 있는 추세가 뚜렷하다는 것이라 할 수 있습니다.

자료	핵심문장
표 1	• 부산, 울산, 경남 주민들은 부산지역의 가덕도에 신공항이 유치되어야 한다는 여론조사 결과가 대구경북 지역의 밀양에 유치되어야 한다는 38.55%보다 많은 56.20%로 전체 과반수를 넘고 있다. • 대구경북 주민들은 밀양이 신공항으로 유치되어야 한다는 여론 조사 결과가 부산지역의 가덕도에 비해 훨씬 많은 52.80%를 차지하고 있다.

↳ 두 지역 모두 각 지역만의 이익을 대변하고 있다.

자료	핵심문장
표 2	• 공약사업이기는 해도 전체 국민들은 신공항이 경제적 타당성이 없기에 백지화되어야 한다고 생각하는 비율이 높다. • 부산울산경남 주민은 공약이므로 이행되어야 한다는 비율이 더 높다.

↳ 전체의 이익과 부분의 이익이 충돌하는 경우를 보여주고 있다.

결국 이 논제는 제시문 [가]~[라]의 공통 주제인 '포퓰리즘의 경계'라는 측면에서 [마]의 자료처럼 공약사업의 본질이 변질되고 있다는 것을 설명할 수 있어야 좋은 평가를 받을 수 있습니다.

그럼 이상의 내용을 고려하여 모범답안을 작성해 보겠습니다.

제시문 [가]는 대통령의 공약사업은 지키지 않을 수도 없고, 지키자니 엄청난 예산과 분란이 뒤따른다는 내용을 담고 있다. 제시문 [나]는 일본의 복지제도에 관한 글로, 빈곤층의 확대와 연금 납부를 거부하는 사람들의 증가로 일본 복지제도의 지속 가능성이 위태롭다는 내용을 담고 있다. 제시문 [다]는 국회의원들의 구유통 프로그램에 대한 설명으로, 돌아가며 봐주기라는 관행으로 국회의원들이 서로의 프로그램을 챙기고 있다는 내용이다. 제시문 [라]는 갈수록 군중의 여론이 정치를 좌우하고 있다는 내용을 담고 있다.

즉 제시문 [가]~[라]는 '포퓰리즘의 경계'라는 주제로 묶을 수 있는데, 선심공약, 복지 제도의 확대로 인한 제도 자체의 존속문제, 국회의원의 돌아가며 봐주기 문제, 여론만 의식한 정치인들의 줏대 없는 정치 등을 문제 삼고 있는 것이다.

제시문 [마]의 자료들은 공약사업인 동남권 신공항과 관련한 지역간 여론의 차이(가덕도 주변 지역과 밀양 주변 지역)와 사업 자체에 대한 전국의 여론과 동남권 지역의 여론의 차이를 보여주고 있다. 즉, 이 그래프를 통해 알 수 있는 것은 국책사업도 국가 전체의 이익, 즉 공익이 아니라 지역의 이익만을 대변하고 있는 추세가 뚜렷하다는 것이라 할 수 있다.

이렇게 공약사업의 본질이 앞으로도 [다], [라]의 예처럼 지역여론에 따라 전체가 아닌 일부지역의 이익만을 대변하는 것으로 변질이 된다면, [가]에서 지적한 것처럼 엄청난 예산낭비와 국민들의 분란은 뒤따를 수밖에 없을 것이며 결국 [나]의 사례처럼 사업자체의 지속가능성이 흔들릴 수밖에 없을 것이다.

실력향상을 위한 연습문제

숭실대학교 기출문제

※ 제시문 [마], [바]의 관점에 비추어 [표 1]~[표 3]에 나타난 우리나라 노년층의 노동과 여가의 문제점을 논하시오. (1,000자±10%)

[마] 일을 수행하는 데에 노년이 관여하지 않는다고 말하는 자들은 어떠한 정당한 근거도 대지 못하지. 이러한 자들은 마치 항해하는 데 있어서 키잡이가 아무 일도 하지 않는다고 말하는 자들과 같지. 다른 자들이 배의 돛대에 오르고, 배의 통로를 뛰어다니고, 갑판의 물을 배수시키고 있을 동안 그는 키를 잡고서 조용히 선미船尾에 앉아 있다는 이유에서이지. 그는 젊은이들이 하고 있는 일을 하지는 않네. 그러나 그는 진실로 더욱 중대하고 큰일을 하고 있지. 큰일은 육체의 힘이나 재빠름이나 기민함이 아니라, 사려 깊음과 영향력과 판단력에 의해 행하여진다네. 노년이 되면 이러한 특징들이 빈약해지는 것이 아니라 오히려 더 풍부해진다네.

[바] 여생餘生! 나는 그 말을 구슬처럼 귀하게 섬긴다. 여생을 '살다 남는 인생'이라고는 생각하지 않는다. 쓰다 남은 군더더기가 여생의 '여餘'일 수는 없다. 여생의 '여'는 넉넉하고 충만한 것이다. 풍요豊饒의 '요饒'와 뜻이 통하는 글자가 '여'이다. 모자람 없이 풍족한 것이 바로 '여'이다. 여유의 '여'자가 그걸 익히 보여주고 있다. 그렇기에 여생은 여유작작餘裕綽綽하고 여유만만餘裕滿滿한 인생이다. 요즘은 거의 매일 하루 24시간이 몽땅 내 시간이다. 엄청난 시간부자이다. 그래서 나는 시간의 여유를 누리며 살아가고 있다. 그렇다고 매사에 손을 놓고 빈둥대는 것

을 삶의 여유로 여기지 않는다. 넉넉하게 시간을 내서 즐기는 것, 그것이 바로 인생의 '여'라고 다짐해 두고 있다.

[표 1] OECD주요국가의 국가 행복지수와 관련된 자료

국가	연간 노동 시간	GDP에서 여가지출이 차지하는 비율(%)	삶의 만족도	50~64세의 경제활동 참가율(%)	65세 이상의 경제활동 참가율(%)	기대 수명	노인 빈곤율 (%)
한국	2,305	3.7	6.4	65	30	79.1	45.13
미국	1,804	6.4	7.3	68	15	77.8	23.56
독일	1,436	5.2	7.1	59	3	79.8	08.51
네덜란드	1,391	4.8	7.8	57	5	79.8	02.12
덴마크	1,577	5.2	8.2	69	5	78.4	10.03
스웨덴	1,583	5.2	7.7	74	10	80.8	06.22

주) 경제활동참가율 : 일하고 있거나 일할 의사를 갖고 일자리를 구하려는 사람이 해당 인구에서 차지하는 비율

[표 2] 행복에 있어 여가.문화생활이 얼마나 중요한지에 대한 연령별 응답(%)

연령(세)	응답자 수(명)	매우중요하다 ①	대체로 중요하다 ②	① + ②	별로 중요하지 않다 ③	전혀 중요하지 않다 ④	③ + ④	계
19~29	540	24.6	57.8	82.4	16.0	1.7	17.7	100
30~39	589	15.3	62.2	77.5	21.6	0.9	22.5	100
40~49	580	14.7	58.3	73.0	24.0	2.9	26.9	100
50세 이상	860	14.6	51.6	66.2	29.3	4.5	33.8	100
전체	2,569	16.9	56.9	73.8	23.5	2.7	26.2	100

[표 3] 한국인의 장점은 무엇이라고 생각하는지에 대한 연령별 응답(%)

연령(세)	응답자 수(명)	부지런함	여유	검소	창의	인내심	의리	인정	책임감	단결력	예절	기타	계
19~29	540	37.9	0.9	2.7	5.7	4.3	3.1	12.7	3.7	17.2	4.9	6.9	100
30~39	589	45.2	1.2	1.8	4.6	4.4	2.6	11.1	2.3	17.0	4.4	5.4	100
40~49	580	50.6	0.7	4.9	3.9	4.3	2.2	09.0	2.6	11.3	4.0	6.5	100
50세 이상	860	57.5	0.8	4.0	2.5	4.0	2.5	10.7	2.8	07.5	4.5	3.2	100
전체	2,569	49.0	0.9	3.4	4.0	4.2	2.6	10.8	2.8	12.6	4.4	5.3	100

1) 논제 분석(빈칸을 채워 보세요)

무엇을?	
어떻게?	논하라
조건은?	제시문 [마], [바]의 관점에 비추어 볼 것.

2) 제시문 [마]와 [바] 분석하기

이 논제 유형은 논제에서 주어진 제시문의 관점을 이용해 실제 현실에서 나타나고 있는 현상의 문제점을 밝혀서 설명하라는 유형입니다. 이 문제의 핵심은 당연히 [표]를 해석하는 것입니다. 하지만 또한 가장 유의해야 하는 것도 [표]를 어떻게 해석할 것인가를 정확하게 아는 것입니다. 이 논제에서는 분명 [표]를 분석하는 해석의 기준을 제시문 [마]와 [바]의 관점이라고 분명하게 제시하고 있습니다. 그러므로 수험생들은 [표] 자체의 단순 분석이 아닌 특정 관점과 연계된 분석이 이루어지도록 해야 합니다. 이 점을 놓쳐서는 절대 좋은 답안을 쓸 수 없습니다.

그리고 논제에서 우리나라 노년층의 노동과 여가의 문제점이라고 다시 한 번 한정해 주고 있기 때문에 여기에서 벗어나는 자료 해석은 할 필요가 없어지게 됩니다. 이러한 점을 분명하게 숙지하고 문제를 풀어야 좋은 점수를 맞을 수 있습니다.

그럼 다음에서 제시문 [마]와 [바]의 핵심내용을 분석해보세요.

제시문	핵심내용
마	
바	

선생님이 작성한 내용과 비교해 보세요.

제시문	핵심내용
마	제시문 [마]는 나이가 들면 일에 대한 효율성이 떨어져 사회의 짐만 된다는 일반적인 고정관념과는 달리 노년에 이르면 젊었을 때 보다 나아진 사려 깊음과 판단력을 통해 사회에 기여할 수 있다는 점을 이야기하고 있다.
바	제시문 [바]는 노년에는 여유를 갖고 인생을 즐기면서 풍요로운 삶을 즐겨야 한다고 말하고 있다.

3) [표] 해석의 중요한 기준 분석하기

대체로 [표]를 해석하는 데 그리 어려움이 많지 않은 문제입니다. 그 이유는 [표]를 해석하는 기준을 논제에서 분명하게 밝혀주고 있기 때문입니다. 다만 수험생들은 [표]를 해석함에 있어 전체적인 경향성과 함께 기준이 되는 항목이 차지하고 있는 비중이나 역할 등을 잘 찾아내서 그것을 논리적으로 설명할 수 있도록 해야 합니다.

표 번호	해석의 중요 기준
1	
2	
3	

선생님이 한 것과 비교해 보세요.

표 번호	해석의 중요 기준
1	바람직한 노년생활의 이상이라는 기준으로 우리나라의 노년층의 노동과 여가의 문제점을 지적해야 한다. 그러므로 [표 1]을 해석할 때 우리나라와 다른 나라와의 비교를 통해 우리나라만의 특징을 선별해 내는 것이 가장 중요한 핵심이다.
2	[표 2]는 연령별로 여가 문화 생활의 중요성에 대한 인식을 보여주고 있다. 이 표 역시 논제에서 다루고자 하는 노년층의 여가 문화 생활의 인식이 다른 연령대와 어떻게 다르게 나타나는지에 초점을 두어 해석할 필요가 있다.

표 번호	해석의 중요 기준
3	[표 3]은 노년층의 인식을 다른 연령대의 인식들과 비교해서 그 차이점을 찾아내는 것이 핵심포인트가 된다.

4) [표 1]에 나타난 현상과 문제점 분석

현상 분석	
문제점 도출	

선생님이 작성한 내용과 비교해 보세요.

현상 분석	[표 1]에서 노동시간과 여가에서 차지하는 비율로 볼 때 전반적으로 한국인의 삶의 질이 낮음을 알 수 있다. 이는 한국인의 삶의 만족도를 주요국가의 수치와 비교해보면 알 수 있다. 노인층에 국한시켜 삶의 질을 비교하면 더욱 열악하다. 기대수명은 다른 주요국가와 별 차이가 없는 반면에 노인빈곤율은 월등히 높다. 50~64세까지의 경제활동참가율은 주요국가들과 비슷하나 65세 이상의 경제활동참가율은 월등히 높다.

문제점 도출	이상의 데이터를 보면 한국인은 은퇴 이후에도 일을 하거나 일자리를 찾고 있다는 의미로 볼 수 있다. 또한 이를 노인빈곤율과 결합해 보면 노년층이 보람을 위해서가 아니라 경제적 어려움 때문에 일을 하거나 일을 구하고 있다는 이야기가 된다.

5) [표 2]에 나타난 현상과 문제점 분석

현상 분석	
문제점 도출	

선생님이 작성한 내용과 비교해 보세요.

현상 분석	[표 2]는 행복에 있어 여가, 문화의 중요도는 연령이 높아지면서 낮아지는 경향이 있다는 것을 보여주고 있다.
문제점 도출	이는 우리나라 노년층의 여가에 대한 인식이 바람직한 노년의 생활과 많이 유리되어 있음을 보여준다.

6) [표 3]에 나타난 현상과 문제점 분석

현상 분석	
문제점 도출	

선생님이 작성한 내용과 비교해 보세요.

현상 분석	[표 3]에서 한국인의 장점은 대다수가 부지런함이라고 응답했는데 이는 연령이 높아지면서 더욱 높아지고 있다.
문제점 도출	여가를 즐기면서 노년기 삶을 지내는 것보다 일을 통해 보람을 찾으려는 한국 노년층의 삶의 실태를 엿볼 수 있다.

사실 [표]를 해석하는 일은 그 자체만으로는 쉬운 작업이 아닙니다. 하지만 [표]해석의 틀이 주어지고, 그에 대한 배경지식까지 제시문의 형태로 주어지는 형식이라면 학생 누구나 도전하고 풀 수 있는 유형이라고 할 수 있습니다. 다만 꾸준한 훈련이 필요함은 당연한 명제입니다.

그럼 이제 최종 답안을 작성해 볼까요?

40

80

120

160

200

240

280

320

360

400

440

480

520

560

600

640
680
720
760
800
840
880
920
960
1000
1040
1080
1120
1160
1200

어려우셨죠? 선생님이 작성한 답안과 비교해보고 자신의 부족한 점을 채우시기 바랍니다.

제시문 [마]는 나이가 들면 일에 대한 효율성이 떨어져 사회의 짐만 된다는 일반적인 고정관념과는 달리 노년에 이르면 젊었을 때 보다 나아진 사려 깊음과 판단력을 통해 사회에 기여할 수 있다는 점을 이야기하고 있다. 또한 제시문 [바]는 노년에는 여유를 갖고 인생을 즐기면서 풍요로운 삶을 즐겨야 한다고 말하고 있다. 즉 제시문 [마], [바]는 바람직한 노년 생활에 대한 이상을 이야기 하고 있다.

[표 1]에서 노동시간과 여가에서 차지하는 비율로 볼 때 전반적으로 한국인의 삶의 질이 낮음을 알 수 있다. 이는 한국인의 삶의 만족도를 주요국가의 수치와 비교해보면 알 수 있다. 노인층에 국한시켜 삶의 질을 비교하면 더욱 열악하다. 기대수명은 다른 주요국가와 별 차이가 없는 반면에 노인빈곤율은 월등히 높다. 50~64세까지의 경제활동참가율은 주요국가들과 비슷하나 65세 이상의 경제활동참가율은 월등히 높다. 이상의 데이터를 보면 한국인은 은퇴 이후에도 일을 하거나 일자리를 찾고 있다는 의미로 볼 수 있다. 또한 이를 노인빈곤율과 결합해 보면 노년층이 보람을 위해서가 아니라 경제적 어려움 때문에 일을 하거나 일을 구하고 있다는 이야기가 된다.

[표 2]는 행복에 있어 여가, 문화의 중요도는 연령이 높아지면서 낮아지는 경향이 있다는 것을 보여주고 있다. 이는 우리나라 노년층의 여가에 대한 인식이 바람직한 노년의 생활과 많이 유리되어 있음을 보여준다.

[표 3]에서 한국인의 장점은 대다수가 부지런함이라고 응답했는데

이는 연령이 높아지면서 더욱 높아지고 있다. 앞의 [표 1]과 연결시켜 보면 노년층 경제참가율이 높은 이유는 경제적인 어려움을 해소하려는 점과 아울러 여가보다는 '일'을 중시하는 한국인의 의식과 결부되어 있다. 즉 [표 3]에서는 여가를 즐기면서 노년기 삶을 지내는 것보다 일을 통해 보람을 찾으려는 한국 노년층의 삶의 실태를 엿볼 수 있다.

이상의 내용을 종합해보면 우리나라 노년층의 상당수는 빈곤율이 높아 은퇴 이후에도 노동을 계속해야하는 처지에 있으며 결국 이 때문에 여가도 가질 수 없어 바람직한 노년생활을 보내지 못하고 있다.

유형 넷

평가형 논제를 풀어보자

평가형 논제 이해하기

평가형 논제는 논제의 지시 사항에 따라 논제 또는 제시문의 내용을 찬성 혹은 반대한다든지, 논제의 지시에 따라 그 조건에 알맞은 평가를 하는 형태의 논제를 말합니다. 평가형 논제는 찬반 제시 평가형과 기준 제시 평가형으로 나눌 수 있습니다. 이 유형은 상당히 많은 대학에서 출제하고 있는 논제이기 때문에 정확한 개념 파악이 필요한 논제이기도 합니다. 또한 최근에는 많은 대학들이 요약형 또는 적용형 논제와 평가형 논제를 융합해서 출제하기도 합니다.

찬반 제시 평가형 논제 해결하기

1. 개요

찬반 제시 평가형 논제란 제시문에서 주장하는 입장에 대하여 본인의 찬반 의견을 분명하게 보여주는 것을 요구하는 논제 유형입니다. 즉, 논제 또는 제시문의 내용 또는 주장에 대하여 찬성하는지, 반대하는지를 명확하게 밝히고, 그에 따른 비판 또는 옹호의 근거를 제시하는 논제를 말합니다. 즉, 논제 또는 제시문의 관점 중 하나를 선택하고, 그 입장에서 다른 관점의 입장을 비판 또는 옹호하도록 요구하는 논제인 것입니다.

여기에서 중요한 것은 찬성 또는 반대의 입장 중 어느 것을 선택하느냐가 중요한 것이 아니라 그 근거를 명확하게 제시하는 것이 중요하다는 것임에 유의해야 합니다. 즉 찬성 또는 반대의 입장에 따른 점수 차이는 없고, 자신의 주장에 대한 명확한 근거 제시를 채점 요소로 활용하는 것입니다. 따라서 수험생의 입장에서는 어느 입장이 근거를 명확하게 제시할 수 있는지를 논제 분석과 제시문 분석, 개요 작성 단계에서 파악해서 답안을 작성하는 것이 중요하다고 할 수 있습니다.

2. 논제 분석 방법

이 유형의 논제를 분석하기 위해서는 논제 또는 제시문에서 보여주는 입장을 정확하게 파악하는 것이 우선입니다. 상반된 두 입장을 정확하게 파악해야 거기에 대해 찬성 또는 반대할 수 있는 것이기 때문입니다.

다음으로는 찬성 또는 반대의 조건을 파악해야 합니다. 대입 논술에서는 객관적인 채점을 하기 위해 수험생의 개인 의견을 요구하기보다는 일정한 조건을 제시하고 그에 맞는 답을 작성하도록 요구하는 경우가 대부분입니다. 따라서 무엇보다도 그 조건에 맞게 답안을 작성하는 것이 중요합니다.

어떤 논제가 출제 됐을까?

1. 〈자료 3〉의 관점에서 (자료에 나타난 제도의 취지를 옹호하고 이에 대해 예상되는 반론을 제시하시오. (한국외국어대학교 기출문제)
2. 제시문 (마)의 논지를 바탕으로 제시문 (다)의 내용을 비판하시오. (경희대학교 기출문제)
3. 제시문 (마)는 오늘날 한국의 가족이 심각한 위기 상황에 놓여 있다고 주장하고 있다. 과연 그러한가? 제시문 (바)와 (사)의 내용을 바탕으로 제시문 (마)의 주장에 대해 비판하시오. (광운대학교 기출문제)
4. '여론을 선택하는 것이 바람직하다.'라는 주장에 대해 찬성 또는 반대의 입장

을 정한 뒤, 자신이 정한 입장의 반대편 논거들을 담은 제시문을 모두 찾아 이에 대한 비판을 중심으로 자신의 입장을 옹호하시오. (서울시립대학교 기출문제)

5. 구속된 조 모씨의 변호사로서 제시문 (나)의 입장을 반박하고, 조씨를 변론하시오. (서울여자대학교 기출문제)
6. 제시문 (다)의 '폴란드 의사의 행위'를 제시문 (가), (나)에 근거하여 지지하거나 반박하되, 그 이유를 우리 사회의 사례를 들어 제시하시오. (숭실대학교 기출문제)

위에서 보듯이 같은 유형의 논제이지만, 요구사항이 정말 다양하다는 것을 알 수 있는데, 논제 분석에서는 이렇듯 요구 조건 파악에 주력할 필요가 있습니다. 논제 분석에서 중요한 것은 '무엇을?what – 어떻게?how – 조건은?requirement'입니다. 이 중에서는 특히 주로 '조건'이 채점 요소로 적용되는 경우가 많다고 생각하면 됩니다.

찬반 제시 평가형 논제를 파악할 때는 다음의 몇 가지 입장을 적극 고려해야 합니다.

첫째, 찬성 또는 반대할 대상이 무엇인지 파악하는 것이 중요합니다.

둘째, 답안 작성에서 꼭 지켜야 할 조건을 파악하는 것이 중요합니다. 조건이 채점 요소로 활용되는 경우가 많다는 점을 기억해야 합니다.

셋째, 찬성이든 반대든 자신의 입장에 대해 일관성과 통일성을 철저히 유지해야 합니다.

넷째, 나의 입장과 논거에 대해 예상되는 반론을 고려해야 합니다.

다섯째, 논거는 요구사항에 따라 마련하되, 주로 제시문에서 찾아야 합니다. 그러나 제시문의 내용을 그대로 옮겨 쓰면 절대 안 됩니다.

논제 분석에서 또 하나 중요한 것이 자수 제한입니다. 몇몇 대학 등을 제외하고는 거의 모든 대학에서 답안의 자수를 제한하고 있습니다. 예를 들어 '800자 내외'라고 자수를 제한하고 있는 경우에는 답안 작성을 800자에서 ±10% 범위에서 답안 작성을 해야 한다는 것으로 이해하면 됩니다. 쉽게 말해 답안을 721자~880자 범위에서 작성해야 한다는 것을 의미합니다. 답안 내용에 대한 확신도 없는 상태에서 자수마저 감점을 받는다면 합격이 어려워질 수 있습니다.

일부 대학의 경우에는 자수가 초과하는 것에는 관대하지만, 부족한 경우에는 감점이 매우 엄격한 경우도 있습니다. 모 대학의 경우 초과한 분량에 상관없이 1점을 감점하도록 하고 있지만 자수가 부족할 경우의 감점은 7단계로 하고 있으며 최대 30점을 감점하고 있는 곳도 있습니다. 1점 정도는 답안의 내용으로 어느 정도 만회가 가능하겠지만, 그 이상이라면 만회가 불가능할 것입니다. 자수 맞추는 것에 실패하지 않기 위해서는 개요를 완성된 문장으로 작성하는 것이 도움이 됩니다. 개요를 완성된 문장으로 작성하면 글자 수를 어느 정도 미리 파악할 수 있기 때문입니다.

3. 제시문 분석 방법

이 논제를 해결하기 위해서는 논제에 나타난 내용과 요구조건을 바탕으로 자신의 관점을 세우고 그것에 알맞게 제시문을 분석해야 합니다. 이후 분석된 내용을 토대로 논제를 해결하면 됩니다. 예를 들어 서울시립대학교의 기출문제인 "'여론을 선택하는 것이 바람직하다.'라는 주장에 대하여 찬성 또는 반대 입장을 정한 뒤, 자신이 정한 입장의 반대편 논거들을 담은 제시문을 모두 찾아 이에 대한 비판을 중심으로 자신의 입장을 옹호하시오."의 요구 사항을 보면 '자신이 정한 반대편 논거들을 담은 제시문을 모두 찾아 이에 대한 비판을 중심으로 자신의 입장을 옹호'하라고 하고 있습니다. 즉, 자신이 정한 입장을 옹호하는 논거를 반대편 입장에 대한 비판을 중심으로 하라고 요구하고 있는데, 논거를 정확하게 분석했다면 제시문에서 가져올 것들이 명확하게 정해지는 것이라 할 수 있습니다.

4. 논제 사례 분석

인하대학교 기출문제

※ 우리 음식문화의 대표적 품목 가운데 하나인 김치를 해외에 널리 보급하는 문제와 관련하여 〈다음〉의 방안에 대한 찬성과 반대의 의견이 있다. 둘 중 하나를 자신의 견해로 선택하여 〈조건〉에 따라 논술하라. (800±80자)

〈다음〉

정부는 전국 규모의 김치품평회를 개최하고 여기서 선정된 우수제품을 중심 모델로 재료, 생산 과정과 기술 등에 관한 국가 표준을 정하기로 하였다. 이를 통해 한국산 김치의 해외 경쟁력을 강화하고 수출 시장을 확대할 수 있을 것으로 기대하고 있다.

〈조 건〉

1. 서론과 결론은 쓰지 말고 본론에 해당하는 부분만 작성할 것.
2. 찬성과 반대 중 한쪽만 선택하고 이를 답안 첫 문장에서 밝힐 것.
3. 자기 주장의 논거를 두 가지 제시하고, 자기 주장의 문제점과 해결책도 서술할 것.
4. 논거는 반드시 (가)~(마)에서 찾되, 제시문의 문장을 그대로 옮기지 말 것.

[가] 오늘날 세계는 점점 더 '표준화'를 요구하고 있다. 표준화란 사회가 특정한 사안에 관하여 최선으로 보이는 방법을 찾아 그것을 기준으로 일정한 규칙을 정하여 적용하는 것을 의미한다. 예를 들자면 한국공업규격KS 같은 것이 이에 해당한다. 실제로 우리 생활 속 많은 부분이 이미 표준화되어 있다. 다만, 우리가 그것을 늘 의식하고 있지 않을 뿐이다. 전구의 나사 규격이 그 한 예로, 우리는 새로 이사 갈 동네의 상점에서 파는 전구가 낡은 전기스탠드에 맞을 것인지 염려하지 않는다. 이러한 표준화는 전구의 나사 규격 같은 수치에만 국한되지 않는다. 그것은 특정한 제품의 생산 공정, 검사 및 평가 절차 등에도 적용된다. 이러한 표준화를 통해 대량생산과 대량구매, 그리고 효율적인 생산 관리가 가능해지는 한편, 소비자를 위한 품질보증도 이루어질 수 있다. 소비자가 물건을 구입할 때 참고하는 인증 마크도 표준화에 속하는 것이다.

이러한 표준화는 "이 물건은 이렇게 만들라."고 권장하는 동시에 "표준에 부합하지 않는 상품은 시장에 내놓을 수 없다."고 배제하는 기능을 한다. 이런 측면에서 표준화는 시장 지배력을 높이려는 관련 당사자들 사이에서 경쟁의 대상이 된다. 실제로 기술의 표준을 선점하기 위한 다툼은 치열하다. 어떤 회사가 자신들이 개발한 제품을 기준으로 하는 표준화를 유도하는 데 성공하면, 그 회사는 해당 분야에서 강력한 주도권을 쥘 수 있는 유리한 위치에 서게 된다. 반대로 시장에서 통용되는 표준화에 부합하지 않는 제품은 그 사용의 폭이 극히 제한되기 때문에 조만간 시장에서 사라질 위험이 크다.

제조업이나 IT 같은 기술 영역뿐 아니라 문화 영역에서도 크게 다르지 않다. 표준화는 문화의 성공적인 상품화를 가능케 함으로써 문화 교류와 상호발전을 촉진하는 계기가 되기도 한다. 표준화를 통해 한 지역의 고유한 전통이 세계적 차원의 문화로 발돋움할 수 있다. 표준화를 이루면 문화 영역에서도 동일한 품질의 제품이 훨씬 더 넓은 지역에서 대량으로 생산되거나 보급될 수 있고, 문화상품의 안정적 공급과 원활한 소비가 가능해진다. 특히 소비자 입장에서는 표준화된 문화 상품이 존재할 경우 아무리 멀리 떨어진 곳에 있을지라도 일정 수준 이상의 고품격 문화를 위험 부담 없이 선택하고 향유할 수 있다.

그러나 문화 영역에서는 표준화가 자칫 획일화로 흐를 가능성이 높다는 우려의 목소리도 만만치 않다. 언어문화 영역에 있어 표준화의 대표적인 예는 표준어의 제정이다. 표준어는 원활한 의사소통을 가능하게 하지만, 방언의 효용 또한 여전히 남아있다. 가령, 특정한 지역이나 집단들에서 통용되는 고유 언어가 지닌 특수성은 그 언어 공동체의 결속력을 높이고 구성원들의 소속감을 증대시키며 정서적인 안정감을 가져다주기도 한다. 또 다양한 방언의 존재 덕분에 그것들이 속한 사회의 언어문화 자체가 풍성해지기도 한다. 어쩌면 표준어가 계속 유지되고 발전할 수 있는 것은 여러 종류의 방언 덕분일지도 모른다.

표준화는 대체로 가장 좋은 방법을 선택하여 기준으로 삼는다고 하지만, 그로부터 선정된 기준이 반드시 최선의 결과를 보장하는 것은 아니다. 그럼에도 불구하고 공인된 표준에 부합하는 것들이 우월한 것으로 인식되는 경향이 있다. 이로 인해 본래 의도와는 달리 표준화는 그것이 허용하는 범위 밖의 '아웃사이더'들을 만들어내며 결과적으로 그들에 대한 사회적 편견과 차별을 낳기도 한다. 표준화가 더러 사회적, 경제적, 문화적 불균형을 초래하곤 하는 것이다. 또한 근대화의 진행 과정에서는 표준화가 사회 통합과 발전의 기반이었지만, 오늘날 표준화는 다양성을 억압하고 개인들의 창의성을 저해할 가능성이 높다. 기존의 관념을 뛰어넘는 근본적인 혁신은 현재의 표준에 부합하는 것에서보다 아웃사이더의 참신하고 기발한 착상에서 비롯될 여지가 많다. 강제된 표준화는 바로 이러한 혁신의 싹을 일찌감치 조직적으로 고사시킬 것이다.

[나] 뮤지컬 〈캣츠〉는 1981년 런던에서 초연된 이래 뉴욕 브로드웨이에서 무려 20년 동안 상연되는 등 지금까지 전 세계의 무대에 끊임없이 올려지고 있다. 우리나라에서도 〈캣츠〉 공연은 많은 관객이 몰리는 인기 문화상품이다. 그런데 이런 종류의 문화상품에도 일종의 국제적 표준이 있다는 사실은 그리 알려져 있지 않다. 그것은 '뮤지컬 〈캣츠〉'라는 이름을 내걸고 제멋대로 공연을 해서는 안 된다는 것이나 〈캣츠〉의 원래 줄거리나 뮤지컬을 구성하는 곡들의 멜로디 같은 작품의 근간을 임의로 변경할 수 없다는 수준보다 훨씬 더 많은 것을 함축한다.

〈캣츠〉의 라이센스를 관리하는 '더 리얼리 유스풀 그룹'은 세계 어느 나라에서 공연되든 〈캣츠〉 공연이 따르지 않으면 안 되는 절차와 양적, 질적 표준을 명시하고 있다. 그 표준은 출연자의 선정 기준이나 음악 연주를 담당하는 오케스트라의 세부적인 악기 구성에서부터 무대장치의 구조와 디자인 등에 이르기까지 시시콜콜 조건을 명시한다. 공연자는 저작권에 대한 로열티를 지불하고서도 〈캣츠〉 공연에 관한 이런 표준화된 규정을 충실하게 준수하지 않으면 안 된다.

이런 요구를 저작권자의 횡포로만 보아서는 안 된다. 표준화는 어느 공연장에서든 관객들이 일정한 수준 이상의 객관적 품질이 보장된 공연을 즐길 수 있도록 하는 장치이기 때문이다. 나아가 표준화는 작품이 지닌 고유의 아름다움과 오락적 가치가 시간과 공간의 제약을 넘어 보편적으로 보존되고 향유될 수 있도록 하는 장치다. 〈캣츠〉라는 역동적인 작품을 하나의 고정된 박물관 속에 가두는 대신 일종의 이동식 박물관을 통해 여러 곳의 수많은 관람객과 본래의 모습으로 만나게 해주는 매개체가 바로 표준화인 셈이다.

[다] 오늘날 문화는 높은 부가가치를 지닌 상품으로 자리 잡았다. 한 나라의 문화산업은 앞으로 국가경쟁력 측면에서 점점 더 중요한 비중을 차지하게 될 것이다. 우리나라에서도 문화의 이런 가치가 최근 뚜렷이 인식되어 강조되고 있다. 그러나 문화를 올바르게 보전하고 발전시키는 바람직한 방안에 대해서는 아직 사회적으로 합의된 원칙이 없는 듯하다. 일부에서는 이른바 글로벌 트렌드에 부합하는 표준화를 이룩함으로써 세계화로 나아가는 것이 필수적이라고 주장한다. 문화산업에도 기계공학이나 정보공학에 적용되는 원칙이 그대로 적용되어 마땅하다는 얘기인데, 이것은 잘못되었을 뿐만 아니라 매우 위험하기까지 한 생각이다.

문화를 상품화하는 것은 따지고 보면 정신적 효과를 파는 것, 특히 일종의 정서적 효과를 파는 것이다. 그리고 진정으로 값진 문화상품의 특성은 일종의 정서적 충격, 어떤 경이로움을 실감하게 하는 것이다. 여러 해 동안 세계적인 레스토랑 평가에서 맨 윗자리의 영예를 누린 '엘 불리El Bulli'라는 식당은 결코 고객의 미각에 친숙한 맛을 제공하지 않는다. 엘 불리는 스페인의 시골, 교통도 아주 불편한 어느 해변에 자리 잡고 있지만 사람들은 온갖 불편을 감수하고 그곳을 찾아간다. 평소 익숙하고 입맛에 맞는 요리를 즐기기 위해서가 아니라 신기한, 심지어 불편할 정도로 낯설고 신비로운 맛을 경험하기 위해서다.

프랑스는 치즈로 널리 알려진 나라지만, '프랑스식 치즈의 표준화된 맛' 같은 것은 존재하지 않는다. 프랑스의 각 지방은 저마다 고유한 맛의 치즈를 전통으로 고수하고 있어 그 종류만 해도 수백 가지가 넘는다. 이것은 맛의 표준화를 거부하고 맛의 다양성을, 그리고 각 지역의 미각적 고유성을 존중했기 때문에 가능한 것이었다. 프랑스 어느 지방의 전통 치즈를 접하고 인상 깊은 미각을 경험한 여행객은 그 맛을 잊지 못하고 그곳을 다시 찾을 것이다. 이런 것이 문화의 진정한 힘이다.

[라] 과거 우리는 서구 문화를 무비판적으로 수용하기도 하였다. 그것을 세계화의 흐름에 부응하는 것이라고 생각하기도 했다. 그러나 우리의 것을 보존하지 못하고 국적 없는 문화에 동화된다면 문화적 식민지로 전락하게 된다. 오히려 우리 민족의 전통문화를 적극적으로 계승하고 발전시키는 것이 문화를 통해 세계화에 기여하는 올바른 길이다. 실제로 이에 해당하는 성공적인 예로 태권도의 세계화를 들 수 있다.

태권도 세계화의 성공 요인으로는 여러 가지를 꼽을 수 있다. 우선 정부의 지원으로 결성된 대한태권도협회는 해방 이후 난립했던 수많은 태권도 관련 기구들을 통합하고 체계적인 조직화를 이루어냈다. 그리고 대한태권도협회가 건립한 국기원은 태권도 발전에 중요한 역할을 했다. 공인 승단심사제도를 확립하고 태권도 교본을 발간한 것이 대표적인 예다. 세계 어느 나라의 태권도 유단자라도 국기원의 공인 심사를 통과하지 않고는 세계태권도대회 같은 국제대회에 참가할 수 없다. 표준화된 태권도 교본은 태권도 교육을 체계화하고 확산시키는 데 결정적인 발판을 제공했다. 이런 교육과 심사 제도를 통해 태권도에 관한 일정 수준의 자질을 갖춘 수많은 태권도 지도자가 양성되었고, 그들 역시 그 교본으로 제자들을 가르치고 있다.

지금은 이미 많은 외국 출신의 태권도 지도자들이 세계 각지에서 활약하고 있는데, 이것은 태권도의 세계화가 성숙한 단계에 들어섰음을 의미한다. 만일 통일된 교본과 승단심사제도 같은 것이 없었더라면 이런 성과는 기대하기 힘들었을 것이다. 태권도는 이런 과정을 통해 세계적인 스포츠로 발돋움할 수 있었고, 올림픽 종목으로 채택되어 문화 한국의 이미지를 널리 알리는 데 기여했다. 오늘날 태권도는 명실상부한 세계인의 스포츠가 되었다.

– 고등학교 〈사회〉 발췌 수정

[마] 우리나라는 판소리나 승무처럼 예술적으로 혹은 학술적으로 보존할 가치가 큰 무형의 문화유산 가운데 현대문명의 영향으로 원형이 변질되거나 소멸될 위험성이 있는 것들을 대상으로 해당 분야의 기능보유자를 정책적으로 지원하는 무형문화재 제도를 두고 있다. 이 제도는 사라져가는 전통문화의 맥을 살리고 후속세대에 전달하는 데에 큰 기여를 하고 있지만, 본래의 의도와는 달리 부정적인 측면을 보여 온 것도 사실이다.

민속 분야의 경우, 1960년대부터 민속예술경연대회가 개최됨으로써 잊혀져가던 민속유산에 대한 관심이 살아났고, 경연대회에서 입상한 작품을 무형문화재로 지정하고 지원함으로써 전통문화 계승에 많은 성과를 거둘 수 있었다. 그러나 경연대회 출품작들은 보여주기 위한 공연에 맞게 각색되고 또 입상을 위해 극적인 요소들이 인위적으로 가미되는 경우가 많기 때문에 민속예술 본래의 모습으로 보기 어렵다는 비판이 제기되곤 한다.

또한 강강술래나 단오제, 풍어제, 차전놀이 등이 문화재로 지정되어 다양한 지원을 받기도 한다. 그러나 이 경우 특정 지역의 민속예술만 문화재의 원형으로 인정되고, 세부적인 형식과 내용이 다른 여타 지역의 것들은 소멸될지도 모를 위험에 처하게 된다. 우리의 전통문화를 보전하는 데 있어 다양한 형식과 기법, 향토적 특색 등이 존중되어야 문화적 창의성이 풍부해질 것임에도 불구하고, 특정 지역의 것만 문화재로 지정하는 것은 오히려 전통문화의 소재를 고갈시키는 부작용을 낳게 된다.

1) 논제 분석

무엇을?	김치를 해외에 보급하는 문제에 관한 [다음]의견에 관하여 찬성과 반대 의견을
어떻게?	선택하고 논술하라
조건은?	• 〈조건〉에 따라 논술할 것. • 800±80자로 답안을 작성할 것.

2) 답안작성요령

STEP 1 : 논거가 풍부해 답안 작성이 수월해 보이는 쪽의 입장을 선택하라

복잡한 것 같지만 명확한 논제라 할 수 있습니다. 먼저 김치의 해외 보급에 관한 〈다음〉의 입장에 대한 찬성 또는 반대의 입장을 정해야 합니다. 〈다음〉이 '김치의 표준화'에 관한 내용이기 때문에 찬성이든 반대든 이 입장에서 논의가 전개되어야 합니다. 다시 한 번 강조하지만 찬성을 선택할 것이냐 반대를 선택할 것이냐를 두고 고민할 필요는 전혀 없습니다. 본인이 어느 입장을 정하느냐는 채점 요소가 아니기 때문입니다. 그것보다는 〈조건〉에 따라 답안을 작성했느냐가 채점요소이기 때문에 제시문을 분석한 후, 어느 입장의 답안 작성이 수월한가를 판단 기준으로 하면 됩니다.

STEP 2 : 답안의 형식과 내용에 따른 조건을 반드시 준수하라

〈조건〉에는 답안의 형식과 내용에 관한 것들이 있습니다. '서론과 결론을 쓰지 말고 본론에 해당하는 부분만 작성'하라는 것과 '찬성과 반대 중 한 쪽만 선택하고, 이를 답안 첫 문장에서 밝히라.'고 한 것은 답안의 형식에 해당된다고 할 수 있습니다.

〈조건〉 3과 4는 내용에 해당된다고 볼 수 있습니다. '자기 주장의 논거를 두 가지 제시'하라고 한 것과 '자기 주장의 문제점과 해결책도 서술'하라고 한 것, '논거는 반드시 [가]~[마]에서 찾으라'고 한 것은 답안 작성에서 가장 중요하게 고려해야 할 요소입니다. 또한 논거를 제시문에서 2가지를 찾으라고 했기 때문에 본인의 입장에 따라 제시문을 분류하고 무엇을 논거에 활용할 지를 결정해야 합니다.

제시문 [가]의 경우에는 찬성과 반대의 입장에서 모두 활용할 수 있으며, 찬성의 경우 제시문 [나], [라]를 활용할 수 있고, 반대의 경우 제시문 [다], [마]를 활용할 수 있습니다. 각 입장에 따라 제시문에서 활용할 수 있는 논거는 다음과 같이 정리할 수 있습니다.

찬성 입장	반대 입장
• 효율적 생산 관리를 가능케 함. • 소비자에게 상품의 안정적인 품질을 보장할 수 있음. • 무형의 요소를 지닌 문화상품으로서 원형을 보존하는 데 유리함. • 체계적인 전수와 확산이 가능해짐.	• 다양성이 소멸되고 획일화될 위험 있음. • 공동체의 결속력이 약화될 수 있음. • 지속가능한 발전이 저해되고 창의성이 억압될 수 있음. • 편견과 차별을 낳아 불균형을 초래할 수 있음.

STEP 3 : 문제점을 지적하되 글 전체의 논지는 일관되게 유지하라

그리고 자신의 주장에 대한 문제점과 해결책도 제시하라고 하고 있는데,

문제는 이로 인하여 글 전체 논지의 일관성이 훼손되어서는 절대 안 됩니다. 즉, 문제점을 지적한다고 자신이 정한 찬성의 입장(또는 반대의 입장이 찬성으로)이 반대로 바뀌어서는 안 된다는 것입니다. 따라서 문제점과 해결책은 서로 연결시켜 제시해야 합니다.

STEP 4 : 제시문의 내용을 자신의 용어로 재해석하되, 핵심용어는 그대로 사용하라

또한 논거를 제시문에서 찾되, 제시문 문장을 그대로 옮기지 말라는 조건이 있습니다. 제시문에서 논거를 찾되, 그것을 자신의 용어로 다시 작성하라는 것입니다. 이는 모든 대학의 대입논술에 적용됩니다. 따라서 제시문 분석과 개요 작성 단계에서 제시문의 내용을 자신의 용어로 재해석해야 합니다. 하지만 이 경우에도 본인이 판단한 핵심용어는 그대로 쓰는 것이 좋습니다. 간혹 핵심용어조차도 다른 말로 바꾸려고 하는 학생들이 많은데 이는 좋은 방법이 아닙니다.

다음에서 이상의 내용을 고려한 모범답안을 살펴보도록 보겠습니다.

김치 표준화에 찬성하는 경우

김치에 대한 국가 표준을 정하는 것에 찬성한다. 첫 번째 이유는 그런 표준화를 통해 재료의 품질이나 영양성분 등에서 한국인의 먹을거리로 부적합한 김치를 시장에서 배제할 수 있기 때문이다. 김치의 국가 표준을 적용하면 시장에 나와서는 안 될 저질 김치가 특정 지역 고유의 김치문화라는 미명하에 판매되는 위험을 막을 수 있다. 만일 그런 김치가 세계시장에 수출된다면 한국의 국가신인도에도 부정적인 영향을 미칠 것이다. 두 번째 이유는 그런 표준화를 통해 우리의 김치

문화를 가장 잘 보존할 수 있을 것이기 때문이다. 어머니가 딸에게 몸소 가르쳐 전수하는 방식으로는 김치의 맛을 수십 세대에 걸쳐 그대로 보존하기 어렵다. 반면에 김치의 국가 표준은 수백 년 뒤에도 우리 후손들이 우리가 먹는 것과 똑같은 김치를 먹을 수 있도록 보장해 줄 것이다.

문제는 표준으로 채택되지 않은 훌륭한 김치가 고사할 위험이 있다는 점이다. 오랜 전통을 지닌 훌륭한 김치라도 사소한 실수나 심사위원의 취향 때문에 품평회의 순위에서 밀려 선정되지 못할 수 있고, 그 결과 보전되어야 할 음식문화임에도 불구하고 시장에서 도태될 가능성이 있다. 이런 가능성을 고려한다면, 김치의 국가 표준을 정할 때 수출 등을 고려한 국가대표 김치의 표준을 정하는 일과 별도로 안전한 먹을거리로서의 김치의 품질에 관한 최소한의 가이드라인을 정할 필요가 있다. 그리하여 국가대표 김치의 표준과 거리가 있더라도 후자의 요건을 충족하면 시장에서 존속할 수 있게 해야 한다. 한국을 대표할 김치의 표준을 정하는 일이 낱낱이 표준화하기 힘든 다양한 김치의 전통을 보전하는 일과 상충할 이유는 없다.

김치 표준화에 반대하는 경우

〈다음〉의 방안에 반대한다. 우선 김치의 세계화를 위해 표준화를 채택하면 김치의 다양성을 해칠 것이다. 김치는 지역마다 재료에 따라 또는 담그는 법에 따라 종류와 맛이 대단히 달라진다. 프랑스의 치즈처럼 우리나라의 김치도 특정한 지방에 독특한 맛이 있고 그 맛의 다양성 자체가 김치의 가치를 높이는 요소인데 표준화는 이를 무시할 염려가 있다. 맛의 다양성을 보존하는 것은 김치의 세계화를 위한 일일 뿐 아니라 지역 공동체의 정체성과 소속감을 유지하는 방법이기도 하다.

김치의 맛을 표준화하면 창의성을 저해하여 지속가능한 발전을 막을 수 있다는 점도 들 수 있다. 김치 문화를 발전시키기 위해서는 김치에 대한 지속적인 연구 개발이 필요한데 국가 표준이 한번 정해지면 그 표준에 부합하지 않는 상품은 시장에서 배제될 것이며 김치 맛의 혁신과 창조적 변형은 힘들어질 것이다. 나라마다 선호하는 맛이 다를 수 있고 취향은 시대에 따라 다르기 때문에 언제든지 맛의 혁신이 가능한 길을 열어두는 것이 오래도록 발전할 수 있는 방법인데 김치의 표준화는 이를 막을 것이다.

물론 표준화하지 않을 경우 품질보증이 어려워 세계화가 더뎌질 수 있다. 일정 수준의 품질이 보장되지 않을 경우 김치에 대한 국제적 신뢰도가 떨어질 것임은 분명하기 때문이다. 이 문제점을 해결하기 위해 김치의 수출로 성공을 거둔 기업들에 대하여 인증을 하거나 개별적인 지원을 강화하는 방안이 있다. 그를 통해 더 나은 품질의 김치를 생산하기 위한 업체들 간 품질경쟁을 유도할 수 있기 때문이다. 또한 다양한 성공 사례를 발굴, 보급한다면 더 많은 업체에서 양질의 김치를 공급할 수 있을 것이다.

이해가 되셨나요? 다음 연습문제를 통해 위에서 이해한 내용을 학습해 보겠습니다.

실력향상을 위한 연습문제

성균관대학교 기출문제

※ [문제 1] [제시문 1]~[제시문 4]는 사회적 자원의 분배와 관련된 내용들이다. 제시문들을 서로 다른 두 입장으로 분류한 후, 이 두 입장의 핵심 논지를 요약하시오.

※ [문제 2] [문제 1]의 두 입장 중 하나를 선택하여 그 입장에서 다른 입장을 비판하시오.

(분량제한 없음)

[제시문 1]

적법 절차란 개인의 권리 보호를 위해 정해진 일련의 법적 절차를 의미하는 것으로, 권리의 실질적 내용을 실현하기 위해 선택해야 할 수단적이고 기술적인 방법을 말한다. 적법 절차의 원리는 입법 과정이나 행정 등 국가 공권력이 작용하는 영역에서는 항상 규정 내용의 합리성과 정당성 못지않게 절차상의 적법성이 요구된다는 원리이다. 예를 들어, 지방자치단체를 신설, 통폐합 또는 분리하는 경우에는 지방자치의회의 의견을 들어야 하고, 필요할 경우 지방자치단체의 장은 주민투표를 실시할 수도 있다. 그리고 이에 대한 법률을 제정할 때에도 주민의 의견을 묻는 절차를 반드시 밟아야 하는데, 이는 국민이 국가 활동의 단순한 객체로 취급되지 않도록 하려는 것이다. 공공복리를 이유로 지방자치단체의 구획을 변경하는 국가적 재편 계획에 대하여도, 일반적으로 상반되는 이해 관계자들의 참여 없이는 적절한 이익 조정이 곤란하므로, 어떤 결정을 내리기 전에 그들에게 입장 표명의 기회를 주어야 한다. 절차의 중요성을 보여주는 다른 예로 법정에서의 분쟁해결 과정을 들 수 있다. 소송의 당사자들에게 소송 과정이나 절차에 대한 통제력이 주어질 경우, 그렇지 못한 경우에 비하여 당사자들은 소송 결과의 승패에 관계없이 판결

이 더 공정했다고 인식하며, 소송 결과에 승복하는 확률도 높아진다.

[제시문 2]

사회 집단에서 다수의 개인들이 선호하는 재화는 그 양이 한정된 경우가 많다. 이 경우 재화의 분배 문제가 필연적으로 발생하게 되며, 공정한 분배를 위해서는 일정한 규칙을 정립할 필요가 있다. 이 규칙은 몇몇 이상적 요건들을 구비해야 하는데, 합리성 및 공공성 등이 그것이다. 그러나 이러한 요건을 구비하는 것이 현실적으로는 쉽지 않다. 개인의 이해와 공공의 이해가 상충될 가능성이 상존하기 때문이다. 그럼에도 불구하고 분배 규칙은 반드시 정립되어야 한다. 그 이유는 그 규칙이 개인들에게 아무리 부당하다 하더라도, 이른바 '게임의 룰'로서의 규칙이 없다면 더욱 더 많은 사회적 혼란이 생겨나기 때문이다. 자본주의 체제에서 가장 보편적으로 사용하는 분배의 규칙은 이른바 기여의 원칙이다. 즉, 개인이 기여한 정도에 따라 차별적으로 결과를 배분하는 것인데, 이를 흔히 분배의 공정성이라 일컫는다. 분배이 공정성이 달성되면, 모든 개인들에게 균등한 배분을 하기보다는 각자의 기여에 상응하는 몫을 제공해 줄 수 있게 된다. 이 경우에는 자신의 몫을 타인의 몫과 비교할 필요가 없다. 자신의 기여에 상응하는 몫을 주었음에도 불구하고 타인과 비교한 후 불평한다면, 이것은 질투나 불건전한 감정에 의한 것이므로 불평하는 개인의 책임으로 귀결된다. 분배의 공정성이 확보되면 각 개인은 자신의 분배 몫에 수긍하게 된다. 공정한 분배에 이르기까지의 과정 또한 중요한 것은 사실이지만 과정이 공정하다고 해서 결과의 공정성까지 보장할 수 있는 것은 아니다.

[제시문 3]

장애인이 어떻게 대우받아야 하는가를 생각해 보자. 장애는 때때로 다른 사람과 다르게 대우 받아야 하는 이유가 된다. 소방관을 뽑을 때 휠체어를 타야만 하는 사람을 배제하는 것은 정당화 될 수 있다. 문서를 교정하는 사람을 구할 때 시각 장애자는 지원해도 채용될 가능성이 없다. 그러나 특정한 장애 때문에 특정한 직업을 가질 수 없다는 사실에 기초하여 장애인의 이익보다 장애가 없는 다른 사람의 이익을 더 중요하게 고려해야 한다고 주장하는 것은 장애인의 마땅한 몫을 빼앗는 것이나 다름없다. 어떤 장애가 특정 직업 활동과 관련이 없음에도 불구하고 단지 장애가 있다는 이유 때문에 차별하는 것 또한 마찬가지이다. 그러므로 인종이나 민족이나 성별을 근거로 차별하는 행위를 법적으로 금지해야 하는 것처럼, 장애를 근거로 부당하게 차별하는 행위도 반드시 법적으로 금지해야 한다.

그러나 좀 더 나아가야 한다. 인종이나 성별 때문에 불리한 대우를 받는 사람들에 대한 역차별 조치를 찬성하는 많은 논변이 장애인들에게는 더욱 강력하게 적용될 수 있다. 장애가 장애인으로 하여금 공동체의 동등한 구성원으로 대우받는 것을 어렵게 만드는 상황에서 동일한 기회를 주는 것만으로는 충분하지 않다. 그러므로 역차별 조치는 비장애인의 의견과는 무관하게 반드시 실시되어야 한다. 휠체어를 탄 장애인들이 대학에서 도서관에 들어가기 위해 높은 계단을 올라가야 한다면, 대학에 다닐 기회를 주었다고 해도 실제로는 큰 도움이 되지 않는다. 많은 장애 아동들은 일반 학교에 다님으로써 이득을 얻을 수 있다. 그러나 일반 학교는 이들의 특별한 필요를 충족시킬 수 있는 추가적인 재원이 부족하기 때문에, 장애인을 받아들일 수 없는 것이 현실이다. 그러한 필요가 장애인의 삶에서는 매우 중요한 것이기 때문에, 우리는 다른 사람들의 사소한 필요보다 그들의 필요에 더 큰 비중을 두어야 한다. 그렇기 때문에 일반적으로 장애가 없는 사람보다는 장애인을 위해 돈을 사용하는 것이 더 쉽게 정당화 될 수 있다. 장애인을 위해 재원을 얼마나 더 사용해야 하느냐를 정하는 것은 물론 어려운 문제이다. 재원이 충분하지 않으므로 한계가 있을 수밖에 없다. 그러나 장애인의 몫을 공정하게 고려하는 것은 반드시 필요하다.

[제시문 4]

다수의 개인들이 선호하는 희소 재화를 분배할 경우, 분배 규칙의 구체적인 내용은 그다지 중요하지 않다. 중요한 것은 그 규칙이 과연 어떤 과정을 거쳐서 도출되었는가 하는 점이다. 공정한 과정을 거쳐서 도출되었으면 정의로운 규칙이고 그렇지 못하면 정의롭지 못한 규칙이 될 것이다. 여기서 공정한 과정이란 여러 이해 관계자들이 불편부당하게 생각하고 행동하는 상황에서 자발적 합의에 도달하는 과정을 가리킨다. 결국 어떤 분배 방식이 정의로운 것인지 여부는 과연 그 분배가 공정한 과정을 거쳤는지에 상당 정도 달려있다. 이를테면 공정을 기하기 위해서 흔히 동전이나 주사위를 던져서 결정하는 관행은 동전이나 주사위를 던진 결과가 모든 개인들에게 항상 이익을 보장해주기 때문이 아니라, 동전이나 주사위를 던져서 결정하는 과정 자체가 공정하다고 인식되기 때문에 유지되는 것이다. 물론 이 때 공정성이 보장되기 위해서는 외부 영향력의 배제, 개인들의 자발성과 진실성 등이 전제되어야 한다.

1) 논제 분석(빈칸을 채워 보세요)

무엇을?	[문제 1]의 한 입장에서 다른 입장을
어떻게?	
조건은?	[문제 1]의 두 입장 중 한 입장에서 다른 입장을 비판하시오. (분량제한 없음)

2) 공통주제 및 제시문의 입장 파악

먼저 [문제 1]에 제시된 두 입장을 파악하는 것이 중요합니다. 이런 유형의 논제는 [문제 1]을 제대로 해결하지 못했을 경우, [문제 2]도 제대로 해결할 수 없기 때문입니다.

[문제 1]은 '[제시문 1]~[제시문 4]는 사회적 자원의 분배와 관련된 내용들이다. 제시문들을 서로 다른 두 입장으로 분류한 후, 이 두 입장의 핵심 논지를 요약하시오.'입니다. 따라서 전체 글을 읽고 공통주제를 찾은 다음 어떠한 입장으로 서로 나눌 수 있는지를 살펴보아야 합니다. 자 그럼 다음에서 아래의 내용을 작성해 보세요.

제시문	공통주제	입장
1		
2		
3		
4		

잘 하셨나요? 이제 선생님이 한 것과 비교해 보시기 바랍니다.

제시문	공통주제	입장
1	사회적 자원의 분배 방식	절차의 공정성 확보
2		결과의 공정성 확보
3		결과의 공정성 확보
4		절차의 공정성 확보

이처럼 [제시문 1]~[제시문 4]는 공통적으로 사회적 자원의 분배에 관한 내용을 담고 있는데, [제시문 2]와 [제시문 3]은 분배(결과)의 공정성을 내세우는 입장이고, [제시문 1]과 [제시문 4]는 절차의 공정성을 내세우는 입장이라고 하겠습니다. 따라서 '분배(결과)의 공정성'과 '절차의 공정성' 중에서 한 입장을 선택하고, 선택하지 않은 다른 입장을 비판하면 되는 것입니다. 앞서도 강조했듯이 어느 입장을 선택하느냐는 중요한 것이 아니라 논리적으로 비판을 했느냐가 채점요소이라는 것을 알아야 합니다.

3) 각 입장에 따른 논거 정리

자신의 입장을 선택하였으면 다음에는 자신이 주장하는 입장의 논거를 정리하여 논술문에 포함시켜야 합니다. 다음에서 각 입장에 따른 논거를 정리해 보기 바랍니다.

입장	포함되어야 할 내용
절차의 공정성을 옹호 결과의 공정성을 비판	• • • • • •
결과의 공정성을 옹호 절차의 공정성을 비판	• • • • • •

그럼 선생님이 한 것과 비교해 볼까요?

입장	포함되어야 할 내용
절차의 공정성을 옹호 결과의 공정성을 비판	• 구체적인 분배 규칙에 합의하는 것이 쉽지 않다. • 어떤 분배 방식이 기여의 원칙을 준수하는 것인지에 대해 실제로 갈등이 존재하기 때문이다. • 이 문제가 국가나 이해 당사자 한 쪽에 의해 일방적으로 정해질 수 없으므로 합의 절차를 밟을 수밖에 없는 것이 현실이고, 이는 곧 분배의 공정성에 의존할 수밖에 없음을 의미한다. • 분배 결과가 공정해도 절차가 불공정하여 분배 당사자가 의사결정과정에서 제외되면, 그들은 상당한 좌절감과 분노를 느끼게 된다. • 그리고 리더에 대한 신뢰도도 감소할 수 있다. • 이런 현상은 분배의 몫이 자신의 기여에 비해 적은 경우는 물론이고, 더 많은 경우에도 나타날 수 있다.
결과의 공정성을 옹호 절차의 공정성을 비판	• 아무리 공정한 절차를 거쳤다고 해도 분배된 몫이 현저하게 다르면 구성원의 불만을 억제하기 어렵기 때문에 조직 안에서 갈등과 불화가 생길 수밖에 없다. • 결과의 공정성이 일정 수준 이상 확보되지 않으면 절차의 공정성만으로는 구성원에게 만족을 주기 어렵다. • 이는 결국 구성원에게 만족을 주는 결정적 요인은 기여에 상응하는 몫을 분배하는 것임을 의미한다. • 때로 공정한 듯 보이는 절차를 거쳤지만, 부정의한 결과가 생기는 경우들이 있다. • 재판에서 공정한 절차를 거치지만 오판이 생겨나는 경우가 바로 그 사례이다. • 이 경우 법적 절차를 밟았다는 것이 오판을 정당화해 줄 수는 없다. • 사회적 자원의 분배에서 공정하지 못한 결과를 옹호하게 되면 결국 결과의 부정의를 절차의 공정성을 이용하여 합리화하는 것에 불과하다. • 다수의 의견 때문에 소수가 희생되는 경우가 사례이다. • 절차의 공정성을 확보하기 위해서는 전제조건(자발성, 진실성, 외부 영향력 배제 등)이 필요한데, 이러한 조건이 현실에서 제대로 만족될 수 있을지는 의심스럽다.

이해가 되셨죠? 자 그럼 이제 모든 준비는 끝났으니 개요를 작성한 다음 답안을 완성시켜 보세요. 본 문제의 경우 '두 입장 설명 → 입장 선택 → 논거를 통한 비판'으로 작성하는 것이 좋습니다.

40
80
120
160
200
240
280
320
360
400
440
480
520
560
600

640
680
720
760
800
840
880
920
960
1000
1040
1080
1120
1160
1200

기준 제시 평가형 논제 해결하기

1. 개요

기준 제시 평가형 논제는 논제 또는 제시문에서 평가의 기준을 제시하는 형태의 논제입니다. 따라서 이 논제에서는 논제를 정확하게 분석하는 것이 가장 중요합니다. 그 기준이 채점 요소로 활용되는 경우가 많기 때문에 논제와 제시문 분석을 통해서 그 기준을 정확하게 찾아내고, 그에 따라 답안을 구성하는 것이 중요한 것입니다. 최근 대입 논술에서는 이런 유형을 출제하는 경우가 많아지고 있는데 요약형, 적용형 등과 융합하여 출제하기도 합니다.

2. 논제 분석 방법

기준 제시 평가형 논제 분석에서는 평가의 기준이 무엇인가를 찾아내는 것이 중요합니다. 대입 논술에서는 채점이 중요하기 때문에 기준을 정확하게 파악하고, 그에 따라 답안 작성을 하는 것이 중요한 것입니다. 다음의 사례를 살펴보겠습니다.

어떤 논제가 출제 됐을까?

1. 제시문 (가)의 관점에서, 제시문 (라), (마), (바)를 각각 비판하라. (서강대학교 기출문제)
2. 제시문 (사)에 나오는 합리성에 대한 시각을 서술하고, 그 시각에 입각하여 제시문 (마)와 (바)의 내용을 논하시오. (서울여자대학교 기출문제)

3. 제시문 (3)에 근거하여 제시문 (2)의 테이레시아스와 제시문 (4)의 도서의 발언에 관해 논평하시오. (성균관대학교 기출문제)
4. 제시문 (바)와 (사) 각각의 입장에서 제시문 (아)를 비판하시오. (이화여자대학교 기출문제)
5. 제시문 (마)의 논지를 바탕으로 제시문 (다)의 내용을 비판하시오. (중앙대학교 기출문제)

최근에 출제되고 있는 기준 제시 평가형 논제에서 주목할 점은 평가의 기준을 논제 또는 제시문에서 분명하게 밝히고 있다는 점입니다. 따라서 논제 및 제시문을 정확하게 분석해서 평가의 기준을 찾는 것이 관건이 된다고 할 수 있습니다.

위의 사례 중 서강대의 경우 '제시문 (가)의 관점에서, 제시문 (라), (마), (바)를 각각 비판하라'고 했는데, 비판의 기준을 제시문 (가)의 관점으로 하라고 분명하게 요구하고 있습니다. 여기서 제시문 (가)의 관점은 논지를 말하기 때문에 제시문 (가)의 논지를 정확하게 분석하지 못한다면 해결할 수 없는 논제라고 할 수 있습니다. 이화여대의 경우에서도 제시문 (바)와 (사)의 논지를 정확하게 파악하는 것이 관건이 되는 것입니다.

이와 같은 기준 제시 평가형의 채점에 있어서 가장 비중이 큰 것은 평가의 기준을 정확하게 적용했느냐는 것입니다. 제시문을 제대로 비판했다고 하더라도 그 비판 내용과 기준이 문제에서 요구하는 제시문이 아니라 자신의 개인 생각이라면 좋은 평가를 받기 어려운 것입니다. 이런 유형의 논제를 해결하기 위해서는 다음의 몇 가지를 유의해야 합니다.

첫째, 찬반 제시 평가형과 마찬가지로 평가의 기준을 명확하게 제시하고 있다는 점에 유의해야 합니다. 따라서 수험생 개인의 가치 판단에 따른 평가를 하면 절대 안 됩니다.

둘째, 기준 제시 평가형 논제를 해결하기 위해서는 제시한 평가의 기준을 정확히 파악하고 그것에 알맞게 세부적인 내용을 담아야 합니다.

셋째, 평가하는 기준과 평가 결과가 논리적 일관성을 지녀야 합니다.

넷째, 논제에서 요구하는 기준에 맞게 평가 기준을 제시해야 합니다.

3. 제시문 분석 방법

이런 유형의 논제를 해결하기 위해서는 제시문 분석보다는 논제 분석이 우선입니다. 즉 정확한 논제 분석을 통해서 평가의 기준을 파악하는 것이 중요합니다. 평가의 대상은 논제에서 제시하거나 제시문의 내용(논지)가 되는 경우가 많으며 그 기준이 채점 요소로 활동되는 것입니다. 따라서 정확한 논제 분석을 통해서 평가의 기준을 찾고, 그에 따라 평가 대상을 평가하는 것이 중요한 것입니다. 따라서 평가에 활동되는 논거는 평가 기준으로 요구하고 있는 논제 또는 제시문을 활용해야 하는 것입니다.

4. 논제 사례 분석

단국대학교 기출문제

※ 제시문 [가], [나], [다]의 논지 및 [자료]를 활용하여 [라]의 현상을 비판하시오. (600자 내외)

[가] 이상이나 문화나 다 같이 사람이 추구하는 대상이 되는 것이요, 또 인생의 목적이 거기에 있다는 점에서 동일하다. 그러나 이 두 가지가 완전히 일치되는 것은 아니니, 그 차이점은 여기에 있다. 즉, 문화는 인간의 이상이 이미 현실화된 것이요, 이상은 현실 이전의 문화라 할 수 있을 것이다. 어쨌든 이 두 가지를 추구하여 실현하는 데에는 지식이 필요하고, 이러한 지식의 공급원으로는 다시 서적이란 것으로 돌아오지 않을 수가 없다. 문화인이면 문화인일수록 서적 이용의 비율이 높아지고, 이상이 높으면 높을수록 서적 의존도가 높아지는 것이다.

[나] 지금 우리는 '말'의 시대를 지나 '글'의 시대를 거쳐 '이미지'의 시대를 살아간다. 글의 시대에 정보 저장과 전달의 효율성을 위하여 의도적으로 억압되었던 '형상성'은 이미지의 시대에 다시 그 모습을 드러내고 있다. 언어를 통해서만 세계를 개념화하고 사고를 논리적으로 전개할 수 있다는 주장은 설득력을 잃었다. 언어의 기술적 한계를 인간 사고의 특성으로 알았던 오해가 풀린 것이다.

[다] 제한된 경험 세계에서의 인간의 일회적 삶의 한계를 초월할 수 있는 유일한 방법은 책을 통해서 인간의 다양한 삶과 그 진실들을 접하며 그 삶들과 그 진실들을 간접 체험하는 것이다. 책을 통한 이러한 다양한 삶의 간접 경험은 삶의 여러 가지 가능성을 우리에게 열어 보임으

로써 우리 자신의 삶을, 나아가 더불어 사는 삶을 보다 풍요롭고 바람직한 것으로 만들어 줄 수 있는 것이다.

[라] 책을 읽는 일은 영화나 TV시청에 비할 수 없을 정도로 따분하고 성가시며 귀찮고 골치 아픈 노동이다. 하지만 독서는 영상 매체로서는 도저히 감당하기 어려운 효용성을 가지고 있다. 영상은 우리의 상상력을 구속하지만 독서는 무한정한 상상의 세계로 우리를 친절히 이끈다. 영상 매체를 나르시스의 앞에 놓인 거울로 비유할 수 있다면, 책은 가부좌를 틀고 앉은 달마 앞의 거대한 벽이라 할 수 있다.

[자료]

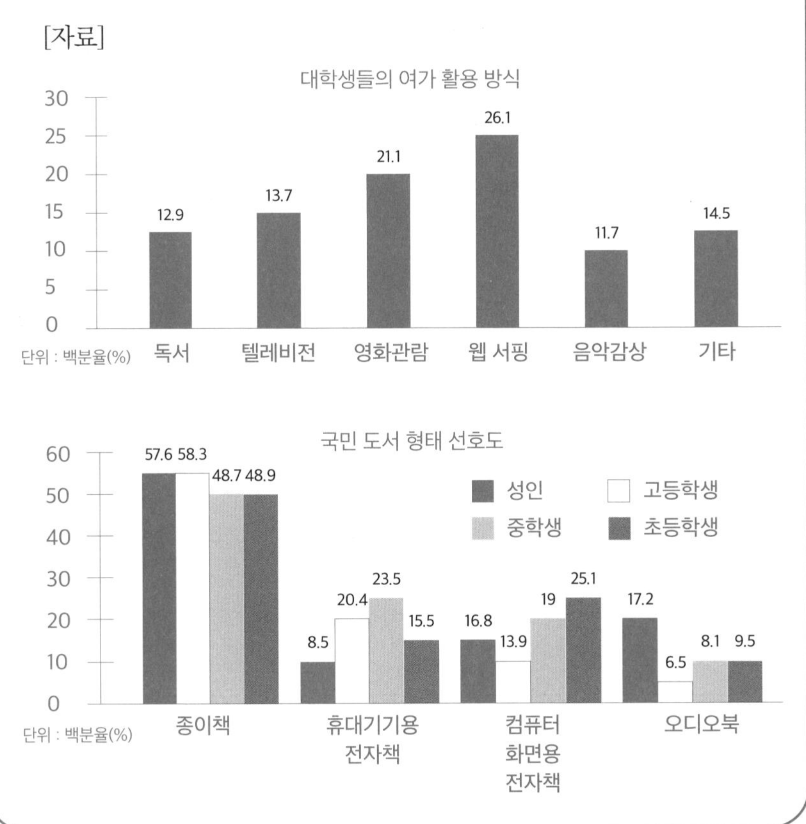

1) 논제 분석

무엇을?	[라]의 현상을
어떻게?	비판하라
조건은?	• 답안분량은 띄어쓰기 포함 600자 내외로 할 것. • [라]의 현상을 비판할 때, 제시문 [가]~[다]의 논지와 [자료]를 활용할 것.

2) 답안 작성 요령

STEP 1 : 제시문을 분석하여 평가의 기준을 정확하게 파악하라

앞서 설명해 드렸듯이 이런 유형의 논제를 해결하기 위해서는 평가의 기준을 정확하게 파악하는 것이 중요합니다. 그리고 그 기준을 평가 대상에 정확하게 적용하여 평가하면 됩니다. 여기서는 [가]~[다]의 논지와 [자료]를 평가 기준으로 제시하고 있기 때문에 일단 제시문과 자료를 정확하게 분석하는 작업이 필요합니다. 다음에서 제시문을 분석해 보겠습니다.

제시문	내용
가	• 이상과 문화는 모두 사람이 추구하는 것이다. • 문화는 인간의 이상이 이미 현실화된 것이고, 이상은 현실 이전의 문화라 할 수 있다. • 이 두 가지를 추구하여 실현하는 데에는 지식이 필요하고, 이 지식의 공급원이 서적이다. • 따라서 문화인일수록 서적 이용의 비율이 높아지고, 이상이 높을수록 서적 의존도가 높아지는 것이다.
나	• 지금은 '말'의 시대를 지나 '글'의 시대를 거쳐 '이미지'의 시대이다. • 언어의 기술적 한계를 인간 사고의 특성으로 알았던 오해가 풀리고 있다.

제시문	내용
다	• 책은 인간의 일회적 삶의 한계를 초월할 수 있는 간접 체험이다.
라	• 독서는 TV시청에 비해 따분하고 성가시며 귀찮고 골치 아픈 노동이다. • 하지만 영상은 우리의 상상력을 구속하지만, 독서는 무한정한 상상의 세계로 우리를 이끌기 때문에 영상 매체보다 뛰어난 효용성을 가지고 있다.

다시 한 번 정리하자면 [가]에서는 독서의 필요성을 밝히고 있으며, [나]에서는 이미지가 글의 한계를 극복할 수 있다고 주장하고 있고, [다]에서는 간접 체험의 유일한 방편이 독서라고 주장하고 있습니다. 또한 [라]에서는 독서는 영상매체에 비해 노력이 들긴 하지만 무한한 상상력을 자극하는 효용성이 뛰어난 방법이라고 평가하고 있습니다.

다음으로 [라]에 제시된 [자료]를 분석하면 크게 두 가지의 내용으로 구분할 수 있습니다.

- 대학생들의 여가 활용 방식에서 독서가 차지하는 비중이 상대적으로 낮고, 영화관람이나 웹서핑의 비중이 상대적으로 높다.
- '국민 도서 형태 선호도'에서 종이책뿐만 아니라 다양한 매체도 읽기와 관련을 맺고 있다.

이 두 자료를 바탕으로 '독서 현상'도 매체 변화에 따라 그 의미가 변화함을 알 수 있습니다.

STEP 2 : 근거와 평가과정을 정확하게 연결하여 자신의 주장을 전개하라

다음으로 평가 대상이 되는 [라]의 현상 파악이 필요합니다. [라]에서는 영상 매체와 독서를 구분하고, 독서는 상상력의 측면에서 영상 매체가 감당할 수 없는 효율성을 가지고 있다고 주장하고 있습니다.

한편 이런 유형의 논제에서 중요한 것은 수험생이 선택한 논지 및 주제 자체는 평가 대상이 아니라는 점입니다. 예를 들어 [나]의 논지를 수용하여 형상성과 이미지가 언어의 한계를 극복한다는 차원에서 논지를 전개한다면, '대학생들의 여가 활용 방식'을 부정적으로 해석하고 '국민 도서 형태 선호도'의 전자책에 대한 선호 정도를 고려하여 여가 활용 방식 개선을 논할 수도 있을 것입니다.

또한 [다]의 관점에서 상상력을 기르기 위한 차원에서 독서의 중요성만을 옹호한다면, '대학생들의 여가 활용 방식'에 나타난 영화 관람이나 웹 서핑의 높은 비중이 '국민 도서 형태 선호도'에 나타난 매체 변화 양상과 직접적인 관련이 있다고 논술할 수도 있습니다.

여기서 중요한 것은 근거와 평가 과정입니다. 정확한 근거로 제대로 비판했다면 어느 방향이든지 상관이 없는 것입니다. 그럼 이상의 내용을 바탕으로 모범답안을 작성해 보기로 하겠습니다.

[나]의 논지를 활용

[가]에서는 이상과 문화를 추구하기 위해서는 서적이 중요함을 강조하고 있다. 그런데 [나]에서는 오늘날 말과 글의 시대를 지나 형상성과 이미지가 중시되고 있으며, 이들 요소로 개념화와 논리적 사고를 보완할 수 있음을 밝혔다. 이에 비해 [다]에서는 간접 경험을 위해서라면 책 읽기가 중요함을 강조하였다.

독서의 의미와 가치를 논의하는 과정에서 [라]에 제시된 현상은, 상상력을 기르기 위한 차원에서 독서는 영상 매체와는 분명 다른 특성이 있으므로 독서를 해야 한다는 것이다. 그러나 [나]의 논지대로 형상성과 이미지는 개념화와 논리적 사고를 저해하는 요소가 아니다. 이를 고려할 때 제시 자료에 나타난 대학생들의 여가 활용 방식은 매체 문화의 변화를 적절히 반영한 결과라고 할 수 있다. 오늘날 많은 학생들은 영화 관람이나 웹 서핑을 통해 지식과 정보를 습득할 수 있다.

문제는 영상 매체를 어떻게 수용할 수 있는가에 있다. '국민 도서 형태 선호도'에서 휴대 기기용이나 컴퓨터 화면용 전자책에 대한 중고등 학생들의 선호도가 높게 나타나듯이, 발달된 매체가 독서 문화를 저해하지 않고 있듯이 영상 매체를 올바르게 읽고 수용하는 방법을 배울 필요가 있다.

[다]의 논지를 활용

[가]에서는 이상과 문화를 추구하기 위해서는 서적이 중요함을 강조하고 있다. 그런데 [나]에서는 오늘날 말과 글의 시대를 지나 형상성과 이미지가 중시되고 있으며, 이들 요소로 개념화와 논리적 사고를 보완할 수 있음을 밝혔다. 이에 비해 [다]에서는 간접 경험을 위해서라면 책 읽기가 중요함을 강조하였다.

독서의 의미와 가치를 논의하는 과정에서 [라]에 제시된 현상은 상상력을 기르기 위한 차원에, 독서는 영상 매체와는 분명 다른 특성이 있으므로 독서를 해야 한다는 것이다. 영화나 텔레비전은 단순히 보는 데 그치지만, 독서는 책을 읽고 이해하고 추론하며 비판하는 사고 과정을 필요로 한다. 이 점에서 [라]글의 주장은 타당성을 지닌다.

이러한 관점에서 대학생들의 여가 활용 방식에 대한 조사 결과에서 영화 관람이나 웹 서핑의 비중이 높게 나타나는 사실은 우려할 만한 현상이다. 이를 고려할 때 독서에 대한 대학생들의 인식 변화가 필요하다. 독서는 종이책을 읽는 것에만 한정되지 않는다. '국민 도서 형태 선호도'조사자료에서 휴대용 기기나 컴퓨터 화면용 전자책에 대한 중고생들의 선호도가 높게 나타나고 있듯이, 매체가 변화함에 따라 독서의 가치에 대한 인식이나 독서 방법에도 변화가 필요하다.

충분히 이해되셨나요? 다음 연습문제를 통해 위에서 이해한 내용을 학습해 보겠습니다.

실력향상을 위한 연습문제

단국대학교 기출문제

※ 제시문 [가]의 논지를 바탕으로 '지식 탐구의 태도'라는 측면에서 [나]와 [다]에 제시된 방식의 장단점을 설명하시오. (600±50자)

[가] 지속적인 혁신이 이루어지는 무한 경쟁의 세계에서 자신의 태도와 기술을 최적화하지 않으면 성공의 기회를 잡기 힘들다. 이제 새로운 세상에 적응하는 건 선택 사항이 아닌 필수 조건이 되었다. 그러니 우리는 그 변화를 즐겨야 한다. 변화된 세상은 우리의 우려만큼 그리 두려운 것은 아니다. 정치, 경제, 교육, 가족 관계 등 모든 분야가 변화의 물결 앞에 서 있다. 특히 개인과 조직이 변화에 적응할 수 있는 제반 조건들을 갖추고 있는 경우에는 그 조건을 적절히 활용하는 것이 중요하다. 하지만 이러한 적응은 말처럼 쉽지 않다. 인간이 사회적 상황이나 환경의 변화에 대처하는 태도는 크게 두 가지로 나누어 볼 수 있다. 하나는 기존의 생활 방식이나 전통을 존중하여 유지하려는 방식이고, 다른 하나는 자신과 사회를 변혁하려는 방식이다. 어떤 경우는 전자의 방식을 취함으로써 안정감을 유지할 수도 있고, 어떤 경우는 후자의 방식을 취함으로써 획기적인 진보를 이루어 낼 수도 있다.

[나] 경로의존성path dependence이란 일정한 경로에 의존하기 시작하면 나중에 그 경로가 비효율적이라는 것을 알고도 여전히 그 경로를 벗어나지 못하는 사고의 관습을 일컫는 말이다. 즉 어떤 제도나 조직도 일단 생기고 나면 여간해선 없애거나 바꾸기 어렵다는 것이다. 컴퓨터 자판의 왼쪽 맨 위 알파벳 배열은 QWERTY로 되어 있다. 자음과 모음이

뒤섞인 이 배열은 원래 수동 타자기 시절에 글자 엉킴을 방지하기 위해 빨리 치지 못하도록 고안된 것이다. 이후 타자기 제조 기술이 발전하여 글자 엉킴 현상이 극복되어 쿼티QWERTY방식보다 더 효율적인 드보락DVORAK자판 배열이 개발되었다. 그러나 드보락은 기존에 익숙한 타자 습관의 장벽으로 인하여 보급되지 못하였다. 이렇듯 우리가 지식을 얻는 행위도 대부분의 경우 주변 사람들이 동의하고 또 그렇게 알고 있는 많은 지식들을 있는 그대로 받아들이는, '사회화 과정'이라고 할 수 있다. 우리는 그 사회가 인정한 지식을 학습하고 당연한 것으로 여기며 의심하지 않고 따르는 경향이 있다.

[다] 창조적 파괴creative destruction란 조셉 슘페터Joseph Schumpeter가 그의 저서 『경제발전론』에서 처음으로 제시한 개념이다. 그는 창조적 파괴를 기업가가 기술 혁신을 통해 낡은 것을 버리고 새로운 것을 창조하여 변혁을 일으키는 혁신의 과정으로 정의하고, 이를 자본주의 경제 발전의 원동력으로 보았다. 한편 애플의 파괴적 혁신으로 시작된 모바일 혁명은 오늘도 진화하고 있으며 우리 일상의 모습을 바꾸고 있다. 최근 우리에게 다가온 위키피디아, 페이스북, 카카오톡 등 각광을 받는 상품들도 크고 작은 혁신의 산물이다. 이러한 변화와 혁신은 개인과 조직이 창의적이고도 유연한 태도를 가짐으로써 성취되었다. 반면 세계적 기업 코가콜라는 소비자 선호를 잘못 파악한 결과 회사의 명운을 걸 정도의 위기에 봉착한 적이 있었다. 1985년 당시 코카콜라는 청량음료 시장을 석권하기 위하여 새로운 코카콜라의 맛을 소비자에게 선보이겠다며 연구한 결과, 코카콜라가 가지고 있는 톡 쏘는 맛이 소비자들에게 부담이 된다는 결론을 내리고 이 맛이 약간 덜한 상품을 내놓았다. 그러나 클래식

코카콜라를 마실 권리를 달라는 애호가들의 거센 저항에 부딪히고 말았다.

1) 논제 분석(빈칸을 채워 보세요)

무엇을?	[나]와 [다]에 제시된 방식의 장단점을
어떻게?	
조건은?	• 답안분량은 띄어쓰기 포함 600±50자로 할 것. • 제시문 [가]의 논지를 바탕으로 '지식탐구의 태도'라는 측면에서 설명할 것.

2) 제시문 분석

본 논제에서는 '[가]의 논지를 바탕으로' '지식탐구의 태도라는 측면'에서 설명하도록 요구하고 있으니 무엇보다도 [가]의 정확한 독해가 필요합니다. 일단 [가], [나], [다]의 내용을 간단히 분석해 보세요.

제시문	내용
가	• • •

제시문	내용
나	• • •
다	• • •

선생님이 작성한 것과 비교해 보세요.

제시문	내용
가	• 지속적인 혁신이 이루어지는 무한 경쟁의 사회에서 성공의 기회를 잡기 위해서는 자신의 태도와 기술을 최적화해야 한다. • 세상에 적응한 것은 선택이 아니라 필수이다. • 사회적 상황이나 환경의 변화에 대처하는 태도는 두 가지로 나누어볼 수 있다. 하나는 기존의 것을 유지하는 방식이고, 다른 하나는 자신과 사회를 변혁하려는 방식이다.
나	• 경로의존성 : 일정한 경로에 의존하기 시작하면 나중에 그 경로가 비효율적이라는 것을 알고도 여전히 그 경로를 벗어나지 못하는 사고의 관습을 일컫는 말 • 우리가 지식을 얻는 행위도 '사회화 과정'(주변 사람들이 동의하고, 또 그렇게 알고 있는 많은 지식들을 있는 그대로 받아들이는 것)이라 할 수 있다. • 우리는 그 사회가 인정한 지식을 학습하고 당연한 것으로 여기며 의심하지 않고 따르는 경향이 있다.

제시문	내용
다	• 창조적 파괴(조셉 슘페터) : 기업가가 기술 혁신을 통해 낡은 것을 버리고 새로운 것을 창조하여 변혁을 일으키는 혁신의 과정 • 창조적 파괴의 성공사례(애플, 위키피디아, 페이스북, 카카오톡)와 실패 사례(코카콜라)

[가]에서는 사회적 상황이나 환경의 변화에 대처하는 두 가지 태도를 설명하고 있습니다. 하나는 기존의 것을 유지하려는 방식이고, 다른 하나는 자신과 사회를 변혁하려는 방식입니다. 또한 논제에서는 [가]의 논지를 '지식 탐구의 태도'라는 현실 사례에 적용하기를 요구하고 있습니다. 즉, 지식과 정보를 습득하는 지식 탐구의 과정에서 이 두 가지 사회적 상황이나 환경 변화에 대처하는 태도가 어떻게 적용될 수 있는지를 설명해야 합니다.

이를 위해서는 [나]와 [다]의 정확한 논지 파악도 필요합니다. [나]는 '경로의존성', '사고의 관습' 등을 유지하고자 하는 태도를 파악하며, [다]에서는 '고정관념을 버리고 변화와 혁신에 대응하는 태도'를 파악할 수 있습니다.

3) 근거와 평가과정(제시문 [나], [다]와 제시문 [가]의 관계)을 연결해 보세요.

제시문	[가]에서 설명한 두 가지 태도
나	
다	

선생님이 한 것과 비교해 보세요.

제시문	[가]에서 설명한 두 가지 태도
나	기존의 것을 유지하려는 방식
다	자신과 사회를 변혁하려는 방식

다음으로 답안을 작성하기 위해서는 [나]와 [다]에서 제시된 두 가지 방식을 서로 비교하고, 그것을 지식 탐구의 태도([가]에서 설명한 두 가지 태도)와 연관 지어 설명해야 합니다. 결국 위의 분석대로라면 [가]의 '기존의 것을 유지하려는 방식'은 [나]에서 설명하고 있는 '경로의존성'과 연결시킬 수 있을 것이고, [다]에서 설명하고 있는 '창조적 파괴'는 [가]의 '자신과 사회를 변혁하려는 방식'과 연결시킬 수 있을 것입니다.

그럼 지금까지의 내용을 바탕으로 최종답안을 작성해 보세요.

40
80
120
160
200
240
280
320
360
400
440
480
520
560
600

640

680

720

760

800

840

880

920

960

1000

1040

1080

1120

1160

1200

어려우셨나요? 이번 문제는 선생님이 제시한 답안과 비교해보고 검토해 보시기 바랍니다.

제시문 [가]에서는 사회적 상황이나 환경의 변화에 대처하는 두 가지 방식을 설명하고 있다. 하나는 기존의 관습을 존중하는 태도이고, 다른 하나는 기존의 것을 변혁하려는 것이다. [나]에 나타난 '경로의존성'현상은 전자의 태도와 마찬가지로 기존의 사고방식을 고수하려는 태도와 밀접한 관련을 맺고 있으며, [다]에서 설명한 '창조적 파괴'는 고정관념을 탈피하여 새로운 변혁을 시도하려는 태도와 밀접한 관련을 맺고 있다.

우리의 지식 탐구에서도 이러한 현상은 흔히 발견할 수 있다. 많은 사람들은 지식과 정보를 습득하는 과정에서 기존의 사고방식이나 환경에 익숙해져 있다. [나]에 나타난 경로의존성은 획기적인 변화를 도모할 수는 없으나 안정적인 지식과 정보 습득에 도움이 된다. 이에 비해 [다]에 나타난 혁신적인 사고는 새로운 창조를 가능하게 할 수는 있으나 변화를 위한 노력과 투입 비용에 상응하는 기대효과를 보장하기는 어렵다.

이러한 관점에서 지식 탐구에서 지녀야 할 바람직한 태도는 기존 질서와 창조의 관계를 바르게 이해하는 일이다. 창조는 기존 질서의 한계를 극복하고 새로운 질서를 만들고자 하는 노력이기도 하다. 기존 질서를 이해하는 일과 새로운 질서를 창조하려는 노력은 배타적인 것이 아니다.

유형 다섯

논술형 논제를 풀어보자

논술형 논제 이해하기

논술형 논제란 논제에 제시된 문제적 상황에 대해 개선 방안이나 해결 방안을 제시하거나, 자신의 견해를 논리적으로 서술하는 논제를 말합니다. 기본적으로 논술형 논제는 제시문이나 논제에서 주어진 사항에 대한 자신의 생각을 진술하되, 그것을 논리적인 근거를 통해 합리화하는 과정을 수반한다고 할 수 있습니다. 따라서 논술형 논제는 수험생의 논증 능력 문제해결 능력, 창의력 등을 종합적으로 평가하는 논제로 주로 논제 세트의 후반부에 등장하거나 마지막 문항으로 제시되는 경우가 많습니다. 또, 다른 유형의 논제에 비해 상대적으로 수험생의 사고가 자유롭게 구성되고 제시되는 특성을 갖고 있기도 합니다.

하지만 논술형 논제가 상대적으로 수험생의 열린 사고를 요구한다고 할지라도 수험생의 생각을 마냥 자유롭게 제시할 수 있는 것은 아닙니다. 대개 개선 방안이나 해결 방안을 제시하는 논제의 경우, 제시문의 내용을 참고하도록 요구하는 경우가 많고, 특정한 문제 상황에 대한 자신의 견해와 논증 과정을 요구하는 논제에서는 이미 수험생이 선택할 수 있는 견해가 두세 가지로 제한되고 그와 관련한 논거도 제시문에 포함되어 있는 경우가 대부분이기 때문입니다. 결국 논술형 논제는 주어진 문제적 상황에 대한 개선 방안이나 수험생의 견해, 논증 과정 등을 제시하되 제시문의 내용과 논제의 지시를 충분히 반영하여 답안을 작성해야 합니다.

한편, 이와 같은 속성을 지닌 논술형 논제는 제시문이나 논제에 제시된 문제적 상황에 대해 개선 방안이나 수험생의 견해, 논증 과정 등을 제시하는 대안 제시 논술형 논제와 주어진 실험적 상황에 대해 수리적 논증 과정을 제시하는 상황 해결 논술형 논제로 나누어 볼 수 있습니다.

대안 제시 논술형 논제 해결하기

1. 개요

대안 제시 논술형 논제는 주로 제시문에 주어진 사회의 문제적 상황에 대한 개선 방안이나 해결 방안을 제시하거나 그러한 문제적 상황에 대한 수험생의 견해를 제시하는 논제 유형을 말합니다. 대안 제시 논술형 논제는 문제적 상황을 개선하거나 해결하는 구체적 방안이나 대책을 제시할 것을 요구하기도 하지만 대략적인 방향을 모색하라는 경우도 있습니다. 또 주어진 상황에 대한 두세 가지의 견해를 소개하고 이와 관련하여 자신의 입장을 밝히고 이를 논증 과정을 통해 설득력 있게 제시할 것을 요구하는 경우도 있습니다.

2. 논제 분석 방법

대안 제시 논술형 논제를 해결하기 위해서는 우선 논제가 무엇에 대한 내용을 당고 있으며. 그것이 사회적으로 어떤 문제가 있으며 어떤 결과를 초래하고 있는지에 대해 살펴보아야 합니다. 다음의 사례를 살펴보겠습니다.

어떤 논제가 출제 됐을까?

1. (가)의 ‘창조적 파괴’와 (나)의 ‘네거티비즘’ 개념을 적용하여, (라) 글에서 문제시되고 있는 상황에 대한 합리적이고 창조적인 해법을 논술하시오. (건국대학교 기출문제)
2. 제시문 (다), (라)는 다문화가정과 관련해 공통된 문제점을 지적하고 있다. 이 문제점이 어떻게 극복될 수 있는지 제시문 (마)를 근거로 논술하시오. (경희대학교 기출문제)
3. 제시문 (나), (다), (라)를 활용하여 (가)의 ‘우리’가 나아갈 방향에 대하여 서술해보시오. (경기대학교 기출문제)
4. 논제 1과 2의 내용을 바탕으로 제시문 (다)를 읽고 바람직한 성姓 표시 방법에 대하여 서술하시오. (서울대학교 기출문제)
5. 제시문 (가)~(마)를 모두 이용하여, ‘가족개념의 변화와 현대사회에서의 가족의 의미’에 대한 자신의 견해를 논술하시오. (이화여자대학교 기출문제)
6. 1번 제시문을 바탕으로 경제력과 행복의 관계에 관한 당신의 의견을 서술하시오. (아주대학교 기출문제)
7. (라)와 같은 생각을 가진 사람이 대학의 사명에 대해 (나)와 같은 글을 쓴다고 생각하고, “대학의 사명은”으로 시작하는 글을 쓰시오. (성신여자대학교 기출문제)
8. [문제 1]의 두 입장 가운데 한 입장을 선택하여 〈보기〉의 논란에 대해 다음 키워드를 사용하여 자신의 견해를 논술하시오. (성균관대학교 기출문제)

※ 키워드: 운, 노력

※ 보기 : 대부분의 국가에서 상속에 대해서는 별도의 법률과 규정을 마련하여 여타 세율에 비해 상대적으로 높은 세율을 부과하는 경향이 있다, 이는 상속이 대체로 받는 사람의 적극적 노력이 결여된 상태에서 이루어지는

무상 이전의 성격을 지닌다는 사실을 반영하는 것이다. 그런데 상속세율에 대한 사회적 논란이 적지 않아서, 한편에서는 세율을 더 높여야 한다고 주장하는가 하면 다른 편에서는 낮추어야한다고 주장하기도 한다.

9. 제시문 (가)와 (나)에서 밝히고 있는, '오늘의 교육방향 및 이 시대가 요구하는 진정한 인재상'에 대한 의견을 피력하시오. (한국항공대학교 기출문제)

대안 제시 논술형 논제를 살펴보면 위에 제시한 논제의 요구처럼 '해법, 해결방안, 극복 방안. 지향성, 바람직한 방안'등에 대한 수험생의 생각을 묻고 있습니다. 하지만, 여기서 절대적으로 유의해야 점은 수험생 자신의 생각을 자유롭게 논술하는 것이 아니라 조건에 맞게 논술하는 것입니다.

예를 들어 건국대 논술처럼 합리적이고 창조적인 해법을 제시하라고 한다면, 자신이 평소에 생각하는 합리적이고 창조적인 해법을 제시하는 것이 아니라 (가)의 '창조적 파괴'와 (나)의 '네거티비즘 개념'의 범주 안에서 합리적이고 창조적인 해법을 찾아야 한다는 것입니다.

따라서 대안 제시 논술형 논제를 해결할 때는 반드시 논제에 주어진 조건인 '제시문 (나), (다), (라)를 활용', '논제 1과 2의 내용을 바탕으로' 등 논제를 해결할 수 있는 기준이 되는 제시문의 관점을 토대로 논제를 해결해야 하며, 추상적이거나 자의적인 대안을 제시하지 말아야 합니다.

이러한 대안 제시 논술형 논제를 해결하기 위한 실마리를 제시하면 다음과 같습니다.

첫째, 대안은 문제 상황에 대한 적합성, 효율성, 실현 가능성, 구체성을 띠어야 합니다.

둘째, 제시문이나 논제의 지시, 기준에 근거하지 않은 수험생의 자의적 견해나 대안을 답안으로 제시하지 않습니다.

셋째, 대안이나 자신의 견해를 뒷받침하는 논거는 복수로 제시하는 것이 바람직합니다.

넷째, 논증 과정이나 대안으로 제시되는 내용은 기본적으로 논제의 지시와 제시문의 내용을 기반으로 하며, 열린 답안을 명백히 허용하거나 많은 양의 답안 분량을 요구하는 경우에만 자신의 창의적인 대안이나 논거 등을 답안으로 구성할 수 있습니다.

3. 제시문 분석 방법

대안 제시 논술형 논제를 해결하기 위해서는 우선 제시문에 대한 충실하고도 비판적인 독해력이 요구됩니다. 특히 하나의 사건을 여러 가지 관점에서 바라보는 제시문이 주어지면 제시문들 간의 유기적 관련성이 분명하지 않아 더욱 비판적인 독해 능력이 필요하게 됩니다.

이를 토대로 논리적이고 창의적인 글쓰기를 시도해야 하는데 이 과정에서 수험생은 대중매체로부터 나온 정보를 요약하여 제시하거나 일반적이고 정형화된 방안을 제시하는 것은 피해야 합니다.

4. 논제 사례 분석

국민대학교 기출문제

※ [가], [나], [다] 각각의 공통적인 주제를 끌어내고, 이를 바탕으로 [라]에 관한 자신의 관점을 서술하시오. (1,000자±10%)

[가]

[가-1] 국가의 가치는 결국 그 국가를 구성하는 개인들의 가치이다. 개인들의 자생적 역량 함량으로 얻는 이익을 무시하고 세세한 부분까지 국민 편익을 조금 더 향상시켜 보고자 하는 국가는 비록 선의의 의도를 가지고 있다 하더라도 결국 국민을 왜소하게 만든다. 국가라는 큰 기계가 더 원활하게 돌아가도록 만든다는 명분으로 국가가 개입하지만 아무에게도 그 기계를 돌릴 힘이 남아 있지 않을 수도 있다.

[가-2] 시장 질서는 자연발생적 질서의 전형이다. 시장에서는 각 개인이 추구하는 목적이 서로 다르다는 그 이유 때문에 모두 다른 사람의 노력으로부터 이득을 얻을 수 있다. 자신의 이익을 추구하는 개인은 다른 사람의 욕구를 충족시키는 방향으로 움직이며, 그 결과 모든 개인이 각각 추구하는 목적을 달성할 수 있는 가능성이 열린다. 정부가 시장에 개입하여 어느 한 쪽을 편들면 다른 편은 희생을 하니 정의롭지 못하다. 그리하여 사회 정의를 다시 세우고자 하는 요구는 또 다른 국가의 개입을 불러와 국가 권력은 비대화의 길로 치닫고 급기야 개인의 자유를 제약하는 최대의 위협이 된다.

[나]

[나-1] '말들의 나라'에서 야후들이 서로 싸우는 이유는 영국인들의 그것과 매우 비슷하다. 주인은 다섯 마리의 야후들에게 오십 마리가 먹

고도 남을 만큼의 음식을 던져 주어도 그들은 서로 독차지 하겠다고 고집을 부리며 싸울 거라고 했다. 그 나라의 들판에는 여러 모양으로 빛나는 돌이 있었다. 야후들은 그 돌을 너무 좋아했다. 빛나는 돌이 땅속에 묻혀 있는 것을 발견하면, 미친 듯이 파서 집에다가 무더기로 숨겨 놓곤 했다. 그리고는 누가 훔쳐갈까 봐 항상 노심초사했다. 주인은 그런 돌이 야후들에게 무슨 쓸모가 있는지 알 수 없다고 했다. 또 특이하게도 야후들은 집에서 마련해 준 좋은 음식보다 먼 곳에서 빼앗거나 훔친 음식을 더욱 좋아한다는 것이 주인의 설명이었다.

[나-2] 국내에서 제일 비싼 양모가 생산되는 지방을 보십시오. 그 지방에서는 귀족, 신사, 심지어 거룩한 수도원장들까지도 넘치는 수입과 쾌락적 생활에 만족하지 않고 농경지를 없애는 온갖 몹쓸 짓을 하고 있습니다. 만족할 줄 모르는 욕심쟁이 하나가 사기, 기만, 협박 등으로 농부들을 쫓아내고 수천 에이커의 토지를 담장으로 둘러 쳐 목초지로 만듭니다. 생계의 터를 떠난 농부들은 객지를 떠돌다 싸게 처분한 땅값마저 떨어지면 도둑질을 할 수밖에요. 양모 값도 너무 올라서 천을 짜던 가난한 사람들이 이젠 원재료를 살 수 없게 되었습니다. 양의 수가 아무리 불어나도 파는 사람이 소수라서 값이 조금도 내리지 않거든요. 식료품 값이 비싸니 사람들은 되도록 생계비를 줄이고, 손님 접대를 안 하니 하인들을 내보내게 됩니다. 이래서 몇몇 사람의 지나친 욕심이 당신들의 섬을 파멸로 이끄는 원인이 되었습니다. 윤리도 땅에 떨어집니다. 부자나 구걸하는 자나 재주껏 마시고 떠들고 법석을 떱니다. 돈이 떨어지면 곧장 도둑질하러 나갈 게 뻔합니다. 처벌을 받겠지만 이건 당신들이 도둑을 만들어 놓고 다시 그 도둑을 처벌하는 꼴입니다.

[다]

[다-1] 구속이 없는 곳, 방종의 열광이 있는 곳에서 영혼이 자유로워지는 일은 없다. 법에 복종하지 않은 채 자유를 얻는 것은 불가능하다. 자유란 하프에 매인 줄과 같다. 하프가 아름다운 선율을 울릴 수 있는 것은 줄이 팽팽함을 유지할 때뿐이다. 적당하게 긴장되지 않은 하프 줄이란 그저 하나의 끈일 뿐이다. 인간이 짊어져야 할 책임의 최고 낮은 음과 최고 높은 음 사이의 줄들이 진리의 법칙을 좇아 잘 조율될 때에만 영혼은 자유를 누린다.

[다-2] 계약이라는 제도 덕분에 사람들은 신뢰의 기반이 없는 낯선 이들과도 일할 수 있게 되었다. 그러나 계약에 더하여 신뢰가 결합될 경우에 더 효과적으로 일할 수 있다. 신뢰는 협상과 분쟁 해결에 소요되는 비용을 크게 줄이고 거래에서 일어나는 모든 상황을 장황하게 문서로 남길 필요가 없게 만든다. 국민이 서로 신뢰하는 국가는 궁극적으로 법과 개인의 자율에 기초한다. 신뢰는 가장 중요한 사회적 자본이다. 신뢰야말로 민주주의와 시장 경제를 활성화시키는 숨은 자본이다.

[라]

국회는 골목상권을 보호하기 위해 대형할인점 및 기업형 슈퍼마켓SSM의 무분별한 확장을 차단하는 관련법을 통과시켰다. 이에 따라 지자체가 지정한 전통상업보존구역의 지정된 거리 이내에서는 더 이상 대형할인점과 SSM이 들어올 수 없게 되었다.

[마]

사람들은 가상 공간에서만 존재하는 가상 현실과 실제 현실을 혼동하여 부적응의 문제를 일으키기도 한다. 그 결과, 서로 다른 질서가 작동 중인 두 공간 사이를 넘나들면서 개인적으로 자아의 혼돈과 위기를 경험하게 된다. 경우에 따라서는 사회적 혼란으로까지 발전하여 매우 심각한 양상을 띨 수도 있다. 가상 공간에서의 사이버 공동체가 유지, 활성화되기 위해서는 네트워크와 익명성의 방패 뒤에 숨은 개인의 정체성 실험 및 자아 확장의 욕구가 절제되어야 하며 가상 공간의 윤리를 정립할 필요가 있다. 가상 공간이 분명히 현실 세계와 구별되는 특징을 가지고 있지만, 결국 인간이 참여하는 상호 작용의 장이라는 점에서는 현실 세계와 상당한 공통점을 가지고 있다. 가상 공간에서의 윤리도 결국 자율과 책임, 상대방의 존중이라는 현실 세계의 윤리로부터 실마리를 찾을 수밖에 없다. 이 열쇠는 바로 가상 공간의 주인인 네티즌들이 쥐고 있다.

1) 논제 분석

무엇을?	① [가], [나], [다] 각각의 공통적인 주제를	② [라]에 관한 자신의 관점을
어떻게?	① 이끌어내시오	② 서술하시오
조건은?	• 답안분량은 1,000자±10%로 서술할 것. • ①을 바탕으로 ②를 수행할 것.	

2) 답안 작성 요령

STEP 1 : 비판적 읽기를 통해 제시문들 간의 유기적 관련성을 찾아라

이 논제는 비교 분석형 논제와 대안 제시 논술형 논제가 융합된 형태입니다. 이 논제의 의도는 여러 지문들의 주제를 파악하여 종합적으로 이해하는 능력과 그러한 이해를 바탕으로 현상 문제를 다각도로 살펴보는 응용력을 평가하려는 것입니다. 독해력은 [가], [나], [다]의 공통적인 주제를 끌어내는 과정에서 평가할 수 있으며, 응용력은 이를 제시문 [라]의 현상에 적용하는 과정에서 평가할 수 있습니다. 먼저 제시문들 간의 유기적 관련성을 찾기 위해서는 핵심을 간파할 수 있는 비판적 읽기가 중요합니다.

[가-1]은 국가의 가치(경쟁력) 측면에서, [가-2]는 시장질서의 유지라는 측면에서 국가가 개인에 개입하는 것은 옳지 못하다고 주장하고 있습니다. 곧 제시문 [가]의 경우 사회는 자유로워야 한다는 주장을 하고 있는데 이를 달리 표현하면 국가 혹은 정부의 개입을 최소화해야 한다는 것으로 볼 수 있습니다.

[나-1]은 걸리버 여행기에 등장하는 야후의 탐욕이 인간 본성으로서의 탐욕이라는 것이고 [나-2]는 시장에서의 인간의 탐욕이 사회를 망가뜨리는 과정을 보여주고 있습니다. 곧 제시문 [나]의 공통된 논지는 인간은 탐욕스럽다는 것이라 볼 수 있습니다.

[다-1]은 진리의 법칙을 좇을 때에만 영혼은 자유를 누린다고 하고 [다-2]는 국민이 서로 신뢰하는 국가는 궁극적으로 법과 개인의 자율에 기초한다는 주장을 하고 있습니다. 곧 제시문 [다]의 경우 자율적 구속이 있어야 오히려 자유로울 수 있다는 주장을 하고 있습니다.

STEP 2 : 반드시 제시문의 범주 안에서 단서를 찾아 연결하라

이 논제에서는 '자신의 관점을 서술'하라고 하고 있지만, 여기서 절대적으로 유의해야 점은 수험생 자신의 생각을 자유롭게 논술하는 것이 아니라 조건에 맞게 논술해야 합니다.

앞서 설명한 것처럼 대안 제시 논술형 논제를 해결할 때는 논제를 해결할 수 있는 기준이 되는 제시문[가], [나], [다]의 관점을 토대로 논제를 해결해야 하며, 추상적이거나 자의적인 대안을 제시하지 말아야 합니다.

이 같은 원칙을 가지고 먼저 [가]와 [나]를 연결하면 "인간은 탐욕스러운 존재인데 어떻게 자유를 부여할 수 있을까?"라는 의문이 생기게 됩니다. 탐욕은 국가의 가치를 망가뜨리고 시장 질서를 교란하게 될 것이며 이를 막으려면 국가의 개입이 필요합니다. 그런데 국가가 개입되면 자유가 억압되어 국가의 가치가 저하되고 시장질서는 무너지게 됩니다. 결국 그것을 막고 자유의 가치를 유지하기 위해서는 [다]에서 얘기하는 자율적 규제가 있어야 한다는 것을 알 수 있습니다.

그럼 다시 [라]를 여기에 적용시켜 보겠습니다. 대형 유통업체는 골목상권까지 출점의 자유를 원하고 있는데 이는 제시문 [나]에서 말하는 탐욕이라 볼 수 있습니다. 그리고 이를 규제하기 위한 정부의 규제인 유통법 제정은 [가]에서 말하는 자유의 가치를 훼손시킬 수 있고 골목상권을 더 왜소화시킬 수도 있습니다. 결국 탐욕은 모두의 가치를 저하시키므로 [다]의 논지에 따라 절제를 통해 신뢰를 회복해야 한다고 주장할 수 있습니다.

다음에서 이상의 내용을 고려한 모범 답안을 살펴보도록 하겠습니다.

> 제시문 [가]는 개인과 그것이 중심이 되는 시장질서의 가치를 제시한다. [가-1]은 어떠한 선의를 가지고 있다할지라도 국가의 개입은 개인의 자발성을 훼손시켜 결국 국가 자체의 존립 위험성으로 이어질 수 있음을 경고한다. [가-2]는 각 개인의 추구가 모든 이들의 만족으로 이어지는 시장질서의 효용성을 제시하고 있다. 반면 제시문 [나]는 인간의 탐욕을 보여준다. [나-1]은 자신에게 필요한 것 이상의 음식과 쓸모없는 돌을 탐하는 야후에 빗대어 인간의 무분별한 탐욕을 풍자한다. [나-2]는 상층부 소수의 끝없는 욕심으로 공동체 전체가 파멸에 이르

게 되는 상황을 묘사하고 있다. 즉 탐욕이 바탕이 된 인간의 방종을 보여주면서 강제적 규율이 필요함을 암시하고 있다. 그런 [나]의 논조는 [다]로 이어지는데, 자유란 적절한 규율이 있을 때 제대로 작동되며, 특히 타인과의 관계, 사회 경제적 활동에 있어서 자율적인 규제를 통한 상호 신뢰가 사회의 무형 자본이라는 점을 언급하고 있다. [다-1]은 방종이 구속에 의해 조율될 때 진정한 자유에 이를 수 있음을 보여주고 있고, [다-2]는 법과 자율에 의해 산출되는 사회적 자본으로서의 신뢰의 중요성을 설명하고 있다. 즉 제시문 [다]는 진정한 자유와 신뢰의 조건을 말해주고 있다.

위의 제시문들을 종합해볼 때, 인간은 본능적으로 탐욕적일 수 있지만 이것이 자율적으로 조율될 때, 신뢰의 질서가 가능해 진다는 사실을 알 수 있다. 또한 이 질서 내에서는 각 개인의 추구가 전체의 만족으로 이어지는 시장의 원리가 작동한다.

제시문 [라]에서 언급하고 있는 대형할인점 및 기업형 슈퍼마켓의 무분별한 확장 문제도 자율과 신뢰를 바탕으로 시장질서 안에서 해결될 수 있도록 노력할 필요가 있다. 대기업이 상권을 독점했을 때 시장에 야기될 수 있는 부작용을 고려해야 한다. 이와 동시에, 대기업의 횡포에 대항하는 중소상인들의 입장을 충분히 이해하면서도 시장에서 더 좋은 상품을 더 낮은 가격으로 구입할 수 있는 소비자들의 권리도 함께 헤아려야 한다. 따라서 외부에서 '무분별하게' 개입하기보다는 시장질서가 자율적으로 건강하게 작동될 수 있도록 세심하게 배려할 때 보다 근원적인 문제해결에 도달할 수 있을 것이다.

다음 연습문제를 통해 위에서 이해한 내용을 학습해 보겠습니다.

실력향상을 위한 연습문제

경희대학교 기출문제

※ 제시문 [다], [라], [마]의 시각에서 제시문 [가]의 주장을 각각 비판하고, 이에 기초하여 공동선을 어떻게 추구하여야 할지를 논술하시오. (701자 이상~800자 이하)

[가] 삶의 질을 중시하는 사회를 만들려면 공적 자본을 활성화하여 공동선the common good을 추구하여야 한다. 유럽 사람들은 오랫동안 개인 소득의 일부를 세금으로 내는 데 자발적 의지를 보여주었다. 심지어 공동체의 삶의 질을 향상시키기 위해 소득의 45퍼센트에서 50퍼센트까지 세금으로 내는 나라도 있다. 그래서인지 유럽에서 의료서비스는 공공의 이익이고, 결과적으로 미국에 비해 유아 사망률은 낮고 기대 수명은 길다. 또한 유럽의 여러 나라들은 미국보다 가난한 사람들을 돕는 데 더 많은 공공기금을 사용하고, 유소년기의 빈곤 비율도 더 낮다. 유럽은 미국과 비교해 치안이 잘 되어 있고, 살인 범죄의 비율도 훨씬 낮으며, 감옥에 수감되는 사람들도 훨씬 적다. 대중교통 체계는 세계 최고 수준이며 환경보호와 관련하여 세계에서 가장 엄격한 규제를 하는 것으로 유명하다.

[나] 강력한 국가가 모든 이에게 두려움의 대상으로 존재하지 않는 상황에서 인간은 전쟁이라고 불리는 상태에 놓일 것이 분명하다. 그러한 전쟁 상태는 만인에 대한 만인의 전쟁을 의미한다. 전쟁 상태에서 인간은 고립되고 비참하고 험악하며 단명하고 짐승 같은 삶을 살아 갈 수밖에 없다. 국가가 등장하는 까닭이 여기에 있다. 천성적으로 자유를 사랑하는 동시에 타인을 지배하기를 좋아하는 인간이 국가의 구속 아래 살

아가고 자기 자신에게 제약과 통제를 가하는 것에 동의하게 되는 궁극적 원인이나 목적 및 동기는, 그들 자신의 생명을 보존하고 그 결과보다 만족스러운 삶을 누리려는 인간 자신의 통찰력에 있다.

[다] 파리는 자유, 평등, 박애의 실험실이었다. 그러나 여인은 그 실험의 대상이 아니었다. 여인은 예외였고, 열외였다. 여인의 두 가지 과잉은 자유, 평등, 박애의 땅에서도 박해의 대상이자 결핍이었다. 과학은 육체를 고독한 해부학 그리고 자연사의 대상으로 영토화했다. 여인의 육체는 이제 "먼 친척"이 환기하던 정서적 혹은 심정적 연민의 대상이 아니었다. 그저 남국의 풀과 나무 그리고 코끼리와 사자의 육체와 동일한 것이었다. 여인을 '인간'이라는 종적 지위에서 끌어내리는 데 복잡한 담론은 필요하지 않았다. '과학' 하나면 충분했다. 과학은 비대한 생식기와 둔부를 열등한 육체의 전형으로 읽었다. 과학은 여인의 작은 뇌도 가만두지 않았다. 기어이 그 뇌의 크기를 문제 삼아 추상력의 결핍으로 몰아 세웠다. 이렇게 과학은 여인의 신체를 정치적으로 독해했다. 자유, 평등, 박애의 수사를 특정한 신체만의 몫으로 할당했다. 여인의 신체에 할당된 몫은 없었다. 파리는 과학의 눈으로 여인의 몸을 유린했다. 관객들은 과학이 규정한 열등한 몸을 일말의 죄의식 없이 하나하나 뜯어보고 싶어 했다. 과학의 탈선을 견디지 못한 여인의 육체는 스물다섯의 짧은 생을 마감했다. 관객의 욕망을 대리한 과학이 마침내 메스를 들었다. 여인의 몸에서 생식기를 들어냈다. 데카르트 것보다 작을 것이라고 추정하던 조그만 뇌도 도려냈다. 크기를 재보니 별반 차이가 없었다. 껍데기만 남은 몸에는 밀랍을 발랐다. 박제의 여인이 이내 미이라로 부활했다. 보티첼리의 비너스로, 이집트의 네페르티티로 화려하게 살아난

것이 아니었다. 칼라하리 사막에 부는 모래바람을 따라 이러저리 떠도는 원주민의 딸로 초라하게 되살아났다. 생식기와 뇌를 적출당한 여인의 몸은 그렇게 박제로 부활하여 그 후로도 약 2세기 가량 제국 관객의 관음증적 욕망을 부추겼다.

[라] 철저한 능력 위주 체제를 향한 진전이 느리게나마 진행되면서 19세기 중반부터 빈자와 부자의 상대적 미덕에 대한 대중의 인식이 변하기 시작했다. 공평한 면접과 시험에 따라 일과 보상이 나누어지자 기득권층이 공직에서 밀려나고 그 자리를 노동계급의 똑똑한 자식들이 채우기 시작했다. 또한 대학입학시험이 부자들의 멍청한 아들딸을 아이비리그 대학에서 몰아내고 그 자리를 가게 주인의 열심히 공부하는 자식이 차지하게 되었다. 지위가 전적으로 부정한 체제의 결과라고 우기기 힘들게 된 것이다. 이처럼 능력과 세속적 지위 사이에 신뢰할 만한 관련이 있다는 믿음이 늘어나면서 돈에도 새로운 도덕적 가치가 부여되었다. 부가 혈연과 연줄을 따라 세대에서 세대로 내려가던 때에는 돈이 부자 부모에게 태어났다는 것 외에 어떠한 미덕도 증명할 수 없었다. 그러나 명예와 부를 수반하는 일자리를 자신의 지능과 능력을 통해 얻을 수 있는 능력주의 사회에서는 이제 부가 품성의 온당한 지표로 여겨질 수도 있게 되었다.

[마] 1990년 '세계자원연구소'는 지구온난화에 대한 전 지구적 대처를 촉진하기 위해 각국의 연간 온실가스 순 배출량을 연구하여 발표했다. 이 연구의 목적은 지구온난화에 대한 국가별 책임정도를 평가하고, 여기에 기초하여 각국 정부들의 온실가스 배출 감축 정책을 평가할 기준

을 제공하는 것이다. 이 연구에 따르면 당시 순 온실가스 배출량은 미국, 소련, 브라질, 중국, 인디아, 일본, 독일, 영국, 인도네시아, 프랑스 순이었다. 이 연구결과는 과학적이고 객관적인 것으로 평가되었다. 과학이라는 관점에서 볼 때 이산화탄소 분자는 모두 같은 것이고, 따라서 각국의 순 이산화탄소 배출량 총합을 서로 비교하는 것은 지구온난화의 책임을 평가하기 위한 단순명료한 기초 작업이다. 이들의 연구는 언론으로부터도 큰 주목을 받았다. 지구온난화에 전 지구적으로 공동대처하기 위해 지구온난화에 대한 각국의 책임정도를 규명하고, 이를 바탕으로 지구온난화문제의 해결을 위해 각국이 어떤 책임량을 떠맡아야할 것인지를 결정하는 것이 시급한 과제였기 때문이다. 그러나 이러한 연구결과에 대한 이견도 있다. 특히 '과학과 환경 센터'의 연구자들은 '세계자원연구소'의 온실가스 배출량 지표가 숨 쉬는 것처럼 생존을 위한 이산화탄소 배출과, 대중교통을 이용할 수 있음에도 단지 편리를 위해 자가용을 몰고 다니는 것 같은 사치스러운 이산화탄소 배출을 구분하지 않았다고 주장했다.

1) 논제 분석(빈칸을 채워 보세요)

무엇을?	① 제시문 [가]의 주장을 각각	②
어떻게?	① 비판하시오	② 논술하시오
조건은?	• 답안분량은 띄어쓰기 포함 701~800자로 할 것. • 제시문 [다], [라], [마]의 시각에서 ①의 내용을 수행할 것. • ①에 기초하여 ②를 수행할 것.	

2) 제시문 분석하기

이 논제는 기준 제시 평가형과 대안 제시 논술형 논제가 적절히 혼합된 문제라고 할 수 있습니다. 이 논제의 주제는 일견 당연해 보이는 주장을 지문에 대한 독해를 바탕으로 비판적으로 성찰할 수 있는 능력을 평가하고 있습니다. 사회가 삶의 질을 향상시키기 위해서는 각 개인들이 사익보다 공동선을 추구해야 한다는 주장은 많은 사람들에게 윤리적이고 합리적인 것으로 받아들일 수 있습니다. 그러나 한 사회가 공동선을 구체적으로 실천하려고 할 때, 공동선의 추구라는 대의는 많은 문제들을 만날 수 있습니다. 이 같은 점을 고려하여 다음에서 제시문을 분석해 보세요.

제시문	주제	내용
가		· ·
나		· ·
다		· ·
라		· ·

제시문	주제	내용
마		• •

선생님이 분석한 것과 비교해 보세요.

제시문	주제	내용
가	삶의 질을 중시하는 사회를 위한 공동선의 추구	• 삶의 질을 중시하는 사회를 위해서는 공동선을 추구해야 하며, 이를 위해서는 공적 자본의 활성화와 시민들의 자발적인 참여가 필요하다.
나	안전을 위한 강력한 국가 권력의 필요성	• 자기보존이 위협받는 자연 상태로부터 개인이 안위를 보장받기 위해서는 국가와 같은 절대 권력이 필요하다. • 강력한 국가로 인해 개인은 타인과의 끝없는 투쟁에서 벗어나 자유와 평화를 확보할 수 있게 된다.
다	공동선 적용의 불평등	• 자유, 평등, 박애라는 공동의 가치가 유럽인에게만 적용되고 칼라하리 사막의 원주민 여인에게는 해당되지 않는다. • 즉 공동선이 특정 집단에만 귀속되고 이 집단 밖의 사람들은 배제할 수 있는 것이다.
라	능력중심주의 사회의 도래로 인한 변화	• 개인의 능력이 우선되는 사회가 되면서 기득권층을 위한 사회 구조에 변화가 생기기 시작했다. • 또한 그를 통해 개인이 자신의 능력과 노력으로 부와 지위를 획득하는 것이 긍정적 평가를 받게 되었다.

제시문	주제	내용
마	온실 가스배출량 결정에 대한 상반된 의견	• 지구온난화 해결을 위해 국가별로 연간 온실가스 배출량을 정하고, 국가별 책임을 단순화한 정책은 언론으로부터 환영을 받았다. • 그러나 일부 연구자들은 국가별 온실가스 배출량 기준에 사치스러운 이산화탄소 배출과 같은 요소들이 고려되지 않았음을 비판한다.

제시문을 분석하면 제시문 [다]는 공동선이 특정 집단에만 귀속되고 이 집단 밖의 사람들은 배제될 수 있음을 보여주고 있습니다. 한편 능력주의 사회를 옹호하고 있는 제시문 [라]는 공공선에 대한 강조가 자칫 개인의 능력과 노력의 정당한 산물을 폄하할 수 있음을 경계하고 있습니다. 마지막으로 제시문 [마]는 각 집단이 처한 위치에 따라 무엇이 공동선인지 또 그것을 어떻게 추구할 것인지에 대해 의견이 다를 수 있음을 보여주고 있습니다.

이 논제는 이러한 지문의 독해에 기초해 제시문 [가]가 강조하는 공공선의 추구가 자칫 빠질 수 있는 함정을 추론해야 합니다. 즉 이 논제는 삶의 질을 향상시키기 위해서는 사회가 공공선을 추구해야 한다는 어쩌면 당연하게 여겨질 수 있는 주장을 여러 가지 다른 각도에서 바라볼 수 있는지를 평가하는 문제입니다. 세 개의 지문([다], [라], [마])을 통해 공공선의 추구가 집합주의로 흐르거나 능력주의를 폄하하는 경향을 낳을 수 있음을 경계하고, 나아가 무엇이 공공선이고 이를 어떻게 추구할 것인가에 대해 이견이 존재할 수 있음을 파악해, 이를 바탕으로 공동선을 어떻게 추구할지를 논술하는 것이 문제의 핵심의도입니다.

이상과 같은 내용에 기초해 다음 쪽에 답안을 작성해 보시기 바랍니다.

640
680
720
760
800
840
880
920
960
1000
1040
1080
1120
1160
1200

이해되셨나요? 그럼 선생님이 작성한 답안과 비교해보며 문제점을 보완하시기 바랍니다.

제시문 [가]는 사회가 삶의 질을 향상시키기 위해서는 각 개인들이 사익보다 공동선을 추구해야 한다고 주장하고 있다. 그러나 한 사회가 공동선을 구체적으로 실천하려고 할 때, 공동선이라는 대의는 많은 함정들을 만나게 된다. 대표적인 것이 집단주의의 함정이다. 제시문 [다]는 자유, 평등, 박애라는 공동의 가치가 유럽인에게만 적용되고 칼라하리 사막의 원주민 여인에게는 해당되지 않고 있음을 보여준다. 즉 공동선이 특정 집단에만 귀속되고 이 집단 밖의 사람들은 배제할 수 있는 것이다. 능력주의사회를 옹호하고 있는 제시문 [라]는 개인이 자신의 능력과 노력으로 부와 지위를 획득하는 것을 긍정적으로 보고 있다. 이러한 시각에서 볼 때 공공선을 너무 강조하다보면 자칫 개인의 능력과 노력의 정당한 산물을 폄하하는 오류를 범할 수 있다. 마지막으로 제시문 [마]는 지구온난화 방지라는 공공선을 실천하기 위한 책임을 배분할 때, 그 방법에 대해서 이견이 발생할 수 있음을 보여준다. 각 집단이 처한 위치에 따라 무엇이 공동선인지 또 그것을 어떻게 추구할 것인지에 대해 의견이 다를 수 있는 것이다.

이런 점에서, 우리 사회가 공동선을 추구할 때 먼저 공공선에 대한 다른 생각들이 존재함을 인정하고, 모든 이해당사자가 참여하는 민주적인 절차에 의해 무엇을 어떤 방식으로 추구하는 것이 공공선인지를 충분히 논의해 사회적 합의를 이루는 것이 필요하다. 아울러 이러한 절차를 통해 공동선이라는 이름으로 개인의 다양성과 정당한 성취욕구 및 사익이 부당하게 부정되는 일이 없도록 살펴야 할 것이다.

상황 해결 논술형 논제 해결하기

1. 개요

상황 해결 논술형 논제는 논제의 주제와 관련한 실험 상황을 제시하고, 이러한 실험 상황의 결과를 풀이 과정이나 증명 과정과 함께 제시하는 논제 유형을 말합니다. 이때 실험 상황이란 사회 현실이나 특정 이론, 상황 등과 관련하여 실제 발생한 것은 아니지만 충분히 발생할 수 있는 가상의 상황을 설정한 것입니다. 통상적으로 상황 해결 논술형 논제는 대개 사회 현상이나 이론 등을 설명하거나 그러한 설명의 타당성을 검증하고 때에 따라서는 실험 상황의 결과를 통해 사회 현상을 예측하려는 목적으로 설계된 논제입니다.

이 유형의 논제들은 이러한 실험 상황 제시문과 관련한 수리적 풀이 과정이나 증명 과정을 요구하는 것이 보편적인데, 이것은 이 논제가 각종 사회 현상을 과학적으로 탐구할 수 있는 능력을 측정하려는 의도에서 만들어진 논제 유형이기 때문입니다. 그래서 답안에 특정한 분량 제한이 없고 원고지 형태가 아닌 줄이 그어진 단순한 형태의 답안지가 제시되는 경우도 많습니다.

그런데 수험생들은 이 같은 수리적 풀이 과정이나 증명 과정을 상당히 부담스럽게 생각하고 두려워하는 경향이 있습니다. 그러나 실제 수리적 풀이 과정이나 증명 과정이라고 해도 수학 실력이 크게 요구되는 것은 아닙니다. 실제로 수리적 풀이나 증명은 가감승제 수준인 경우가 많고, 수학의 함수관계가 등장한다고 해도 중학 수준의 2차 방정식이나 이원일차 방정식을 넘어서는 경우도 거의 없다고 할 수 있습니다. 오히려 중요한 것은 사회적 지표들을 논리적인 수학식이나 수학적 기호 등으로 설정하는 능력이기 때문에 수험생들은 상황 해결 논술형 논제에 대한 막연한 두려움에서 벗어날 필요가 있습니다.

상황 해결 논술형 논제에 등장하는 실험 상황은 대개 2가지 유형으로 제시됩니다. 첫 번째 유형은 실험 상황이 제시문의 형태로 제시되는 경우이고, 두 번째 유형은 실험 상황이 논제와 함께 길게 제시되는 경우입니다. 그러나 어떤 경우이든 실험 상황의 세부 내용이나 단서, 가상 상황 등이 매우 자세하고 구체적으로 표현되는 특성이 있습니다. 따라서 논제 해결을 위해서는 실험 상황의 구체적인 내용을 꼼꼼히 살피고 정리해 두는 것이 중요합니다.

마지막으로 상황 해결 논술형 논제는 출제하는 대학이 제한적이며, 출제 대학 논술고사의 당락에 결정적인 영향을 미친다는 점을 기억해 둘 필요가 있습니다. 상황 해결 논술형 논제를 자주 출제하는 대학은 고려대, 연세대, 중앙대, 경희대인데 특히 고려대, 중앙대, 경희대는 수리적 증명이나 풀이 과정을 요구하는 경우가 많고, 연세대는 논리 추론이나 언어 추론의 형태로 논제를 출제하는 경향이 있습니다. 어찌 되었든 간에 상황 해결 논술형은 앞서 언급한 대학의 합격을 위해서는 반드시 넘어야할 산이라는 점을 명심해 둘 필요가 있습니다.

2. 논제 분석 방법

상황 해결 논술형 논제는 대략 두 가지 논제 유형으로 구분되는데 첫째는 실험 상황의 내용을 정확히 이해한 후, 그 내용을 바탕으로 다른 제시문을 해설하거나, 다른 제시문에 적용하여 설명하는 형식입니다. 이런 형태의 논제는 주로 수리적 증명이나 풀이 과정을 요구하지는 않습니다. 다만 실험 상황에 대한 심층적 이해를 바탕으로 이를 다른 제시문과 연관지어 논리적으로 설명하거나 적용하는 능력을 측정합니다. 다음의 사례를 살펴보겠습니다.

어떤 논제가 출제 됐을까?: 실험 상황의 이해 및 적용 유형 예시

1. 〈그림 1〉의 결과가 왜 발생하는지, 앞의 〈제시문 1〉에서 〈제시문 4〉까지의 논점과 연관시켜 설명하시오. (성균관대학교 기출문제)
2. 제시문 (가)의 실험결과를 적용하여 제시문(나)에 나타난 일본의 선택과 제시문 (다)에 나타난 '을'의 선택을 설명하시오. (연세대학교 기출문제)
3. 제시문 (가)의 관점에 근거해서 제시문 (나)와 (다)에서 도출된 실험 결과를 설명하고, 그것이 가지는 의미를 논술하시오. (한양대학교 기출문제)
4. 제시문 (라)에서 "다수의 이타적인 쥐로 구성된 집단만이 종족번성의 가능성이 높다."는 주장을 이끌어 낼 수 있다. 제시문 (가), (나), (다)의 핵심 논점을 활용하여 이러한 주장을 반박하시오. (연세대학교 기출문제)

위와 같은 상황 해결 논술형 논제는 주로 '설명하시오'와 같은 발문이 자주 등장하는데, 이는 실험 상황을 이해한 후 이를 활용해 다른 제시문의 내용에 적용하여 설명하라는 의미로 이해할 수 있습니다.

다음으로는 실험 상황을 제시하고, 이러한 실험 상황을 활용하여 그 결과를 추론하도록 요구한 다음, 이렇게 도출된 결과를 활용해 특정한 입장이나 정책, 주장 등의 타당성을 평가하거나 그러한 결과의 사회적 의미를 도출하는 형태의 논제 유형이 있습니다.

이 논제 유형을 실험 상황을 활용하여 결과를 도출하는 과정에서 수리적 풀이 과정이나 증명 과정을 요구하는 경우가 대부분이며 대다수의 학생들이 이 과정에서 어려움을 겪는 경우가 많습니다. 또 이러한 논제들은 결과를 수리적으로 추론하는 과정만을 답안으로 요구하는 경우도 있고, 앞서 언급한 것처럼 그 결과를 응용하거나 적용하는 경우도 있습니다. 다음에서 그 유형을 살펴보겠습니다.

어떤 논제가 출제 됐을까?: 실험 상황의 논리 추론 유형 예시

1. 국내 전자회사 A는 2000년 휴대전화 기종 KH를 일본에 개당 1만 엔의 가격으로 판매하고 있다. 이 회사는 같은 모델의 휴대전화를 EU에 그 지역의 물가 수준에 맞춘 가격으로 판매하려고 한다. 휴대전화의 가격은 그 지역 전체 물가 평균의 동향을 따른다고 가정하고, 제시문 [나]에서 주어진 정보를 이용하여 EU에서 휴대전화 KH의 판매 가격을 유로화로 얼마로 정해야 하는지 구하고 그 풀이 과정을 서술하시오. 단, 2000년 시장 환율은 100엔 당 1,000원, 1유로 당 1,100원이다.(풀이 과정에서 소수점 이하 둘째 자리까지 계산할 것) (경희대학교 기출문제)
2. 제시문 (5)의 상황 1 , 상황 2, 상황 3 각각에서 갑과 을이 최소극대화 원칙을 따를 경우 어떤 선택을 할지 분석하고, 그러한 선택의 결과를 합리성의 역설이라는 관점에서 평가하시오. (고려대학교 기출문제)
3. 제시문 (5)와 관련하여 다음 문항에 모두 답하시오. (고려대학교 기출문제)

   (가) 이 사회에서 신규 문화요소의 단위 수가 n보다 작아지지 않을 조건을 m, m, h, e사이의 관계로 표현하시오. 그리고 e가 1보다 크지 않고 h가 1보다 작을 때, 신규 문화요소가 사회에 유입되어 시간이 지나도 계속 존재할 수 있을지 논하시오.

   (나) 이제 m=12, n=2, h=2, e=0.6이라고 가정할 때, 시간이 지남에 따라 기존 문화요소와 신규 문화요소의 단위 수가 어떻게 변할지 분석하고. 이 사회가 안정 상태에 이를 수 있을지 논하시오.

3. 제시문 분석 방법

상황 해결 논술형 논제의 제시문을 분석할 때 다음에 따라 생각하면 좀 더 수월하게 분석할 수 있습니다.

첫째, 논제가 요구하는 것이 무엇인지 정확히 인식한다.

둘째, 궁극적으로 도출해야 할 내용이 무엇인지를 분명히 인식하고, 이를 위해 거쳐야 하는 과정이 무엇인지 정리해 본다.

셋째, 거쳐야 할 과정을 실행하기 위해서 어떤 논리적 추론이나 수리적 풀이, 증명 과정을 거쳐야 하는지 확인하여 정리해 본다.

넷째, 주어진 실험 상황에 제시된 내용을 바탕으로 논리적 추론이나 수리적 풀이, 증명 과정을 거쳐 결과를 도출한다.

다섯째, '둘째'의 내용을 참조하여 답안의 개요를 작성한다.

여섯째, 답안을 작성하고 퇴고한다.

4. 논제 해결 시 유의사항

상황 해결 논술형의 논제를 해결하기 위해서는 다음의 몇 가지를 유의해야 합니다.

첫째, 막연한 어려움과 두려움에서 벗어나도록 하라. 내가 어려우면 다른 수험생도 어렵다.

둘째, 대다수 학생들의 성적을 변별하는 기능이 매우 강하므로, 좋은 답안을 쓸 수 있도록 노력한다.

셋째, 수치나 수식을 꾸미거나 연산을 수행할 때에는 계산 과정이나 수식에 매몰되지 말고, 내가 왜 이런 과정을 거치는가, 무엇 때문에,

그리고 무엇을 위해 이런 과정을 거치는 지를 분명히 인식한 후 연산과 수식 설정을 시행한다.

넷째, 답안의 분량이 정해져 있지 않은 경우가 많으나, 되도록 길게 쓰지 않도록 한다.

다섯째, 수리적 풀이나 증명 과정을 제시하여 논리의 진행 과정을 드러냄으로써 채점자가 나의 논리적 추론 및 사고 과정을 잘 이해할 수 있도록 답안을 작성한다.

여섯째, 핵심적 수식이나 함수 관계, 논리적 추론 과정을 답안에 제시하되, 단순히 수식의 계산이나 이항 정리 등을 제시할 필요는 없다.

일곱째, 원고지 사용법이나 맞춤법에 구애를 받지 않아도 되지만, 답안의 구성과 내용에 대해서는 반드시 개요를 작성하라.

5. 논제 사례 분석

경희대학교 기출문제

※ 가상마을 (갑)에는 A, B, C 3개의 기업만 존재하고 각 기업은 이윤의 극대화를 추구한다고 가정하자. 정부의 규제가 없는 상황에서 세 기업은 매월 아래의 표에서 제시도니 양의 공해물질 K를 배출한다. 이에 정부는 가상마을 (갑)의 공해물질 K의 배출량을 줄이기 위하여 매월 마을에서 배출되는 K의 양을 120단위로 제한하고, 이를 초과하는 경우 각 기업이 비용을 부담하여 배출량을 정화시키는 정책의 도입을 검토중에 있다. 각 기업이 단위당 공해물질 K를 정화시키는 데 들어가는 비용은 서로 다르다.

아래의 정책 (1안)과 (2안)을 도입하는 경우에 가상마을 (갑)의 기업들이 부담하는 총 정화금액을 각각 계산하여 비교하고 그것이 의미하는 바를 논하시오. 이 때 총 정화금액은 공해배출권의 거래액과 실제 정화비용을 포괄한다. (401자 이상~500자

이하)(1안) 각 기업이 배출할 수 있는 공해물질 K의 배출량을 40단위로 제한한다. (2안) 각 기업에게 40단위의 공해물질 K를 배출할 수 있는 권리(=공해배출권)를 배분하고 각 기업은 공해배출권을 가진 한도 내에서만 공해물질을 배출하도록 한다. 공장 간에 공해배출권의 자유로운 거래가 허용되는데 배출권의 가격은 단위당 2원으로 결정되었다.

기업	월별 K 물질 배출량	단위당 정화비용
A	50단위	1원
B	70단위	2원
C	80단위	3원

[가] 삶의 질을 중시하는 사회를 만들려면 공적 자본을 활성화하여 공동선the common good을 추구하여야 한다. 유럽 사람들은 오랫동안 개인 소득의 일부를 세금으로 내는 데 자발적 의지를 보여주었다. 심지어 공동체의 삶의 질을 향상시키기 위해 소득의 45퍼센트에서 50퍼센트까지 세금으로 내는 나라도 있다. 그래서인지 유럽에서 의료서비스는 공공의 이익이고, 결과적으로 미국에 비해 유아 사망률은 낮고 기대 수명은 길다. 또한 유럽의 여러 나라들은 미국보다 가난한 사람들을 돕는 데 더 많은 공공기금을 사용하고, 유소년기의 빈곤 비율도 더 낮다. 유럽은 미국과 비교해 치안이 잘 되어 있고, 살인 범죄의 비율도 훨씬 낮으며, 감옥에 수감되는 사람들도 훨씬 적다. 대중교통 체계는 세계 최고 수준이며 환경보호와 관련하여 세계에서 가장 엄격한 규제를 하는 것으로 유명하다.

[나] 강력한 국가가 모든 이에게 두려움의 대상으로 존재하지 않는 상황에서 인간은 전쟁이라고 불리는 상태에 놓일 것이 분명하다. 그러한 전쟁 상태는 만인에 대한 만인의 전쟁을 의미한다. 전쟁 상태에서 인간은 고립되고 비참하고 험악하며 단명하고 짐승 같은 삶을 살아 갈 수밖에 없다. 국가가 등장하는 까닭이 여기에 있다. 천성적으로 자유를 사랑하는 동시에 타인을 지배하기를 좋아하는 인간이 국가의 구속 아래 살아가고 자기 자신에게 제약과 통제를 가하는 것에 동의하게 되는 궁극적 원인이나 목적 및 동기는, 그들 자신의 생명을 보존하고 그 결과보다 만족스러운 삶을 누리려는 인간 자신의 통찰력에 있다.

[다] 파리는 자유, 평등, 박애의 실험실이었다. 그러나 여인은 그 실험의 대상이 아니었다. 여인은 예외였고, 열외였다. 여인의 두 가지 과잉은 자유, 평등, 박애의 땅에서도 박해의 대상이자 결핍이었다. 과학은 육체를 고독한 해부학 그리고 자연사의 대상으로 영토화했다. 여인의 육체는 이제 "먼 친척"이 환기하던 정서적 혹은 심정적 연민의 대상이 아니었다. 그저 남국의 풀과 나무 그리고 코끼리와 사자의 육체와 동일한 것이었다. 여인을 '인간'이라는 종적 지위에서 끌어내리는 데 복잡한 담론은 필요하지 않았다. '과학' 하나면 충분했다. 과학은 비대한 생식기와 둔부를 열등한 육체의 전형으로 읽었다. 과학은 여인의 작은 뇌도 가만두지 않았다. 기어이 그 뇌의 크기를 문제 삼아 추상력의 결핍으로 몰아 세웠다. 이렇게 과학은 여인의 신체를 정치적으로 독해했다. 자유, 평등, 박애의 수사를 특정한 신체만의 몫으로 할당했다. 여인의 신체에 할당된 몫은 없었다. 파리는 과학의 눈으로 여인의 몸을 유린했다. 관객들은 과학이 규정한 열등한 몸을 일말의 죄의식 없이 하나하나 뜯

어보고 싶어 했다. 과학의 탈선을 견디지 못한 여인의 육체는 스물다섯의 짧은 생을 마감했다. 관객의 욕망을 대리한 과학이 마침내 메스를 들었다. 여인의 몸에서 생식기를 들어냈다. 데카르트 것보다 작을 것이라고 추정하던 조그만 뇌도 도려냈다. 크기를 재보니 별반 차이가 없었다. 껍데기만 남은 몸에는 밀랍을 발랐다. 박제의 여인이 이내 미이라로 부활했다. 보티첼리의 비너스로, 이집트의 네페르티티로 화려하게 살아난 것이 아니었다. 칼라하리 사막에 부는 모래바람을 따라 이러저리 떠도는 원주민의 딸로 초라하게 되살아났다. 생식기와 뇌를 적출당한 여인의 몸은 그렇게 박제로 부활하여 그 후로도 약 2세기 가량 제국 관객의 관음증적 욕망을 부추겼다.

[라] 철저한 능력 위주 체제를 향한 진전이 느리게나마 진행되면서 19세기 중반부터 빈자와 부자의 상대적 미덕에 대한 대중의 인식이 변하기 시작했다. 공평한 면접과 시험에 따라 일과 보상이 나누어지자 기득권층이 공직에서 밀려나고 그 자리를 노동계급의 똑똑한 자식들이 채우기 시작했다. 또한 대학입학시험이 부자들의 멍청한 아들딸을 아이비리그 대학에서 몰아내고 그 자리를 가게 주인의 열심히 공부하는 자식이 차지하게 되었다. 지위가 전적으로 부정한 체제의 결과라고 우기기 힘들게 된 것이다. 이처럼 능력과 세속적 지위 사이에 신뢰할 만한 관련이 있다는 믿음이 늘어나면서 돈에도 새로운 도덕적 가치가 부여되었다. 부가 혈연과 연줄을 따라 세대에서 세대로 내려가던 때에는 돈이 부자 부모에게 태어났다는 것 외에 어떠한 미덕도 증명할 수 없었다. 그러나 명예와 부를 수반하는 일자리를 자신의 지능과 능력을 통해 얻을 수 있는 능력주의 사회에서는 이제 부가 품성의 온당한 지표로 여겨질 수도

있게 되었다.

[마] 1990년 '세계자원연구소'는 지구온난화에 대한 전 지구적 대처를 촉진하기 위해 각국의 연간 온실가스 순 배출량을 연구하여 발표했다. 이 연구의 목적은 지구온난화에 대한 국가별 책임정도를 평가하고, 여기에 기초하여 각국 정부들의 온실가스 배출 감축 정책을 평가할 기준을 제공하는 것이다. 이 연구에 따르면 당시 순 온실가스 배출량은 미국, 소련, 브라질, 중국, 인디아, 일본, 독일, 영국, 인도네시아, 프랑스 순이었다. 이 연구결과는 과학적이고 객관적인 것으로 평가되었다. 과학이라는 관점에서 볼 때 이산화탄소 분자는 모두 같은 것이고, 따라서 각국의 순 이산화탄소 배출량 총합을 서로 비교하는 것은 지구온난화의 책임을 평가하기 위한 단순명료한 기초 작업이다. 이들의 연구는 언론으로부터도 큰 주목을 받았다. 지구온난화에 전 지구적으로 공동대처하기 위해 지구온난화에 대한 각국의 책임정도를 규명하고, 이를 바탕으로 지구온난화문제의 해결을 위해 각국이 어떤 책임량을 떠맡아야할 것인지를 결정하는 것이 시급한 과제였기 때문이다. 그러나 이러한 연구결과에 대한 이견도 있다. 특히 '과학과 환경 센터'의 연구자들은 '세계자원연구소'의 온실가스 배출량 지표가 숨 쉬는 것처럼 생존을 위한 이산화탄소 배출과, 대중교통을 이용할 수 있음에도 단지 편리를 위해 자가용을 몰고 다니는 것 같은 사치스러운 이산화탄소 배출을 구분하지 않았다고 주장했다.

1) 논제 분석

무엇을?	① 아래의 정책 (1안)과 (2안)을 도입하는 경우에 가상마을 (갑)의 기업들이 부담하는 총 정화금액을	② 그것이 의미하는 바를
어떻게?	① 각각 계산하시오.	② 논하시오.
조건은?	• 답안분량은 띄어쓰기 포함 401~500자로 할 것. • 이때 총 정화금액은 공해배출권의 거래액과 실제 정화비용을 포괄할 것.	

2) 답안 작성 요령

이 지문은 대안 제시 논술형 논제 풀이방법을 설명할 때 예시로 제시했던 지문입니다. 같은 지문에서 대안 제시 논술형 논제와 상황 해결 논술형 논제가 출제되었는데 이번에는 상황 해결 논술형 논제를 풀어보겠습니다. 이 논제의 주제는 국가의 규제와 시장메커니즘이 함께 작동할 때, 오염정화를 위한 사회적 비용을 절감할 수 있다는 것입니다. 이 논제는 먼저 가상의 마을에 존재하는 세 기업의 공해배출에 대해 국가가 기업 당 일정한 배출량을 정해 일률적으로 규제하는 경우와 공장 간 자유로운 배출권 거래가 가능한 경우를 가정해 정화비용에 소요되는 총 비용을 각각 계산하게 했습니다.

STEP 1 : 수리적 풀이에 대한 막연한 두려움에서 벗어나라

수리적 계산은 중학교 과정의 수학능력 이상을 요구하지 않고 있는 것을 보면 계산능력보다 지문을 통해 논리적으로 계산에 필요한 식을 추론하는 능력을 평가하는데 더욱 초점을 두고 있다는 것을 알 수 있습니다. 또한 그 후 배출권 거래가 허용될 경우가 그렇지 않은 경우보다 오염물질을 정화하는데 드는 총 비용이 적다는 계산결과를 이용해 국가의 규제와 시장메커니즘이 함께 작동할 때 환경보전이 더욱 효율적으로 이루어질 수 있음을 추론하면 됩니다.

STEP 2 : 실험 상황의 구체적인 내용을 정리한 다음 답안을 명확하게 작성하라

결국 이 논제는 환경보전이라는 공공선을 이루기 위한 두 가지 정책적 대안을 수리 능력을 통해 비교하는 능력을 평가하는 문제입니다.

이상의 내용을 바탕으로 모범답안을 작성하면 다음과 같습니다.

> 1안이 채택되는 경우의 정화비용은 (50−40)×1+(70−40)×2+(80−40)×3=10+60+120=190원이다.
>
> 2안이 채택되는 경우 A기업은 배출권 40장을 C기업에 팔게되어 거래 금액과 정화비용의 합은 (50×1)+80+(70−40)×2+(0×3)−80=50+60=110원이다.
>
> 두 안을 비교하면 120단위의 같은 양의 공해물질을 배출할 때 1안을 선택하는 것보다 2안을 채택하는 것이 사회전체로 정화금액이 80원 적게 든다.
>
> 이는 환경오염 규제를 국가의 규제로만 해결하려 할 때 보다 국가의 규제와 더불어 시장원리(기업들의 자유로운 거래)를 허용하게 되면 자원의 효율적 분배를 통하여 보다 적은 비용으로 목적을 달성할 수 있음을 보여준다.

실력향상을 위한 연습문제

고려대학교 기출문제

※ [제시문 5]와 관련하여 다음 문항에 모두 답하시오.

(가) 이 사회에서 신규 문화요소의 단위 수가 보다 작아지지 않을 조건을 m, n, h, e사이의 관계로 표현하시오. 그리고 e가 1보다 크지 않고 h가 1보다 작을 때, 신규 문화요소가 사회에 유입되어 시간이 지나도 계속 존재할 수 있을지 논하시오.

(나) 이제 m=12, n=2, h=2, e=0.6이라고 가정할 때, 시간이 지남에 따라 기존 문화요소와 신규 문화요소의 단위 수가 어떻게 변할지 분석하고, 이 사회가 안정 상태에 이를 수 있을지 논하시오.

[제시문 5]

매 기期에 '문화요소'들이 서로 결합하여 문화 현상을 생성하고 이로부터 사회문화 가치를 창출하는 사회를 가정하자. 이 사회에는 기존 문화요소가 m단위 존재하고 있었는데, 외부로부터 신규 문화요소가 n단위 유입되었다. (m과 n은 0보다 큰 짝수이고, n은 m보다 작다.) 이제 이 사회에서는 m+n단위의 문화요소들이 각각 무작위로 일대일 결합하여 사회문화 가치를 창출한다. 기존 문화요소끼리 결합할 경우는 1의 가치가, 신규 문화요소끼리 결합할 경우는 e의 가치가, 그리고 기존 문화요소와 신규 문화요소가 결합하는 문화 간 혼종의 경우는 h의 가치가 창출된다. (e와 h는 0보다 큰 실수이다.)

현재 기期에 기존 문화요소의 각 단위가 창출하는 가치의 기댓값이 신규 문화요소의 각 단위가 창출하는 가치의 기댓값보다 크면, 다음 기에 기존 문화요소는 두 단위 증가하고 신규 문화요소는 두 단위 감소한다. 반대의 경우, 신규 문화요소가 두 단위 증가하고 기존 문화요소가 두 단위 감소한다. 두 가지 문화요소들이 창출하는 가치의 기댓값이 동일하면, 사회는 기존 문화요소와 신규 문화요소의 수가 일정하게 유지되는 안정 상태에 이른다.

1) 논제 분석: (가)

무엇을?	① 신규 문화요소의 단위 수가 n보다 작아지지 않을 조건을	② 신규 문화요소가 시간이 지나도 계속 존재할 수 있을지
어떻게?	① 표현하시오	② 논하시오
조건은?	• ①을 표현할 때는 m, n, h, e의 관계로 표현할 것. • ②는 e보다 크지 않고, h가 1보다 작을 때를 가정하여 논할 것.	

2) 답안 작성 요령

실험상황 제시문을 읽고, 그 속에 지시된 사회적 관계를 수식으로 표현할 수 있는 능력을 평가하고자 하는 논제입니다. 또 사회적 관계에 대한 수식을 바탕으로 특정 상황에 대한 결과를 예측하는 능력을 평가하고자 하는 논제입니다.

이처럼 고려대 논술에 출제되는 상황 해결 논술형 논제는 실험 상황에 구체적인 정보가 제시되고, 구체적인 수치보다는 수식에 사용되는 변수가 다양하게 제시되는 경우가 많습니다. 또 다른 대학에 비해 심도 있는 수리적 풀이과정이나 증명 과정을 요구하는 경우가 많고, 부등식, 방정식, 함수 등이 제시되어 복잡한 이항정리를 해야 하는 경우가 많아 수험생들의 체감 난이도가 매우 높은 편입니다. 또 고려대학교 상황 해결 논술형 논제는 실험 상황이 논제로 주어지는 것이 아니라 독립된 제시문 형태로 길게 제시되는 경우가 대부분입니다. 이때 실험상황이 독립된 제시문 형태로 제시된다는 것은 실험 상황과 관련한 정보와 단서들이 많다는 것을 의미하는 것으로, 그만큼 고려대 상황 해결 논술형 논제의 난이도가 높다는 것을 의미하는 것이기도 합니다.

STEP 1 : 구하는 것이 구체적으로 무엇인지, 그리고 주어진 조건이 무엇인지 '문제와 제시문'에서 정확히 발견하여 정리하라

① '신규 문화요소가 n보다 작아지지 않을 조건'이 가리키는 의미

신규 문화요소가 n보다 작아지지 않을 조건은 신규 문화 요소가 n보다 크거나 같음을 의미합니다. 이는 신규문화요소의 기대가치가 기존 문화요소의 기대가치보다 크거나 같음을 의미하는데, 기대가치가 작아질 때 비로소 신규문화의 유입은 멈추게 된다고 볼 수 있습니다.

② '신규 문화요소가 사회에 계속 유입되어 계속 존재하는지'가 가리키는 의미

이는 신규문화요소의 기대가치가 기존 문화 요소의 기대가치보다 크거나 같음을 의미하므로, ①처럼 신규문화요소가 n보다 작아지지 않을 것을 말합니다.

STEP 2 : 수학 용어의 정의를 정확히 이해한 다음 글자를 수학적 식이나 문자로 바꾸어 정의하라

인문 수리 논술의 경우, 글자를 수학적 식이나 문자로 바꾸어 정의하는 것이 관건입니다. 그렇기 때문에 수학에서 어떤 개념을 사용해야 하는 지

를 파악하는 것이 중요합니다. 본 논제는 기댓값 문제이기 때문에 일단 여러 경우로 나누고, 각 경우에 대하여 확률과 가치를 구해야 합니다. 그런 후 기대가치(확률×가치)를 구한다면 답에 한결 가까이 접근할 수 있습니다. 제시문에 따르면 문화 결합은 다음의 4가지 경우로 나눌 수 있으며 식으로 바꾸면 다음과 같습니다.

문화결합	확률	가치	기대가치
① 기존문화요소 + 기존문화요소	(m-1)/(m+n-1)	1	(m-1)/(m+n-1)×1
② 신규문화요소 + 신규문화요소	(n-1)/(m+n-1)	e(e>0)	(n-1)/(m+n-1)×e
③ 기존문화요소 + 신규문화요소	n(m+n-1)	h(h>0)	n(m+n-1)×h
④ 신규문화요소 + 기존문화요소	m(m+n-1)	h	m(m+n-1)×h

이와 같이 문제의 조건을 표현하려면 먼저, 기존 문화요소의 기댓값과 신규 문화요소의 기댓값을 수리적 표현으로 나타내어야 하는데 [제시문 5]의 구체적 내용을 바탕으로 각각의 기댓값을 나타내 보면 다음과 같이 됩니다.

기존 문화요소의 기댓값

= ①기존 문화요소끼리 결합한 경우의 기댓값 + ③기존과 신규 문화요소끼리 결합한 경우의 기댓값

$$= (\frac{m}{m+n})(\frac{m}{m+n}) \times 1 + (\frac{m}{m+n})(\frac{n}{m+n}) \times h$$

$$= (\frac{m^2+nmh}{(m+n)^2})$$

신규 문화요소의 기댓값

= ②신규 문화요소끼리 결합한 경우의 기댓값 + ④신규와 기존 문화요소끼리 결합한 경우의 기댓값

$$=(\frac{n}{m+n})(\frac{n}{m+n})\times e+(\frac{n}{m+n})(\frac{m}{m+n})\times h$$

$$=\frac{en^2+nmh}{(m+n)^2}$$

논제가 요구하는 것은, 신규 문화요소가 n보다 작아지지 않는 것이고, 그러려면 신규 문화요소의 기댓값이 기본 문화요소의 기댓값보다 크거나 같아야 하므로 위의 수식을 이용하여 표현해보면 다음과 같습니다.

신규 문화요소의 기댓값 − 기존 문화요소의 기댓값 ≥ 0

$\frac{en^2+nmh}{(m+n)^2}-\frac{m^2+nmh}{(m+n)^2}\geq 0$ 이어야 한다.

이 식을 정리하면 $\frac{en^2+m^2}{(m+n)^2}\geq 0$ 이 됩니다.

3) 논제 분석: (나)

무엇을?	① 시간이 지남에 따라 기존 문화요소와 신규 문화요소의 단위 수가 어떻게 변할지	② 이 사회가 안정 상태에 이를 수 있을지
어떻게?	① 분석하시오	② 논하시오
조건은?	• ①은 m=12, n=2, h=2, e=0.6 이라고 가정하고 분석을 시행할 것. • ②는 제시문 (5)의 안정 상태가 의미하는 바를 단서로 풀이할 것.	

4) 답안 작성 요령

STEP 1 : 논제에 주어진 수치를 대입하라

두 번째 논제에서는 수리적 관계를 맺고 있는 m, n, h, e의 구체적 수치가 제시되어 있습니다. 그리고 이를 활용하여 기존 문화요소와 신규 문화요소의 단위 수가 어떻게 변화하는지, 안정 상태에 도달할 수 있을지 논할 것을 요구하고 있습니다. 이를 알아보기 위해서는 일단 주어진 변수의 수치를 대입하여 어떤 결과가 나타나는지를 살펴야 합니다. 특히 기존 문화요소와 신규 문화요소의 변화는 각각의 기댓값에 따라 달라지므로 앞서 도출했던 각각의 문화요소가 갖는 기댓값에 논제에 주어진 수치를 대입해 보도록 합니다.

기존 문화요소의 기댓값

$$\frac{en^2+nmh}{(m+n)^2}=\frac{12^2+2\times12\times2}{(12+2)^2}=\frac{192}{196}$$

신규 문화요소의 기댓값

$$\frac{en^2+nmh}{(m+n)^2}-\frac{0.6^2\times2^2+2\times12\times2}{(12+2)^2}=\frac{50.4}{196}$$

대입한 결과 기존 문화요소의 기댓값이 신규 문화로서의 기댓값보다 크므로 다음 기期에는 기존 문화요소가 14단위로 증가하고, 신규 문화요소가 0이 됨을 알 수 있습니다. 이때 신규 문화요소의 단위가 0이 되었다는 것이 무엇을 의미하는지를 알아차리면 된다. 이 의미를 활용하면 (나)의 두 번째 요구인 안정 상태의 가능성 여부를 쉽게 판단할 수 있습니다.

5) 모범정답

(가)

이 사회에서 신규 문화요소의 단위 수가 n보다 작아지지 않을 조건은 en−e+mh−m−nh+1≥0 이다. 그리고 e가 1보다 크지 않고 h가 1보다 작을 때, en−e+mh−m−nh+1〈0 이므로 신규 문화요소는 시간이 지나면서 감소하게 된다.

문화결합	확률	가치	기대가치
① 기존 + 기존	(m-1)/(m+n-1)	1	(m-1)/(m+n-1)×1
② 신규 + 신규	(n-1)/(m+n-1)	e(e>0)	(n-1)/(m+n-1)×e
③ 기존 + 신규	n(m+n-1)	h(h>0)	n(m+n-1)×h
④ 신규 + 기존	m(m+n-1)	h	m(m+n-1)×h

*신규요소의 기대가치=②기대가치+④기대가치

따라서 (n−1)/(m+n−1)×e+ m/(m+n−1)×h=(en−e+mh)/(m+n−1) 이다.

*기존요소의 기대가치=①기대가치+③기대가치

따라서 (m−1)/(m+n−1) ×1 + n/(m+n−1)×h=(m−1+nh)/(m+n−1) 이다.

∴ 신규 요소가 n보다 작아지지 않을 조건⇒ 신규요소 기대가치≥기존요소 기대가치

$(en-e+mh)/(m+n-1) \geq (m-1+nh)/(m+n-1) \Rightarrow en-e+mh-m-nh+1 \geq 0$

*또한, $e \leq 1$ & $h < 1 \Rightarrow (e-1) \leq 0$, $(h-1) < 0$ 이므로

$en-e+mh-m-nh+1=e(n-1)-(n-1)+(n-1)+h(m-n)-(m-n)+(m-n)-m+1$

$=(e-1)(n-1)+(h-1)(m-n)+(n-1)+(m-n)-m+1=(e-1)(n-1)+(h-1)(m-n) < 0$

$\because e-1 \leq 0$, n=짝수, $n-1>0$, $h-1<0$, $m-n>0$) 즉, $en-e+mh-m-nh+1<0$ 이다.

이는 $e \leq 1$, $h<1$일 때, 신규요소 기대가치가 기존요소의 기대가치보다 작음을 말하므로, 시간이 흐름에 따라 신규요소 유입이 감소하여 어느 순간부터는 신규문화요소가 존재하지 않게 됨을 의미한다.

(나)

$m=12$, $n=2$, $h=2$, $e=0.6$ 이라고 가정할 때, 시간이 지남에 따라 기존 문화요소 $m=8$, 신규 문화요소 $n=6$ 이 된다. 그리고 $m=8$, $n=6$, $h=2$, $e=0.6$ 이라고 가정할 때, 이 사회는 신규문화요소의 수와 기존 문화요소의 수가 일정하게 유지되는 안정 상태에 이른다.

① 변수의 값	② 신규 요소의 기대가치	③ 기존 요소의 기대가치	④ 관계	⑤ 결과(조건5)
n=2, m=12, h=2, e=0.6	24.6/13	15/13	②>③	신규 +2 n=4 기존 -2 m=10
n=4, m=10, h=2, e=0.6	21.8/13	17/13	②>③	신규 +2 n=6 기존 -2 m=8
n=6, m=8, h=2, e=0.6	19/13	19/13	②=③	안정상태

깨알같은 프리노트